著名篆刻家毕来德制

李国文说

三国演义

星落秋风

（下）

李国文 著

万卷出版公司

序

李国文

《三国演义》是一本奇书,在中国古典文学作品中,称得上是流传最广泛,影响最深远的历史小说。

其实,自公元184年黄巾之乱起,到公元280年东吴孙皓降晋止,通常被称作"三国"的这段历史时期,在整个中国五千年的文明史上,只能算是短短的一瞬。然而,这段不足百年的三国鼎立局面,那刀光剑影、权谋纷争、忠贤奸愚、风云变幻的历史,如此家喻户晓,以至比历史上任何一个朝代,人们都更能津津乐道。中国历史,从三皇五帝到中华民国,算起来该是二十六史或是二十七史了,但哪一史也不如魏、蜀、吴被中国老百姓所熟知。要说打仗,比"三国"的仗打得大者,不可胜数。要说杀人,历朝历代,由古至今,何止亿万,"三国"死的人,顶多是个零头。要说称王称霸,大忠大奸,文治武略,英雄美人,哪部史籍中找不出来呢?独是三国,经罗贯中演义之后，便成了普及度最广，知名度最高的一段历史。

这不能不说是《三国演义》的功绩，当然，也是文学的功绩。中国有记史的传统，中国人更有讲史的习惯。从宋代陆游那首《小舟游近村舍舟步归》里提到的"斜阳古道赵家庄，负鼓盲翁正作场。死后是非谁管得，满村听说蔡中郎"便知道，从那个时候起，"说三分"这些专讲三国故事的说书人就出现了。于是，明代就有了在话本基础上修改加工，凝练完善，雅正文字，拾遗补缺的《三国演义》；至罗贯中，这部历史小说正式定型，后又经毛宗岗父子润饰，便是现在通行的版本。印刷数量之大，读者受众之多，普及范围之广，影响程度之深，在中国自有书籍以来，为当仁不让的出版物冠军。

凡中国人，在其日常生活、社会活动、交往言谈、工作学习之中，都会因涉及这部伟大作品，而无时无刻不感受到它的存在。

政治家读它的权谋，军事家读它的韬略，士农工商被它的传奇故事所吸引，道学家则抓住了它的仁义道德，大做文章，底层社会视"桃园结义"为千古楷模，至今仿效不绝。大人物以史为鉴，把《三国演义》俨然当成一本教科书；老百姓饭后茶余，《三国演义》又是一份消遣的佳品、聊天的谈资。于是，仁者见仁，智者见智，王者看其王道，霸者看其霸道——萝卜青菜，各有所爱，千秋赏鉴，品评不已。所以此书问世数百年来，盛行不衰，一代又一代的人捧读把玩，爱不释手。在中国，不知道《三国演义》者不多，在国外，知道《三国演义》者不少。一部书，漂洋过海，走向世界，这充分说明它长青永存的艺术魅力。

在这部书里，弱者从中看到了勇气，得到或多或少的振作；强者则于英雄豪杰的身影中，看到自己的长短；谋事者从中懂得如何寻找进身之阶；得意者也自然会在这本书里吸取覆辙之鉴；统治者曾经用它来愚弄人民，人民又用书中的帝王将相，来褒贬统治者；正义之人震撼于其中之正义，如同邪恶之徒偏好其中之邪恶一样，各取所需；心怀叵测的小人能从中找到知音，胸怀坦荡的君子当然也不难寻到同道；欲杀人者，比之书里血流成河的规模，也许不必于心不安；在劫难逃者，能不为同命同运而一哭乎？兴灭继绝，护道统之不坠；更迭替代，创一己之新图，都能在这本书里找到振振有词的依据。"分久必合"，矛盾的统一；"合久必分"，又何尝不是辩证法呢？浩浩哉，荡荡哉，读《三国演义》，如入名山，谁也不会空手而返的。

有人说"老不看三国"，生怕人学得更加老奸巨猾。因为再没有一本书，像《三国演义》这样提供了如此之多炉火纯青的权术，展现人性之恶。也有人说"看三国，替古人掉泪"，似乎又怕人过多关心遥远，感情用事，而错失眼前的现实。在中国，还找不到一本书，能像《三国演义》这样，和我们每个人的日常生活联系得如此密切。我们知道，历史小说终究是小说，而不是历史。然而这部书对于三国时期若干历史事件的评价，若干历史人物的判断，竟能起到超越正史的作用。曹操的一张白脸，应该说是《三国演义》给他涂上的。关羽成为尊神，得享香火供奉，更是《三国演义》推崇的结果。文学潜移默化的功能表现之突出，在中国文学史上，莫过于这部不朽之作了。所以史学家讶异它浸润正史的力量，以至于扑朔迷离，莫辨真伪。文学家则不能不佩服这部历史小说的既是历史，又是与小说的弥合无缝的统一。在中国甚至世界的历史小说中，至今，它仍是不可逾越的高峰。

它不是白话小说，也不是文言小说。半文不白，自成一式。它比白话典雅，而不失平白如话的特点；它比文言浅显，可又并不艰深费解。上自满腹经纶之士，下至引车卖浆者流，居然雅俗共赏；从舞台至银幕，从地方戏到电视剧，搬演出来，也能老少咸宜。无论点头称是也罢，摇头非议也罢，这部书以其自身的政治、艺术价值而传世永存。绣像插图，本是章回小说的传统手法，其直观效果，其视觉冲击，往往对文本起到相得益彰的作用。本书从清末民初的多种版本中，撷取优美插图，以求图文并茂，使读者得以享受文字以外的美感，这分用心与努力，希望得到读者赏识。

自古至今，类似的演义浩若烟海，当代人写历史小说者，则更是荦荦大端。但比之《三国演义》，或是通俗敷衍，拘谨而乏文采；或是向壁虚构，荒唐无足凭信；或是陈词滥调，庸俗甚至腐朽；或是泥古不化，令人不堪卒读。有的把帝王后妃写成比当代人还新潮的摩登人物，有的把起义领袖写成深谙当代游击战术的将领，有的把丑恶当作美行，把反动视为进步，有的把暴君写成明主，军阀写成救星，封建道德写成万世不变的纲常伦理，那老百姓也就必然成了群氓和蝼蚁。更有一些历史小说作家，或是跑马圈地，占山为王，把某段历史视作私家禁脔，不容他人插足；或是以史为名，变相卖春，糟蹋古人，贻笑大方；或是志大才疏，贪多求全，力不从心，难以为继；至于那些充斥地摊，弥布网络的粗制滥造，胡编乱写的伪劣历史小说，则是属于打假的对象了。

《三国演义》被人誉为"第一才子书"，高于《庄》《骚》《史记》，被认为是"扶纲植常""裨益风教"而顶礼膜拜，也被视作"野史芜秽之谈""萑苻啸聚行径"而"最不可信"，责之以"太实而近腐""七实三虚惑乱观者"，以及"欲显刘备之长厚而似伪，状诸葛之多智而近妖"，也大有人在。它确也有诸多不足之处，然而无论如何，这部千百年来，由说话人、说书艺人和历代文人集体创作出来的智慧结晶，不但有观赏价值，有娱乐价值，有消遣价值，而且有文学价值、思想价值。除此以外，还有某种意义的实用价值。所以，在中国，迄今为止，还没有一本历史小说，能比得上《三国演义》这样深入人心。现在如此，若干年以后，仍将如此，因为它是一部真正的艺术精品。

两千年来，天变，地变，国变，人变，沧海桑田，无不变的事物，然而构成社会相生相克，此消彼长，强弱转换，进步退化的关系总则，好像并未变，至少未大变；或形式变，而实质未变；或语言变口号变，而内容未变。从这个角度来读《三国演义》的话，这本书真可称得上是具有人生宝典意义的一部不同凡响之作。

《三国演义》的生命力，也许就在这里。

李国文

2017年3月于北京家中

目录

张飞之死 \ 1

不懂装懂的代价 \ 4

屈身忍辱，任才尚计，人之杰也 \ 8

曹丕的「不听」救了东吴 \ 12

中国人的统一情结 \ 16

江山代有人才出 \ 20

刘备给陆逊戴上的大勋章 \ 24

真卧龙也 \ 28

刘备与孔明的不相融 \ 32

曹操去世，刘备托孤 \ 36

说客的能耐 \ 40

曹丕的幸福与痛苦 \ 44

皆用兵谋国之一道也 \ 48

心战为上，兵战为下 \ 52

唯武器论的局限性 \ 56

诸葛亮是伟人而不是完人 \ 60

重复的乐趣 \ 64

拉与打的艺术 \ 68

战场和赌场，大同小异 \ 72

大众文学的宿命 \ 76

众说《出师表》\ 80

倘若诸葛不北伐 \ 84

西蜀无大将 \ 88

诸葛亮的执念 \ 92

大树底下不长草 \ 96

晋后南北分裂的根本原因 \ 100

一对金钺斧 \ 104

人渣型暴君 \ 108

何晏在中国历史上带了一个坏头 208
辉煌的反面 212
到死也无错的诸葛恪 216
没有诸葛亮的蜀国 220
东方式权力更迭模式 224
复辟，不过笑谈一场 228
高压之下的文学润泽 232
三国群英会的后起之秀 236
战争，是一种恶 240
内乱一起，国无宁日 243
伟人的影子拖太长，不是好事 247
物必先腐，而后虫生 251
关于姜维的笔墨官司 255
改朝换代的连锁反应 259
草根将军的绝处逢生 263
小人而乘君子之器 267
宦官之祸 271
谯周误国的历史根源 275
中国人为分裂付出的代价 279
蜀败的必然 283
名父之子诸葛瞻 287
战争高手，政治白痴 291
不听话的邓艾 295
治大国者犹烹小鲜 299
三国最后的人杰 302
《三国》身世考 306
中国人命运的微缩篇章 310

关于马谡的五种记载 \ 112

北定中原，不亦难乎 \ 116

孙权的用人之道 \ 119

不那么墨守成规的新生代 \ 123

《后出师表》解读 \ 127

一个政权的终结 \ 131

导致精英早逝的另一种可能 \ 135

有真本事不急亮招 \ 139

嵇康一曲《广陵散》\ 143

权谋、机智、残忍，一步步取胜 \ 147

统筹兼顾是政治家的本分 \ 151

不对等的较量 \ 155

北伐的非理性 \ 159

你让我难看，我要你好看 \ 163

出师未捷身先死 \ 167

北伐之计，败在粮草 \ 171

吴蜀聪明的休止符 \ 175

万事不由人做主，一心难与命争衡 \ 178

孔明的悲剧 \ 182

累死诸葛亮 \ 186

锦囊里藏着祸根 \ 190

胸怀大志的吴主 \ 193

三国末期最出色的政治家 \ 197

皇帝一代不如一代 \ 201

提不起的何止是阿斗 \ 205

张飞之死

第八十一回（上）：急兄仇张飞遇害

张飞之死，固然是他的性格所造成的悲剧，但也是关羽失荆州以后，西蜀政治、军事由盛而衰的一个必然结果。如果无荆州之失，无关羽之死，张飞也不至于暴虐无度，逼使下属生出杀帅之心。其实他的军阀主义，非一朝一夕之事，而酿成此次恶性事故，是与关羽之死，以及西蜀的衰势分不开的。然后，刘备不听劝阻，执意伐吴，终于兵败而死白帝城，也是这总体颓败趋势所决定了的。一座大厦的倾倒，除去地震、爆破等突然因素，总是需要一个经年累月的过程，然而，积累到不堪重负，终将坍塌之际，倒计时开始，一切都在加速度运行，即使把上帝请来，也无济于事了。

如果说，西蜀之败，始于关羽之自大倨傲，丢掉了半壁江山，是不为错的。所谓多米诺骨牌，关云长作为倒下的第一张，是不可原谅的。斯其时也，刘备取得益州、汉中后，是西蜀形势最好的时期。东有荆州之固，北有汉中之防，益州天府之国，鱼米之乡，物产丰饶，钱粮丰足，本是可以文治武备、养精蓄锐之地。但是，张飞毙于非命，刘备恃气出兵，一错再错，无可挽救，大好形势，付之东流，从此只能龟缩于川中苟安了。

任何事业,大莫大于治国,小莫小于修身,道理是一样的。循着良好的方向发展之际,千万要把握住这难得的机遇,慎重从事,小心经营,不能被胜利冲昏头脑,轻举妄动,招致不必要的挫折。反之,若陷入恶性循环之中,这也是谁也难以避免之事,脑袋一热,感情冲动,意气用事,任性而为,必然招致更大的失败。感情失控,对一个无论大小的领导来说,绝对不是好事。何况一军之帅张飞,何况一国之主刘备?及时自拔,退出赌桌,承认小输才不会导致大输,否则会加速度地走向老本输光的结局。

任何事物的发展,都存在着顺、逆两种可能,顺则利之,逆则反之,而之所以顺,所以逆,往往又与当事人或时乖命蹇,或运通气畅,互为影响,互起作用。所谓一通百通,一顺百顺,所谓人要倒霉,喝凉水也塞牙,等等,就是指大千世界中许多难以定论,却曾经确证的现象。本来,刘备执意东征,在朝野上下,一致反对的声浪中,已有转圜的可能。尤其赵云出面说服,《三国志》裴注引《云别传》:"孙权袭荆州,先主大怒,欲讨权。云谏曰:'国贼是曹操,非孙权也,且先灭魏,则吴自服。操身虽毙,子丕篡盗,当因众心,早图关中,居河、渭上流以讨凶逆,关东义士必裹粮策马以迎王师。不应置魏,先与吴战;兵势一交,不得卒解也。'"赵云的政治见解比关、张不知高出多少,若他守荆州,绝无一失的。但没头脑的张飞来成都一搅和,本来有希望好转的局势,又朝更坏的方向迈进。

赵云出战,打出"常山赵子龙"旗号,常山,即河北正定，与涿鹿比邻，乃真正的乡党，他出来劝说，刘备是要听的，但相比之张飞，同是涿鹿人，又是拜把子兄弟，对刘备来说，白在江湖打拼这么多年，又回到手工业者的原始状态，索性露出织席贩屦者手工业的行帮本性，就只晓得哥们儿义气了。任何事态的发展，总是以这样的规律出现，好则锦上添花，坏则雪上加霜。刘备经赵云劝导，略有一点清醒，张飞一来，又六神无主了。立国为私，倒也是中国皇帝的本色，但冠冕堂皇总是要的。刘备好，一见张飞的儿子张苞，一见关羽的儿子关兴，那一副德行，国即是家，家即是国，国事即家事，家事即国事，公私不分，混为一谈，全无章法可循了。

若无关羽之傲，荆州不致易主；若无张飞之暴，部属不致谋杀；若无刘备之私，西蜀不致衰亡。若无这三个"不致"，《三国演义》的后四十回，将是另外一种热闹。

关、张、刘之死，就是这样一个因果关系。

不懂装懂的代价
第八十一回（下）：雪弟恨先主兴兵

刘备伐吴，是一个尽人皆能辨别得出的错误行动。曹丕曾召开御前会议，"料刘备当为关羽出报孙权否？众议咸云：'蜀小国耳，名将唯羽，羽死军破，国内忧惧，无缘复出。'"大家都认为刘备不会出兵，因为这是常识。只有侍中刘晔，谋士高手，吃透这位情商高于智商的刘备，独持反对意见："蜀虽狭弱，而备之谋欲以威武自强，势必用众以示其有余。且关羽与备，义为君臣，恩犹父子；羽死，不能为兴军报敌，于终始之分不足矣！"结果，他说对了。

据当时的实力来讲，魏等于吴和蜀的相加，吴、蜀联盟拒魏，是大局，吴、蜀之间闹僵，是小局，再说，这仗不该打，打则双伤，魏收渔利。但要了解刘备这个人的秉性，就知道这仗非打不可。所以才有赵云的力阻，秦宓的死谏。而在刘备心里，为弟雪恨是大局，此仇不报，枉为兄长。可最应该出来说话，而且也是最能起到作用的诸葛亮，却并未站到第一线来遏制刘备的歇斯底里。《三国演义》这一回写刘备哭了五次，哭晕一次，以头顿地一次，诸葛亮竟然无动于衷。因为，自汉献帝建安十二年（207）事刘备起，至此魏文帝黄初二年

三国志像,绣像金批第一才子书,毛声山评点,金圣叹序,清初刊本大魁堂藏版

(221),两人将近十三年风风雨雨的磨合,他深知,对于刘、关、张这三个人,既是国事,同时也是他们家事。尤其需要持格外谨慎的态度。

对"一生惟谨慎"的这位军师来说,便是可以理解的审慎了。如果对照刘备偏要将诸葛亮调来益州攻刘璋，任关羽在荆州为所欲为；如果对照刘备这次东征孙权，竟然弃这样一位足智多谋的军师不用，便也可以感觉到他对这位卧龙先生心中的芥蒂了。既然掷表在地，以示决断，当初又何必三顾茅庐？连孔明都排斥了，可见已无理智可言，所以他也没法不败师人亡了。刘备伐吴，不用诸葛亮，是刘备的大错。但诸葛亮眼看着他错下去，而听之任之，难道他就没有责任吗？刘备失败后，诸葛亮说："孝直若在，必能制主上东行；就使东行，必不倾危矣！"如果反问，"法正能谏刘备东行，你岂不更能吗？假如你也东行的话，会败得这样惨吗？"

这世界上最可怕的，就是不懂装懂，一知半解，还相信自己很懂，自以为是。此刻的刘备，就是这种不可救药之人了。

孙权可就高明多了，在此蜀军大举压境，魏都动向不明之际，一是派诸葛瑾西去，争取刘备缓兵，一是派赵咨北上，与魏暂结同盟。史称孙权"屈身忍辱，任才尚计，有勾践之奇英，人之杰也"，这个评价是一点也不过分的。因为，事实上他并没有输，因为，他自擅江表，鼎峙吴楚，也不是没有力量。而且，凡输赢未定，手里还握有赌本，轻易不肯示弱，这是人类好斗的本性所决定的。孙权之了不起，对蜀，他答应送归夫人，缚还降将，将荆州"完璧归赵"。对魏，俯首称臣，表示归降，以求平安相处。第一，他需要时间，积蓄民意，准备力量。第二，他不可能两条战线，同时交手。第三，短暂的让步，一时的低头，能使对手麻痹，令敌方松懈。为此，孙权准备付出的代价，一是向曹丕称臣，二是向刘备归还荆州，没有大气派，没有大智慧，是绝对做不到，也下不了这个决心的。

曹丕，被不辱使命的赵咨所说服，而刘备，毫无转圜余地，一根筋的他，差点将诸葛瑾宰了。其实，孙权承认自己错了，答应把你的太太送回来，把你的降将押回来，把你的荆州还回来，你还求什么？可这位老人家，仍旧一门心思要血洗东吴，为弟报仇。这也就是那些文化不高，智商较低，意识狭隘，心胸局促的人，非要一条道走到黑的愚执。

刘备，哪里是孙权的对手？史称江东孙氏兄弟，"盖孙武之后也"。而孙武，乃兵家之尊神也！对于家传的这部《孙子兵法》，孙权会不记得老祖宗的教导："大将怒之而不厌服，忿而赴敌，不量轻重，则必崩坏。"所以，他敢退让，他敢放弃，因为刘备怒火冲天地杀来，不正应了这条兵家犯忌的戒条吗！

屈身忍辱，任才尚计，人之杰也
第八十二回（上）：孙权降魏受九锡

曹操说过，"生子当如孙仲谋"，说明他对于这位碧眼紫髯的东吴领袖，有很高的评价。

孙权在合淝与张辽交战受挫以后，接受教训，灵活改变战略，执行务实外交。乘虚夺得荆州，是他执行这一政策的胜利。所以，东吴在此期间，节节进展，比之刘备的捉襟见肘，进退失据，陷于复仇狂热之中无法自拔，要显得洒脱多了。然后，联曹中拒曹，抗蜀后和蜀，处处表现出主动积极，虽甘为曹丕纳贡之臣，但从不俯首听命。对于西蜀，重修旧好，不谈过去，着眼未来，再申联盟之意。姿态一再放低，确实展现出他不同凡俗的政治风度。

更主要的是孙权建立起他自己的安危存亡的理论思想体系。他认为："夫存不忘亡，安必虑危，古之善教。昔隽不疑汉之名臣，于安平之世而刀剑不离于身，盖君子之于武备，不可已。况今处身疆畔，豺狼交接，而可轻忽不思变难哉？"所以，孙权在此蜀军大举压境，魏都动向不明之际，能够争取刘备缓兵，谋求与魏暂结同盟。

第八十二回

三国志像，绣像金批第一才子书，毛声山评点，金圣叹序，清初刊本大魁堂藏版

此时的孙权，当得起史书上的那句"屈身忍辱，任才尚计，人之杰也"。

《资治通鉴》魏纪一载："帝遣使求雀头香、大贝、明珠、象牙、犀角、玳瑁、孔雀、翡翠、斗鸭、长鸣鸡于吴。吴群臣曰：'荆、扬二州，贡有常典。魏所求珍玩之物，非礼也，宜勿与。'吴王曰：'方有事于西北，江表元元，恃主为命。彼所求者，于我瓦石耳，孤何惜焉！且彼在谅暗之中，而所求若此，宁可与言礼哉？'皆具以与之。"从这一点看孙权，视珍宝为瓦石，如此巴结曹丕，虽一万分地不愿意，但照办不误，诚非常人也。

所以，曹丕及继任者明帝，于魏文帝黄初三年（222）、魏文帝黄初六年（225）、魏明帝太和二年（228）多次伐吴，皆失利退兵。可见孙权周旋于魏、蜀之间，能够渔利成功，和他有一个加强战备，严阵以待，不敢松懈，时刻警惕的内部环境，是有关系的。

做任何事，应及时自控，承认小败，才不会导致大败，懂得退一步海阔天空的道理，否则会加速度地走向一败涂地的结局。

但是，不经一事，不长一智，如果他确是有大智慧之人，当年活捉关羽而不杀，那他今天的局面，就会从容得多。第一，蜀没有兴师问罪之口实；第二，蜀不起兵，魏也未必敢于启衅单挑；第三，那就没有必要向魏称臣纳贡。纳贡只不过耻辱感而已，称臣那可是低人一头，这是孙权最大的心理障碍。当年所以赤壁大战，最早的起因，就是曹操要挟孙权质子称臣，当时，吴国上下，弥漫着投降主义气氛，鲁肃对孙权说得很直白，我们都可以降，独主公你不可，我们降了仍旧当官做事，你要降了就得看人脸色。现在，他害怕两面夹攻，只好向曹丕低下骄傲的头。

《资治通鉴》汉纪六十载："孙权与于禁乘马并行，虞翻呵禁曰：'汝降虏，何敢与吾君齐马首乎？'抗鞭欲击禁，权呵止之。"司马光所以记下这一笔史实，初读，感觉没头没脑，再读，其中似有文章。既然此刻孙权能以如此雅量，优渥一个降了再降的于禁，为什么当时不能将此殊荣，给予败走麦城的关羽？也许，孙权意识到那时过于情绪化造成历史性的遗憾，才有意识地为之做一点弥补吧。也许什么也不是，只不过是孙权酒喝高了的一时兴起吧。

然而，孙权的奋发有为，使人们看到这个竞争的世界上，新锐之气，方兴未艾，未可限量，势不可当，要没有这点清醒的认识，就会碰得头破血流。尤其要明白的，并非上了年纪的老者，人人皆是伏枥老骥。不尽长江滚滚流，这才有孔夫子在川上的一番"逝者如斯夫"的感叹。

曹丕的"不听"救了东吴

第八十二回（下）：先主征吴赏六军

刘备杀气腾腾而来，孙权倾家荡产应对。首先，他自擅江表，鼎峙吴楚，并不是没有力量。其次，凡输赢未定，手里还握有赌本，轻易也不肯示弱，这是人类好斗的本性所决定的。孙权之了不起，对蜀，他答应送归夫人，缚还降将，将荆州"完璧归赵"。对魏，俯首称臣，表示归降，以求平安相处。没有大气派，没有大智慧，是绝对做不到，也下不了这个决心的。

钱锺书在《宋诗选注序》里，讲过一则故事：古希腊的亚历山大大帝还未接位之前，每当他的父王在外国征战的捷报传来，他就不胜郁闷，甚至发愁，要是全世界都被其父的金戈铁马踏平了的话，等到他承继王位，会不会英雄再无用武之地？曹丕在任五官中郎将之日，正是其父曹操南征北战，所向披靡的辉煌之时，我不知道这位王太子心中是否也作如此想？幸好，魏、蜀、吴三国领袖的后裔，都是一蟹不如一蟹，不很成器，也就无此顾虑。不过，曹丕比起阿斗，比起孙亮，略微像点样子。至少，作为文人，要比他作为皇帝更有知名度。"文人相轻"，就是他在《典论》里的名言，这句话能管用一两千年，说明曹丕不弱。

其实，诸葛瑾对刘备所言，句句是理，奈何刘备铁了心，连最起码的外交礼貌也不顾，大失政治家风度。毫无转圜余地，一根筋的他，差点将诸葛瑾宰了，"先主大怒曰：'杀吾弟之仇，不共戴天！欲朕罢兵，除死方休！不看丞相之面，先斩汝首！今且放汝回去，说与孙权：洗颈就戮！'诸葛瑾见先主不听，只得自回江南。"

也有人说，刘备之一意孤行，兴师伐吴，除了为报羽仇之外，实际上，其内心深处，还有不可告人的私愤存在，这就是他与东吴孙夫人这段短暂婚姻。孙权"进妹固好"，固然是借联姻敦睦的古老策略，但这位国妹，"侍婢百余人，皆亲执刀侍立，先主每入，衷心常凛凛"，根本谈不上婚姻生活。后来，刘备入益州，孙夫人便回娘家一住不归。这桩婚姻虽然是政治的权谋，但终究是婚姻，我想，刘备被东吴这样耍弄，不耿耿于怀，是说不过去的。

而曹丕就不同了，第一，心情轻松；第二，大度从容，他与不辱使命的吴国赵咨交谈到最后，索性开门见山地问："朕欲伐吴，可乎？"赵咨软中带硬："大国有征伐之兵，小国有御备之策。"曹丕又问："吴畏魏乎？"赵咨也不示弱："带甲百万，江汉为池，何畏之有？"于是，"即降诏，命太常卿邢贞赍册封孙权为吴王，加九锡。赵咨谢恩出城。"

然而，魏国有明白人，侍中刘晔持异议，《资治通鉴》魏纪一载："八月，孙权遣使称臣，卑辞奉章，并送于禁等还。朝臣皆贺，刘晔独曰：'权无故求降，必内有急。权前袭杀关羽，刘备必大兴师伐之。外有强寇，众心不安，又恐中国往乘其衅，故委地求降，一以却中国之兵，二假中国之援，以强其众而疑敌人耳。天下三分，中国十有其八。吴、蜀各保一州，阻山依水，有急相救，此小国之利也。今还自相攻，天亡之也，

三国志像，绣像金批第一才子书，毛声山评点，金圣叹序，清初刊本大魁堂藏版

宜大兴师，径渡江袭其内。蜀攻其外，我袭其内，吴之亡不出旬月矣。吴亡则蜀孤，若割吴之半以与蜀，蜀固不能久存，况蜀得其外，我得其内乎！'帝曰：'人称臣降而伐之，疑天下欲来者心，不若且受吴降而袭蜀之后也。'对曰：'蜀远吴近，又闻中国伐之，便还军，不能止也。今备已怒，兴兵击吴，闻我伐吴，知吴必亡，将喜而进与我争割吴地，必不改计抑怒救吴也。'帝不听，遂受吴降。"

曹丕这一次不听刘晔之言，致使东吴能在江东独自支撑，比魏、比蜀，多生存了十余年。

中国人的统一情结

第八十三回（上）：战猇亭先主得仇人

王朗原在吴，后归魏，一直居高位，也一直未离开洛阳，诸葛亮骂死王朗，纯系演义作者杜撰。

建安初，曹操在许都站稳脚跟以后，很在意网罗名士。第一，要用他们的知名度、号召力、招牌作用，提高自己的政治影响；第二，需要他们参与政府的管理，得到这些士族的上层分子的支持，无形中也就加强了自己的正统性和合法性。实际上，这些士族代表人物，大多拒绝与曹操合作，至少内心深处，对他怀有敌意。首先，非我族类；其次，绝非善类；再则，也是最关键者，此人出身低微，根本不按他们的游戏规则出牌。于是，有逃避的，有敷衍的，更有对抗的。当然，也有归顺的，王朗就是，华歆就更是。

当初王朗离吴而魏，孔融还帮助曹操给他做工作。后来，孔融与曹操翻了脸，王朗则始终为曹操、曹丕、曹叡效力。

值得一提的，王朗还曾为曹魏的江山社稷计，与他的老朋友蜀太傅许靖写过多次信："若足下能弼人之遗孤，定人之犹豫，去非常之伪号，事受命之大魏，客主兼不世之荣名，上下蒙不朽之常耀，功与事并，声与勋著，考其绩效，足以超越伊、吕矣！"据《三国志·蜀书》："始（许靖）兄事颍川陈纪，与陈郡袁涣、平原华歆、东海王朗等亲善，歆、朗及纪子群，魏初为公辅大臣，咸与靖书，申陈旧好，情义款至，文多故不载。"

姑且不论王朗给许靖的这些信，结果如何，但在当时那些名士心目当中，把国土的完整统一，看的极为重要。

明人汤显祖谈三国，这样说过："孙策起江东，非有家门积聚之势，朝廷节制之重，然以三千人，涉江淮，定吴会，据有江东，袁曹愕眙，不敢正视，然竟以此蹶，此气胜而机不胜也。诸葛武侯精其技矣，至于木牛流马，然不能出汉中一步，窥长安与许洛者，此机胜而气不胜也。"

其实，当曹操叱咤风云，不可一世之际，兵临江表，鞭指西凉，荡涤中原，千里扫北，魏之气，魏之机，都曾经是超一流的。因为他打的旗号，是汉献帝，用的年号，是建安，虽然汉献帝不过是坐在金丝笼里的高级俘虏而已，但他却是这个国家统一的象征。所以刘备也好，孙权也好，对于这个皇帝盖了国印的任命书，还是很当一回事的。为什么？曹操明白，这就是他能掌握住气势、时机的本钱，理直气壮地讨伐他们，说他们不臣的底气。

这也是刘备张嘴闭嘴奉衣带诏讨贼的原因，也是孙权老煽动曹操称帝的原因，只要你废了汉献帝，大家就平起平坐，气与机就不是你的强项。曹丕不明白其父一生不称帝的奥秘，急不可耐地禅代。于是，西蜀以攻为守，保全一方自安，东吴鏖战长江，打得不可开交，便使三国分裂定型。此刻的司马懿，虽不过是曹叡既不敢大用，又不能小用的人物，但是，

三国志像,绣像金批第一才子书,毛声山评点,金圣叹序,清初刊本大魁堂藏版

等他手中握有汤显祖所说的"气"与"机",最后篡魏,灭蜀,降吴,出现三国归晋成一统的局面,现在就显出苗头了。

中国人的统一情结,也是气之所在,机之所在,谁把握了,谁就是胜者。

秦汉大一统之后的大分裂，始自三国，延续到魏晋南北朝，一直到隋，前后三百多年。在此期间，曾经有过短暂的统一政府，"严格言之，不到十五年，放宽言之，亦只有三十余年，不到全时期十分之一"，这是钱穆在《国史大纲》中的说法。他认为，"中国何以要走上分崩割据的衰运，一是旧的统一政权必然将趋于毁灭，二是新的统一政权不能创建稳固。旧统治权因其脱离民众而覆灭，新统治权却又不能依民众势力而产生。"东汉式微，固然与黄巾起义有关。但实际上，"东汉王室并没有为黄巾所倾覆。而是把握到时代力量的名士大族，他们不忠心要一个统一的国家，试问统一的国家何从成立？"

钱穆认为，到建安初年，黄巾已靖，"若使当时的士族，有意翊戴王室（其时外戚、宦官均已扑灭，献帝亦未有失德），未尝不可将已倒的统一政府复兴，然而他们的意思，并不在此。"公元220年，曹操死，公元223年，刘备死，这两个至少表面上、口头上，还打着一统天下旗号的人物亡故，进入后三国时期，这种大分裂的格局，便益发坐实，不可挽回。

江山代有人才出
第八十三回(下):守江口书生拜大将

用人不疑,疑人不用,这是第一步。既信之,则任之,放手让部属大胆行事,这是第二步。承担责任,敢为下属一切后果负责,这是第三步。

魏文帝黄初三年(222),拜时年40岁的陆逊为大将,迎战刘备,孙权表现出一个有气度、能成事的英主气魄。刘备东征,部属无不劝其止战休兵,他坚持不改弦易辙;孙权任帅,将领多有疑虑心理,他坚持不为之动摇。同是坚持,后果迥异,这大概就叫领导水平了。何谓胆识?识者,即是准确的判断,胆者,即是勇敢的坚持。

孙权的现实主义政策,对曹丕,做一些适当的让步,绝不是懦弱的表现。用陆逊,做超出常规的大胆决定,则更是有勇气的行为。而作为一军统帅的刘备,竟然问马良:"陆逊何如人也?"这简直是天大笑话。这个刘备难道没有打过仗吗?连将要交手的对方阵营的主帅都一无所知,真是岂有此理。

既不知己,复不知彼,这个刘备也许真老得不堪了。凡一条道走到黑的人,由于缺乏灵活,不知变通,路遂越走越窄,把自己堵死拉倒。在战争中，最可怕的是陷于错误中，还以为自己正确的主帅，不听劝阻，继续执迷不悟下去。刘备的偏执狂，害了个人事小，几十万兵马和一个好端端的局面，只有眼睁睁地被陆逊的火烧连营之计，付之一炬了。

清人赵翼《论诗》曰："江山代有才人出，各领风骚数百年。"说明了人世更迭，新陈代谢，长江后浪推前浪，一浪更比一浪高的历史趋势。

"廉颇老矣，尚能饭否？"别人当然很想了解这位老将军的实际战斗力，结果，胃口还算不错，只是"一饭三遗矢"，就让人有些扫兴了。老是一种生命运行的正常现象，老了就得服老，不服老是不行的。黄忠以为自己食肉十斤，臂开二石之弓，能乘千里之马，偏要上阵，终于以战死沙场了此一生。甘宁为东吴最有武力的大将，以为自己宝刀未老，重新披挂上阵，没想到在夷陵战役中亡于一个蛮将手下。

刘备哪里把小小陆逊放在眼里，认为自己打了一辈子的仗，不会栽在这个乳臭未干的小子手里，谁知恰恰是这个年轻人，使他命丧白帝城，再也不能活着回他的西蜀了。

想当初，汉献帝建安五年（200）的官渡之战，胜方主帅曹操46岁，为一支游击队队长的刘备40岁，还算风华正茂；到了汉献帝建安十三年（208）的赤壁之战，胜方主帅周瑜34岁，为联军一方指挥员的刘备48岁，已是青春不再；现在，魏文帝黄初元年（222）的彝陵之战，胜方主帅陆逊40岁，而为蜀军总司令的刘备62岁，无论从生理年龄，还是心理年龄，都不是年轻人的对手了。赤壁那把火，曹操不过丢盔卸甲，狼狈而已；彝陵这把火，却送了刘备的老命和蜀国的主力,从此,蜀兵永远休想走出夔门。

其实,至此猇亭小胜,仇已报,恨已消,刘备若还有一点清醒,就该班师,回成都开庆功大会。可他,从涿郡起事以来,都在夹缝中

三国志像,绣像金批第一才子书,毛声山评点,金圣叹序,清初刊本大魁堂藏版

求生存，经常被扫地出门，只有挨打的份儿，哪有打人的份儿。这次兴师东征，第一次，千军万马，由他亲自指挥，第一次，旗开得胜，系他亲自决策。他找到了统帅的感觉，他意识到自己的能量，他当然不会罢手，他当然要趁热打铁。这就是所有浅薄侥幸之徒，赢了一把两把以后，非要在赌桌上输光最后一个筹码的小胜大败定律。

从关羽之死，到张飞之死，再到刘备之死，如同多米诺骨牌连锁效应一样，整个西蜀的败运，便不可遏止。这就说明了一个人，在形势变得极为严峻，极为不利的情况下，保持清醒，保持冷静，是件多么重要的事情。诸葛亮在出山时，司马徽感叹过"虽得其主，未得其时"，现在看来，在关键时刻，刘备也不是一个很好的合作对象啊！

刘备最后承认自己"智识浅陋，不纳丞相之言，自取其败"。在中国历代帝王中间，能够这样认错者是不多的。

刘备给陆逊戴上的大勋章
第八十四回（上）：陆逊营烧七百里

火烧连营七百里，使蜀国的战斗力丧亡殆尽。

一支占优势的军队，败在实力并不强的对手之下，这在战争史上并不算新鲜。但像刘备这样，亲手帮陆逊把大勋章戴上，并为他创造克敌制胜的便利条件，这种笨蛋指挥员，世所罕见。

这场战争本来是应该避免的，但既然挑起了这场战火，那就不能感情用事，要按照战争规律，认真对待敌人。"苞原隰险阻而为军者为敌所禽，此兵忌也。"这点已是书本上的属于ＡＢＣ性质的常识，陆逊、曹丕、诸葛亮一看便晓，独独刘备这位自以为是的指挥家，却茫然无知。

这是十分奇怪的。只能做这样的解释，倘非刘备是军事指挥上的低能儿外，最令人痛心者，是他陷入不可拔的复仇狂的病态之中，一叶障目，几无理智可言了。

西蜀刘备大举伐吴的失败，证明了这样的真理，一支军队——也包括任何处于对立双方中一方——往往不是先被敌人攻克，而是在自败以后，给对方以可乘之机，才让人家吞吃掉的。堡垒从内部攻破，陆逊懂得这个道理，按兵不动，他等待着刘备的帮忙。果然，蜀军违反军事常识迁移到"苞原隰险阻"地区结营，陆逊一看时机成熟，立刻发动火攻，这是长江上继火烧赤壁之后，又一把大火，取得了歼灭性的胜利效果。因此，也无妨说，陆逊的功劳有刘备很主要的贡献在内，不算言过其实。

《资治通鉴》魏纪一："汉主自秭归将进击吴，治中从事黄权谏曰：'吴人悍战，而水军沿流，进易退难。臣请为先驱以当寇，陛下宜为后镇。'汉主不从，以权为镇北将军，使督江北诸军；自率诸将，自江南缘山截岭，军于夷道猇亭。吴将皆欲迎击之。陆逊曰：'备举军东下，锐气始盛；且乘高守险，难可卒攻。攻之纵下，犹难尽克，若有不利，损我大势，非小故也。今但且奖厉将士，广施方略，以观其变。若此间是平原旷野，当恐有颠沛交逐之忧；今缘山行军，势不得展，自当罢于木石之间，徐制其敝耳。'诸将不解，以为逊畏之，各怀愤恨。"蜀将黄权向刘备建议，水陆两路迎战吴军，未必就稳操胜券，但至少开辟第二战场，可以分散敌方的军力，哪怕做出一点水战的姿态，当可牵制住一部分吴军，是在情理之中的。然而，一路小胜而来的刘备，很可能出于经验，对东吴的水军实力，不敢轻估，因而不愿挑战，大概觉得自己陆战比较在行，遂拒绝了黄权的建议。而陆逊受到的压力似乎更大，他在等待对手犯错误的麻痹策略，也不被部将理解。但是，即使"以为逊畏之，各怀愤恨"，他亦不为所动。两军自正月相拒，一直到六月，陆逊就是不挑战，也不应战，不知道为什么蜀军已打进吴境数百里，刘备就止步了。陆逊还是不接手，一直到闰六月，他上疏孙权："臣初嫌之水陆俱

三国志像，绣像金批第一才子书，毛声山评点，金圣叹序，清初刊本大魁堂藏版

进，今反舍船就步，处处结营，察其布置，必无他变。"最后，他说："伏愿至尊高枕，不以为念也。"

坚守半年，按兵不动，等待战机，火烧连营的陆逊，从此，名著史籍。

先说曹丕："初，帝闻备兵东下，与权交战，树栅连营七百余里，谓群臣曰：'备不晓兵，岂有七百里营可以拒敌者乎！"苞原隰险阻而为军者为敌所禽"，此兵忌也。孙权上事今至矣。'"再说诸葛亮，当然是《三国演义》的演义了："且说马良至川，入见孔明，呈上图本而言曰：'今移营夹江，横占七百里，下四十余屯，皆依溪傍涧，林木茂盛之处。皇上令良将图本来与丞相观之。'孔明看讫，拍案叫苦曰：'是何人教主上如此下寨？可斩此人！'马良曰：'皆主上自为，非他人之谋。'孔明叹曰：'汉朝气数休矣！'良问其故。孔明曰：'包原隰险阻而结营，此兵家之大忌。倘彼用火攻，何以解救？又，岂有连营七百里而可拒敌乎？祸不远矣！陆逊拒守不出，正为此也。汝当速去见天子，改屯诸营，不可如此。'"

结果，刘备"升马鞍山，陈兵自绕，逊督促诸军，四面蹙之，土崩瓦解，死者万数。汉主夜遁，驿人自担烧铙铠断后，仅得入白帝城，其舟船、器械，水、步军资，一时略尽，尸骸塞江而下。汉主大惭恚曰：'吾乃为陆逊所折辱，岂非天耶！'"

这一场仗打下来，刘备完了，蜀国差不多也接近完了，感情用事，实在要不得啊！

真卧龙也
第八十四回（下）：孔明巧布八阵图

孔明作八阵图，总算为刘备的彻底失败，至少找回来一点面子。据《三国演义》，陆逊见此江畔一堆乱石，大放厥词，"此乃惑人之术也"，结果进得去，出不来，幸亏诸葛亮的岳父黄承彦，给他指点明路，得以重获生天。不过，此乃演义，不见正史，只是得一精神胜利耳。尤其黄承彦的出现，颇为不伦不类。读小说者，最怕写小说者这种乱插一杠子的写法，实在不足为训。

冷兵器时代，双方交手，兵器与兵器的接触，近在咫尺，只有箭和弩的射击，有效距离稍为远些，古称"百步穿杨"，再远便不具杀伤力。因此，古代战争的战场，总是在肉眼的可视范围之中，双方工事，便可一览无余地呈现在眼底。于是，那些通过纵深构筑的掩体，有利运动的壕堑，进攻作战时，有掩体可以防御，恃而无虞。伏兵其中，敌人莫测多寡，迂回转移，有壕堑可以走遁，瞬息无形。在古人眼里，这就是充满了神奇诡秘的阵。

《三国志·蜀志·诸葛亮传》记载："亮长于巧思，损益连弩，木牛流马，皆出其意；推演兵法，作八阵图，咸得其

三国志像,绣像金批第一才子书,毛声山评点,金圣叹序,清初刊本大魁堂藏版

要云。"因为诸葛亮擅长此道,所布阵型,为八卦形,常称之为"八阵"或"八卦阵"。做为古代战争中一种战斗队形及兵力部署图,诸葛亮的原"图"今虽不见,然有传说为诸葛亮练兵

遗址的所谓"八阵图垒"。从郦道元的《水经注·江水》得知，这种"图垒"皆垒细石为之。共有三处：一为陕西沔县；一为重庆奉节；一为四川新繁，尤以在奉节者最为知名。《三国演义》在这里插进来一首五言绝句。诗名《八阵图》，未注明作者，诗曰："功盖三分国，名成八阵图。江流石不转，遗恨失吞吴。"这是唐代诗人杜甫在唐代宗大历元年（766），迁居夔州，所写一组诗中的一首。诗人是在为诸葛亮感叹，水涨水落，石阵犹在，吞吴败局，遗恨绵绵，遂错失了历史的大好良机。诸葛亮是怀抱着复兴志向的，但遇上短见的刘备，尽管"功盖三分国，名成八阵图"，也只能付之流水了。

一蹶不振的刘玄德，令人想起《伊索寓言》里那只狂妄的青蛙，以为只要喝水撑大肚皮，就可以成为水牛，结果肚皮爆炸，既未成牛，连蛙也不是了。

历史的无情，就在于不断地把同一个剧情的故事，反复地，而且冷酷地演给那些不接受教训的人看。对大叫"朕死于此矣"的刘备来说，一、没有金刚钻，休揽瓷器活，本是二三流演员，想挂头牌，唱主角，非砸在台上不可。二、感情无妨澎湃，理智必须保持，发天大的火可以，但不能失控，一国之主，为两个愚蠢的拜把子兄弟，搭上自己的老命，还搭上好端端的国家，真是岂有此理了。任何人，一旦靠拳头代替脑袋思考，非要撞到南墙上头破血流不可。

陆逊走出八阵图，叹服孔明，"真卧龙也，吾不能及。"后来，诸葛亮死于五丈原，司马懿巡视其阵法，也不得不承认己所不及，这类中国文化传统中的神怪荒谬，无稽不经之谈，最有市场，就是因为符合中国老百姓信天信命的唯心论观点的。一切归之曰不可知和不可为，于是也就无须任何付诸反抗的行动，甚至连反抗之心都不需要了。诸葛亮既然知道未来有个东吴大将陷入阵中而束手待擒，为什么就不知道他的岳父会指点迷津呢？既然算出将来刘备会有走投无路的厄运，预先埋伏下十万潜兵等候，那干吗眼看西蜀从此一蹶不振呢？孔明一定要回答，这是天数已定，无可逆反的事情。既然一切均在预料中，那何必不躬耕南阳，又要出山呢？如果，这也是命数的话，那还有什么必要用乱石堆起这个八阵图呢？

刘备与孔明的不相融

第八十五回（上）：刘先主遗诏托孤儿

刘备已经再无有颜面，回到蜀中去了，仇未报，恨未雪，折兵损将，败师白帝，只有死之一途了。

若从三顾茅庐那求贤若渴、敬若神明的虔诚来看，刘备是不应该有此次大举伐吴之事的。即使退一万步，如此重大战役，至少不应该把运筹帷幄、决胜千里之外的军师排斥，而诸葛亮听任刘备意气用事，也是不能不负责任的。这就是君子之交，和小人之交的区别了。君子之交，讲原则，讲分际，有是非之分，无亲疏之别。小人之交，讲感情而不顾原则，讲关系而不讲分际，有亲疏之分，而无是非之别。诸葛亮和刘备，是君子之交，谏阻了，尽职了，你不听，执意东征，那就是你的事。而关羽、张飞和刘备的拜把子，则是小人之交，所以，中国大部分正经人对这行为，都嗤之以鼻，不屑为之。可这三位，文化程度低，社会层次差，所以才有为朋友两肋插刀的无原则、无是非的义气。

正是这种精神文明上的差距，刘备和诸葛亮，两个人的心理空间是大不相同的，诸葛亮想的，刘备根本不能理解，而刘备想的，诸葛亮未必屑于一顾，看似最佳拍档，其实也是貌合神离，何况还有关羽、张飞几乎半个主子身份的基本上的二百五介入其中，使问题越发的复杂化呢？诸葛亮所以有"出师未捷身先死"之叹，非时之罪，乃主之过也。刘备在许多重大问题的决策上，对诸葛亮并非完全言听计从的。加之诸葛亮近乎愚忠的"鞠躬尽瘁，死而后已"精神，遂有一系列的失败。

试看曹操的谋士，除了荀彧这个悲剧人物外，诸如贾诩、郭嘉、刘晔以及司马懿，都是与曹操的绝对实用主义，以及无所不用其极的市侩精神相呼应、相共鸣。再看孙权的谋士，如张昭、鲁肃、周瑜，都是主张立足江东，不受人俯仰，不受制于人，便大满足，偶尔乘虚出击，捞点小便宜便很开心了。而刘备，则受关、张牵制，复兴汉室，是旗号，仁义先行，是手段，无长远之规划，小富即足，也无立国之意愿，不思进取，始终未能改变草莽英雄分田分地的自肥心态，所以事事处处，关、张占先，这可是与自比管仲、乐毅的诸葛亮格格不入的。

托孤时，刘备说："君才十倍曹丕，必能安邦定国，终定大事。若嗣子可辅，则辅之，如其不才，君可自为成都之主。"这番话里，至少有两层意思，一是承认了他未能使诸葛亮发挥他安邦定国、终成大业的才干，以至于有今天之结局；二当然是主旨了，希望他能像辅他一样地辅他的继承人阿斗。而成都为主之说，不过是把握了诸葛亮的忠诚，一方面是激他愈发鞠躬尽瘁，另一方面也是先封死他的这种连万分之一都不可能的想法罢了。人称刘备豪杰，不是没有道理的。胡三省注《资治通鉴》，对其托孤和遗言，赞曰："自古托孤之主，无如昭烈之明白洞达者","自汉以下,所以诏敕嗣君者,能有此言否?"说明刘备虽败,但神志未垮,故有此完善周到细致而富感性的后事安排。

刘备托孤,历来看法各异。有批其伪者。

三国志像,绣像金批第一才子书,毛声山评点,金圣叹序,清初刊本大魁堂藏版

李卓吾评:"玄德托孤数语,人以为诚语,予特以为奸雄之言也。有此数语,孔明纵奸如莽、操,亦自动手脚不得矣,况孔明又原忠诚不二者乎?"毛氏父子评:"或问先主令孔明自取之为真话乎?为假语乎?曰:以为真,则是真,以为假,则亦假也。"有赞其真者。苏轼《东坡志林》说:"玄德将死之言,乃真实语也。"卢弼《三国志集解》说:"以其不肖者败之,不若能者为之。昭烈睹嗣子之不肖,虑成业之倾败,发愤授贤,亦情之所出,何疑为伪乎?"赵翼认为:"托孤于亮,千载下犹见其肝膈本怀,岂非真性情之流露。"近人周一良在《魏晋南北朝史札记》中说:"三国纷争之时,统治者心中之主要目标在于巩固地盘,进而争夺天下。刘备以此勉励诸葛亮,孙策托孤于张昭亦然。"他援引桂馥语:"(刘备)自叹大业未就,又无克家之嗣子,与其拱手以让敌,何如使能者制敌而有之为快。此真英雄志士之大略,非庸庸者所能窥测也。"

　　刘备经历了他一生以来的大败,他终于明白,在此最后时刻,应该怎样画这个句号。

曹操去世，刘备托孤
第八十五回（下）：诸葛亮安居平五路

曹操去世，刘备托孤，标志着那一代人的结束。

曹操死于汉献帝建安二十五年（220），刘备死于蜀汉昭烈帝章武三年（223），两人都在死前留有遗嘱。

刘备的遗嘱，见《诸葛亮集》载先主遗诏敕后主曰："朕初疾但下痢耳，后转杂他病，殆不自济。人五十不称夭，年已六十有余，何所复恨，不复自伤，但以卿兄弟为念。射君到，说丞相叹卿智量，甚大增修，过于所望，审能如此，吾复何忧！勉之，勉之！勿以恶小而为之，勿以善小而不为。惟贤惟德，能服于人。汝父德薄，勿效之。可读《汉书》、《礼记》，间暇历观诸子及《六韬》《商君书》，益人意智。闻丞相为写《申》、《韩》、《管子》、《六韬》一通已毕，未送，道亡，可自更求闻达。"临终时，呼鲁王与语："吾亡之后，汝兄弟父事丞相，令卿与丞相共事而已。"

刘备的这番遗言，一是鼓励，二是希望，三是明确指出"父事丞相"，这是他遗诏的最主要之点。因为他向诸葛亮托孤以后，必须要向另一方当事人，他的继承人交割清楚的。这样，他就可以放心地闭上双眼离开这个世界。第一，他的

第八十五回

三国志像，绣像金批第一才子书，毛声山评点，金圣叹序，清初刊本大魁堂藏版

儿子阿斗,继续坐在他坐过的位置上,他放心了。第二,他的军师诸葛亮,继续像辅佐他一样地辅佐刘禅,他更加放心了。因此,刘备的死,要比他的对手曹操干净利索,说走就走,心无遗憾。曹操的死,就比较迁延、反复、拖沓和麻烦。也许这两个人的病情不同,刘备可能系消化道引发的脏腑器官衰竭,死亡过程较快,而曹操则是他宿疾头风而致脑部产生癌变,故而弥留时间较长。从他断断续续的《遗令》看,显然是他半昏迷、半清醒状态下呢喃之语,由身边人记录下来的。

看曹操的这份《遗令》,你马上会想到什么是"英雄气短,儿女情长",他真是难舍难分与他有着千丝万缕关系的这个世界,他也实在还不清与他有过缠绵感情的那一大串风流债啊!

正史《三国志》载:"二十五年(220),春正月,庚子,王崩于洛阳,年六十六。遗令曰:'天下尚未安定,未得遵古也。葬毕,皆除服。其将兵屯戍者,皆不得离屯部。有司各率乃职。敛以时服,无藏金玉珍宝。'谥曰武王。二月丁卯,葬高陵。"《遗令》只有44字,简洁明顺。而稍后至晋惠帝元康二年(292),由江东来到洛阳的陆机,任太子洗马、著作郎,有机会接触秘阁文书,从中发现了曹操的遗令,并写进了他的《吊魏武帝文》中,于是,世上出现了陆机版本的《遗令》,看到了另一个碎嘴的、唠叨的、婆婆妈妈的,甚至有点感情失控的曹操。

"吾夜半觉,小不佳;至明日,饮粥汗出,服当归汤。吾在军中,持法是也。至于小忿怒,大过失,不当效也。天下尚未安定,未得遵古也。吾有头病,自先著帻。吾死之后,持大服如存时，勿遗。百官当临殿中者，十五举音；葬毕，便除服；其将兵屯戍者，皆不得离屯部；有司各率乃职。敛以时服，葬于邺之西冈上，与西门豹祠相近，无藏金玉珠宝。吾婢妾与伎人皆勤苦，使著铜雀台，善待之。于台堂上，安六尺床，下施繐帐，朝晡设脯糒之属。月旦、十五日，自朝至午，辄向帐中作伎乐。汝等时时登铜雀台，望吾西陵墓田。余香可分与诸夫人，不命祭。诸舍中无所为，可学作履组卖也。吾历官所得绶，皆著藏中。吾余衣裘，可别为一藏。不能者，兄弟可共分之。"共 244 字。

在其《吊魏武帝文》中，还有诸如"持姬女而指季豹以示四子，曰：'以累汝！'因泣下。伤哉！曩以天下自任，今以爱子托人"等未见于《遗令》的词句，分不清是曹操的话，还是陆机的文，因此，这篇由《吊魏武帝文》中辑出的《遗令》，既不为陈寿所取，也不为裴松之所引，甚至也不被最反曹的吴人所著《阿瞒传》采用，可见陆机此说，确有很大的存疑之处。何况其祖陆逊，其父陆抗，吴国之干城，一生与魏相敌，更加之陆机还是一个善于投机的文人呢？

不妨姑妄听之吧！

说客的能耐
第八十六回（上）：难张温秦宓逞天辩

能言善辩，才思敏捷，应对如流，果敢无畏，凭三寸不烂之舌，不战而屈人之兵，是春秋战国到秦汉之际，衡量一个良臣谋士的重要标准。晏子使楚，就是在外交中发挥辩才的杰出范例，张仪苏秦，陆贾郦生，都以口若悬河，闻名于世。而诸葛亮舌战群儒，在《三国演义》中，更是脍炙人口的篇章。

谈判，是双方较量中，不可缺少的一个组成部分。而谈判的成功与否，取决于负责与对方打交道的使者，通过口才，取得胜利，这类职业谈判者，古称说客。

只要有对峙的双方，说客，就是不可少的。其实，现代社会中的上自国家的外交官、谈判代表，下至公司里的推销员、公关小姐，他们所做的一切和所想达到的目标，与历史上的这些说客相比，除了内容变化，实质精神是没有什么差别的。总是处于弱势地位的一方，希望通过语言手段，从处于强势的一方那里，获得想得到的一切，而避免必须诉诸其他手段的较量。因为这种真刀真枪的局面，对于弱势后方，绝对难以取得胜利。因此，谈判桌也是某种意义上的战场。

所以，孙权在得到荆州后，向魏文帝称臣，并派了使者赵咨去当说客，说服曹丕。使他一方面相信东吴的诚意，一方面又对孙权不敢藐视。这种分寸感是不易掌握的，臣服本是江东权宜之计，不打算真正投降，保持尊严是第一位的。因此态度强硬，容易激生事端，引发曹丕的警惕戒惧之心，但过于软弱，会被视作可欺，曹丕随时可以挑衅发难。要做到不卑不亢，而又维持吴、魏暂时相安的局面，赵咨不负重任，说动了曹丕，吴、魏由于荆州易主所产生的危机，安然过去。同样，邓芝使吴，重修旧好，当然也是西蜀的基本国策，另一方面，诸葛亮在刘备出川大败以后，需要一个喘息的机会，以便重整旗鼓。邓芝在热油正沸的油锅前面，侃侃而谈，陈述利害，终于赢得了谈判的胜利。

实力虽然是决定性的，但无论强方多强、弱方多弱，说客的作用是不应该忽略的。

《三国志·邓芝传》写他到东吴后，与孙权论辩，比《三国演义》中张昭给孙权出主意，"先于殿前立一大鼎，贮油数百斤，下用炭烧。待其油沸，可选身长面大武士一千人，各执刀在手，从宫门前直摆至殿上，却唤芝入见。休等此人开言下说词，责以郦食其说齐故事，效此例烹之，看其人如何对答"要高明得多。但听书者更乐渲染火焰之熊熊，油锅之鼎沸，不太耐烦双方之唇来舌往，洋洋洒洒了。

"先主薨于永安。先是，吴王孙权请和，先主累遣宋玮、费祎等与相报答。丞相诸葛亮深虑权闻先主殂陨，恐有异计，未知所如。芝见亮曰：'今主上幼弱，初在位，宜遣大使重申吴好。'亮答之曰：'吾思之久矣，未得其人耳，今日始得之。'芝问其人为谁？亮曰：'即使君也。'乃遣芝修好于权。权果狐

三国志像,绣像金批第一才子书,毛声山评点,金圣叹序,清初刊本大魁堂藏版

疑,不时见芝,芝乃自表请见权曰:'臣今来亦欲为吴,非但为蜀也。'权乃见之,语芝曰:'孤诚原与蜀和亲,然恐蜀主幼弱,国小势偪,为魏所乘,不自保全,以此犹豫耳。'芝对曰:'吴、

蜀二国四州之地，大王命世之英，诸葛亮亦一时之杰也。蜀有重险之固，吴有三江之阻，合此二长，共为唇齿，进可并兼天下，退可鼎足而立，此理之自然也。大王今若委质于魏，魏必上望大王之入朝，下求太子之内侍，若不从命，则奉辞伐叛，蜀必顺流见可而进，如此，江南之地非复大王之有也。'权默然良久曰：'君言是也。'"

作为一个说客，不辱使命是当然的了。"权谓芝曰：'若天下太平，二主分治，不亦乐乎！'芝对曰：'夫天无二日，土无二王，如并魏之后，大王未深识天命者也，君各茂其德，臣各尽其忠，将提枹鼓，则战争方始耳。'权大笑曰：'君之诚款，乃当尔邪！'"看来，诚实，对着真人不说假话，也是获取信任的重要手段。

曹丕的幸福与痛苦
第八十六回（下）：破曹丕徐盛用火攻

魏文帝黄初四年（223），曹丕曾经问过贾诩，我欲一统天下，吴、蜀何先？《资治通鉴》载："三月，丙申，车驾还洛阳。初，帝问贾诩曰：'吾欲伐不从命，以一天下，吴、蜀何先？'对曰：'攻取者先兵权，建本者尚德化。陛下应期受禅，抚临率土，若绥之以文德而俟其变，则平之不难矣。吴、蜀虽蕞尔小国，依山阻水。刘备有雄才，诸葛亮善治国；孙权识虚实，陆逊见兵势。据险守要，泛舟江湖，皆难卒谋也。'帝不纳，军竟无功。"这一次，因疫病，退兵。

魏文帝黄初五年（224），"秋，七月，帝东巡，如许昌。帝欲大兴军伐吴，侍中辛毗谏曰：'方今天下新定，土广民稀，而欲用之，臣诚未见其利也。先帝屡起锐师，临江而旋。今六军不增于故，而复循之，此未易也。今日之计，莫若养民屯田，十年然后用之，则役不再举矣。'帝曰：'如卿意，更当以虏遗子孙邪？'对曰：'昔周文王以纣遗武王，惟知时也。'帝不从，留尚书仆射司马懿镇许昌。八月，为水军，亲御龙舟，循蔡、颖，浮淮如寿春。九月，至广陵。"这一次，因风灾，退兵。

魏文帝黄初六年（225），"辛未，帝以舟师复征吴，群臣大议，宫正鲍勋谏曰：'王师屡征而未有所克者，盖以吴、蜀唇齿相依，凭阻山水，有难拔之势故也。往年龙舟飘荡，隔在南岸，圣躬蹈危，臣下破胆，此时宗庙几至倾覆，为百世之戒。今又劳兵袭远，日费千金，中国虚耗，令黠虏玩威，臣窃以为不可。'帝怒，左迁勋为治书执法。勋，信之子也。夏，五月，戊申，帝如谯。"这一次，因"时天寒，冰，舟不得入江"，退兵。

曹丕在位共 7 年，不知因为什么原因，连续攻吴三次，每次均大张旗鼓而往，偃旗歇鼓而归。最后一次他认输了，因为回军途中，遇到吴将孙韶的伏击，"（孙韶）遣将高寿等率敢死之士五百人，于径路夜要帝，帝大惊，寿等获副车、羽盖以还"。丢人现眼的曹丕，终于自我结论，"自今讨贼计画，善思论之。"

文帝三次伐吴，其偏执行事，其抵制群议，很有点莫名其妙，他在最应该伐吴的最佳时机，不伐吴；而在最不应该伐吴的时候，一连伐了三次。吴、蜀彝陵决战前的半年相持阶段，曹丕若是听刘晔的话，"今天下三分，中国十有其八。吴、蜀各保一州，阻山依水，有急相救，此小国之利也。今还自攻，天亡之也。宜大兴师，径渡江袭其内。蜀攻其外，我袭其内，吴之亡不出旬月矣。"曹丕不听，竟然说："人称臣降而伐之，疑天下欲降来者心，必以为惧，其殆不可！孤何不且受吴降，而袭蜀之后乎？"结果，大败的蜀，刘备在永安，孔明在川中，若果如曹丕所说，袭蜀之后，那不堪一击的蜀汉，也将是雪上加霜的败局。然而，曹丕也只是说说而已。他不想伐蜀,并非他对刘备、诸葛亮多么忌惮,更不是对蜀山蜀水易守难攻的地形,多么在意。他在军事上不是一个雏,他曾领兵打仗,据《旧唐书·经籍志》所载,曹丕著有《兵法要略》十卷,

遗香堂绘像三国志,明末安徽新安黄氏刻本

只是和他大部分著作一样，都散佚了而已。但就在彝陵决战，吴获大胜以后，他又提出攻吴，这就十分荒唐了。刘晔说："彼新得志，上下齐心，而阻带江湖，不可仓卒制也。"他不听，只有一个字，打。他为什么如此执迷于力克东吴呢？

  我们知道，曹丕只活了40岁，至少有34年隐忍在曹操的超强气场之下，他实际上不能做他想做的自己，必须尽力做到曹操能够认可的那个自己，而不敢出任何差错。这种王储的"幸福"，其实就是心头滴血的"痛苦"，久而久之，积蓄下来的反压力，有朝一日，得以爆发，必然要产生可怕的反弹。虽然，陈寿评他："文帝天资文藻，下笔成章，博闻强识，才艺兼该；若加之旷大之度，励以公平之诚，迈志存道，克广德心，则古之贤主，何远之有哉？"曹丕终于等到了这一天，等老人家两眼一闭，第一件事，废汉献帝自立，破其不称帝之功。第二件事，用陈群的九品中正制，废其因才用人之道。第三件事，就是三打东吴，雪其父赤壁之败。也许，这似乎可以解释他与孙权，并无特别的冤仇，而屡起战端的缘由了。他说过："更当以虏遗子孙邪？"说明这个被压迫太甚的年轻人，是存有一分想超出压迫者一头的雄心，给世人看看，其父虽强，他也不弱。

皆用兵谋国之一道也
第八十七回（上）：征南寇丞相大兴师

诸葛亮之南征，除了为他雄心勃勃的北伐大计，做好充分准备，免除后顾之忧外，实际上，也是利用三国之间的相互牵制，谁和谁都不可能联合起来对付第三者，也没有谁单独挑起大的战事而让第三者得以渔利的空隙，向南发展，拓疆开土。因为四川盆地，虽称天府之国，但在魏、蜀、吴三国鼎立的状态下，蜀的版图只有魏的五分之一、吴的三分之一，也实在是太小了。

曹操北攻乌桓，是力取。挥师千里，乘胜追击，不容敌人有稍许喘息之时。诸葛亮南征孟获，是智取。或擒或纵，或诱或间，使其既屈于武力，又膺服于心攻。七擒孟获，是诸葛亮心战成功的范例。

拥兵百万、武将如云、粮秣丰足、雄踞中原的曹魏，在当时，算是绝对的超级大国，具有足够的军事力量，使得边远部落臣服，轻易不敢启衅。而诸葛亮的西蜀，比之曹操，益州、汉中之地，就十分局促了。何况北有魏国存虎视眈眈之意，东有孙吴怀觊觎窥测之心，因此，他无力让相当一部分军力，被牵制在蛮夷之域，从而影响他的北进计划。所以，

第八十七回

三国志像,绣像金批第一才子书,毛声山评点,金圣叹序,清初刊本大魁堂藏版

这次南征,不仅是简单的手术刀式的行动,以制止后院起火。而是一次彻底解决问题的战争,达到长治久安的目的。使得在未来北上作战,无暇旁骛时,南疆不再需他分心。

武力,可以征服一时,不能持久,败者总是要设法反抗的。只有真正的心悦诚服,才能出现较长时间平稳和平静的局面。

几乎在同一时期,利用这个相对稳定的鼎立状态,孙权也积极向内地拓展,一改原来政令只能有效于沿江沿海,而不及内地山区统称之为山越的原住民,据《三国志·诸葛恪传》:"恪以丹杨山险,民多果劲,虽前发兵,徒得外县平民而已,其余深远,莫能禽尽,屡自求乞为官出之,三年可得甲士四万。众议咸以丹杨地势险阻,与吴郡、会稽、新都、鄱阳四郡邻接,周旋数千里,山谷万重,其幽邃民人,未尝入城邑,对长吏,皆仗兵野逸,白首于林莽。逋亡宿恶,咸共逃窜。山出铜铁,自铸甲兵。俗好武习战,高尚气力,其升山赴险,抵突丛棘,若鱼之走渊,猿狖之腾木也。时观间隙,出为寇盗,每致兵征伐,寻其窟藏。其战则蜂至,败则鸟窜,自前世以来,不能羁也。皆以为难。"

"恪到府,乃移书四郡属城长吏,令各保其疆界,明立部伍,其从化平民,悉令屯居。乃分内诸将,罗兵幽阻,但缮藩篱,不与交锋,候其谷稼将熟,辄纵兵芟刈,使无遗种。旧谷既尽,新田不收,平民屯居,略无所入,于是山民饥穷,渐出降首。恪乃复敕下曰:'山民去恶从化,皆当抚慰,徙出外县,不得嫌疑,有所执拘。'臼阳长胡伉得降民周遗,遗旧恶民,困迫暂出,内图叛逆,伉缚送诸府。恪以伉违教,遂斩以徇，以状表上。民闻伉坐执人被戮，知官惟欲出之而已，于是老幼相携而出，岁期，人数皆如本规。恪自领万人，余分给诸将。"诸葛恪没有其叔父诸葛亮对付孟获的那分耐心，手段横蛮，一时能起恫吓作用，要讲长治久安，就知道诸葛亮心战的威力了。

按王夫之的说法，蜀征南中，魏伐辽东，包括吴收山越，是一回事，"皆用兵谋国之一道也"。他认为，"与隋炀之伐高丽，唐玄之伐云南，异矣。隋、唐当天下之方宁，贪功而图远，涉万里以侥幸，败亡之衅，不得而辞焉。诸葛公之慎，司马懿之智，舍大敌而勤远略，其所用心者未测矣。""先主殂，蜀示可以图中原，孟德父子继亡，魏未可以并吴、蜀，兵不欲其久安而忘致死之心，诸葛之略，司马之智，其密用也，非人之所能测也。"

在这场拉练式的战争中，诸葛亮自然要慢慢消遣这个孟获了。

但是，这一仗打下来，蜀汉后主建兴三年（225）七月诸葛亮平南班师，山路崎岖，交通不便，回师，肯定是颇费时日的事。大军撤回蜀中，尚未稍事休整，诸葛亮于蜀汉后主建兴五年（227）正月，便要誓师北伐了。急于求功的诸葛亮，倾举国之兵，集蜀中之将，要与曹魏决一雌雄。这种抱负，这分壮志，这番报先主托孤之心，也许是值得赞许的。但罔顾国力，孤注一掷，连他一向提倡的吴、蜀联盟，也不依靠，无所策应，全凭单干，实在是个人主观主义到了极点。

心战为上，兵战为下
第八十七回（下）：抗天兵蛮王初受执

马谡为参军，建议征南的诸葛亮"夫用兵之道，攻心为上，攻城为下；心战为上，兵战为下"。诸葛亮采纳了。马谡后来失街亭，是另一回事，他的攻心战术，却是相当奏效的。据叶梦得《避暑录话》："明皇幸蜀图，李思训画"，"山谷间民皆冠白巾，以为蜀人为诸葛孔明服，所居深远者，后遂不除，然不见他书。"周去非《岭外代答》："西南夷大率椎髻跣足，或衣斑花布……其髻以白纸缚之。云犹为诸葛武侯制服也。武侯之泽远矣哉！"

从这两位宋人的记叙来看，蜀汉后主建兴三年（225），诸葛亮的南下之战，七擒七纵孟获，对于中原文明之传播，中华文化之拓展，起到积极的推动作用。对于西南边境经济之成长，民生之进步，政治之启蒙，风俗之改良，也产生了良好的影响。因为诸葛亮的军事行动，始终辅以怀柔政策，攻心为上，其实也就是政治工作的成功。最后，诸葛亮全撤，不留一兵一卒，"悉收其俊杰孟获等以为官属，出其金、银、丹、漆、耕牛、战马以给军国之用。自是终亮之世，夷不复反。"

因为《三国演义》的宗旨在于彰显蜀汉，曹魏作为其主要对手，不得不提及，而孙吴，则是配角的配角，就更次而次之了。所以，同样在"用兵谋国"的东吴，便在罗贯中先生的关照之外，而忽略掉了。其实，并非如此，东吴的疆土本来就狭窄，不得不先行开拓内陆，深入山区，然后放眼海外，大展手脚。范文澜在《中国通史》中赞扬孙权是"大规模航海的倡导者"，因为他对于夷洲、亶洲的发现，厥功奇伟，《三国志·吴书》载，吴大帝黄龙二年（230）春正月，孙权"遣将军卫温、诸葛直将甲士万人浮海求夷洲及亶洲。亶洲在海中，长老传言秦始皇帝遣方士徐福将童男童女数千人入海，求蓬莱神山及仙药，止此洲不还。世相承有数万家，其上人民，时有至会稽货布，会稽东县人海行，亦有遭风流移至亶洲者。所在绝远，卒不可得至，但得夷洲数千人还。"这是中国人有史以来第一次大规模探险行动，自《禹贡》最早提出"夷洲"这样一个地理概念以来，东吴孙权派出两位将军，率万人启航远征，第一次到达"夷洲"，也就是今台湾，并登岛驻扎。这既需要能在海上航行的大型船舶，更需要足够这一万人在海上航行期间所消费的物资储备，这等大手笔、大气派，非孙权莫能为。

从《三国志·吕岱传》，我们可以感到孙权南下的紧迫感，汉献帝建安二十年（215）起，孙权就派吕岱往南进军，先下湖湘，"督孙茂等十将从取长沙三郡。又安成、攸、永新、茶陵四县吏共入阴山城，合众拒岱，岱攻围，即降，三郡克定。权留岱镇长沙。安成长吴砀及中郎将袁龙等首尾关羽，复为反乱。砀据攸县，龙在醴陵。权遣横江将军鲁肃攻攸，砀得突走。岱攻醴陵，遂禽斩龙，迁庐陵太守。"接着还往南，再

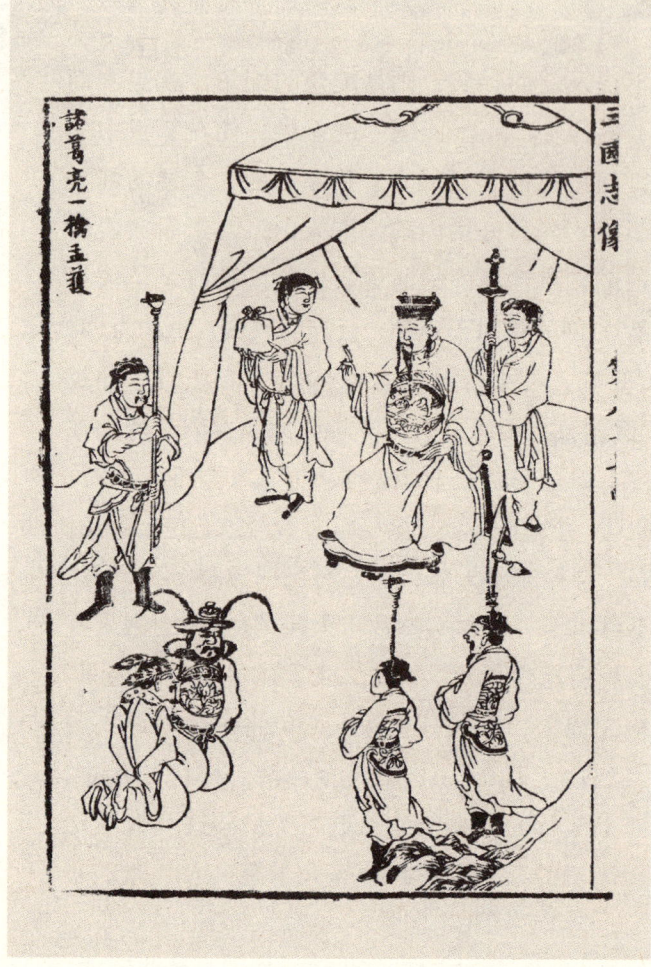

三国志像,绣像金批第一才子书,毛声山评点,金圣叹序,清初刊本大魁堂藏版

下两广。"延康元年(220),代步骘为交州刺史。到州,高凉贼帅钱博乞降,岱因承制,以博为高凉西部都尉。又郁林夷贼攻围郡县,岱讨破之。是时桂阳浈阳贼王金合众于南海界上,首

乱为害，权又诏岱讨之，生缚金，传送诣都，斩首获生凡万余人。迁安南将军，假节，封都乡侯。"孙权并没有让吕岱止步的意思，继续南进，"交阯太守士燮卒，权以燮子徽为安远将军，领九真太守，以校尉陈时代燮。岱表分海南三郡为交州，以将军戴良为刺史，海东四郡为广州，岱自为刺史。遣良与时南入，而徽不承命，举兵戍海口以拒良等。岱于是上疏请讨徽罪，督兵三千人晨夜浮海。""岱既定交州，复进讨九真，斩获以万数。又遣从事南宣国化，暨徼外扶南、林邑、堂明诸王，各遣使奉贡。权嘉其功，进拜镇南将军。"孙权诏曰："元恶既除，大小震慑，其余细类，扫地族矣。自今已去，国家永无南顾之虞，三郡晏然，无怵惕之惊，又得恶民以供赋役，重用叹息。赏不逾月，国之常典，制度所宜，君其裁之。"

东吴政权的外交幅围之广，互通来往之密，远远超过蜀汉诸葛亮对于西南边陲的开发利用。总而言之，文化，又叫软实力，凭刀枪剑戟，也许能奏一时之效，但压服不等于心服，只有靠软实力的润物无声，潜移默化，言行垂范，影响吸引，才能口服心服，归化于我。

唯武器论的局限性
第八十八回（上）：渡泸水再缚番王

两军对峙，以实力之强弱来决定胜负，大致是这样一个规律，但并非绝对规律，战争中的未可预卜之数太多太多，变幻莫测，因而强者未必凯歌高奏，弱者也不一定束手投降。在战场上，也包括在官场上、商场上，乃至于其他一切领域的斗争，这种强弱转化、胜负互易的打乱规则的例外，是并不乏见的。

所以，唯武器论是有一定的局限性的。

一场大规模的战争，是多方面斗智赛力的较量，不完全取决于枪炮。孔明与孟获之战，固然是双方军事实力的比赛，指挥能力的较量，也是一场文明与野蛮的斗争。

在中国历史上，从黄帝和蚩尤的厮杀开始，到而后的周边部落扰民寇境，强悍民族入主中华，这类比较进步的一方，和相对落后的一方的战争，从来也不曾中断过。通常是这样的，文明程度较高的中原地区，由于内部争斗，分崩离析，清谈误国，引狼入室，而沦丧于进化较慢但战斗力可观的部落、民族、国家手中，必然是一次历史的大倒退。相反，中原处于强盛时期，以力胜之，以智取之，特别是生产力的发展，社会财富的积累，人民生活水准的提高，对落后于农耕文明的以畜牧为生的外族外邦，更能起到望风披靡、所向无敌的心战效果。

智，就是文明和文化这类精神上的力量，诸葛亮能够使孟获心悦诚服地归顺，确实如马谡所说的那样："攻心为上，攻城为下，心战为上，兵战为下。"同样，对于一切领域的争斗，凡文明程度、精神力量上不占优势的对手，在力取的同时，加强心攻，也是取胜之道。

七擒孟获一说，未见于《三国志》，在正史中只有"亮率众南征"一句，只是裴松之引习凿齿《汉晋春秋》中有所记载。"亮至南中，所在战捷。闻孟获者，为夷、汉所服，募生致之。既得，使观于营陈之间，问曰：'此军何如？'获对曰：'向者不知虚实，故败。今蒙赐观看营陈，若祗如此，即定易胜耳。'亮笑，纵使更战，七纵七禽，而亮犹遣获。获止不去，曰：'公，天威也，南人不复反矣。'遂至滇池。南中平，皆即其渠率而用之。或以谏亮，亮曰：'若留外人，则当留兵，兵留则无所食，一不易也；加夷新伤破，父兄死丧，留外人而无兵者，必成祸患，二不易也；又夷累有废杀之罪，自嫌衅重，若留外人，终不相信，三不易也；今吾欲使不留兵，不运粮，而纲纪粗定，夷、汉粗安故耳。'"

诸葛亮和孙权，同是南征，手法不同。孙权，兵贵神速，一路向南，凡归顺者，则招降之，凡抗拒者，皆杀戮之；诸葛亮，七纵七擒，一直到纵之不走，这就是攻心战的高明了。

《资治通鉴》魏纪二，说得更清楚。"汉诸葛亮至南中，所在战捷，亮由越嶲入，斩雍闿及高定。使庲降督益州李恢由益州入,门下督巴西马忠由牂柯入,击破诸县,复与亮合。孟获收闣余众以拒亮。获素为夷、汉所服,亮募生致之,既得,使观于营陈之间,问曰:'此军何如?'获曰:'向者不知虚实,故败。今蒙赐观营陈,若只如此,即定易

三国志像,绣像金批第一才子书,毛声山评点,金圣叹序,清初刊本大魁堂藏版

胜耳。'亮笑，纵使更战。七纵七禽而亮犹遣获，获止不去，曰：'公，天威也，南人不复反矣！'亮遂至滇池。益州、永昌、牂柯、越巂四郡皆平，亮即其渠率而用之。或以谏亮，亮曰：'若留外人，则当留兵，兵留则无所食，一不易也；加夷新伤破，父兄死丧，留外人而无兵者，必成祸患，二不易也；又，夷累有废杀之罪，自嫌衅重，若留外人，终不相信，三不易也。今吾欲使不留兵，不运粮，而纲纪粗定，夷、汉粗安故耳。'亮于是悉收其俊杰孟获等以为官属，出其金、银、丹、漆、耕牛、战马以给军国之用。自是终亮之世，夷不复反。"

最初，孟获被擒后，曾问孔明，吾世居此处，汝侵我土地，何为反耶？孔明所以未与回答，因为没有共同语言。至此，孟获怕也不会再发此问了。

马谡并未随诸葛亮南征。这一回《三国演义》却说，"孔明正在帐中与马谡、吕凯、蒋琬、费祎等共议平蛮之事"，与《资治通鉴》载："汉诸葛亮率众讨雍闿等，参军马谡送之数十里"大相悖谬。

诸葛亮是伟人而不是完人
第八十八回（下）：识诈降三擒孟获

刘禅自公元 223 年登基为帝，史称后主，到 263 年降晋，统治蜀国达四十年。在此期间，南方少数民族始终与蜀汉睦邻友好，边境保持相对的和平状态，这应该说是诸葛亮通过七擒孟获的南征，所打下的稳固基础。司马光的《资治通鉴》称："终亮之世，夷不复反。"

章太炎作《思葛篇》："云南缅甸俚人，皆截发以为三撮，中撮以表武侯，左右以表父母，每饮茶，必举杯至额，以示祭报。其能汉语者，至称武侯为诸葛老爹。"虽然这是一位学者的见闻，但也反映出来一个被人景仰的历史人物，不论时隔多久，这种无声的纪念，总是不会泯灭的。

在西蜀兴兵，抚平西南之际，东吴也在向南方拓展，其统治区域由长江流域到达珠江流域，直到南海。海南、合浦、交趾均在辖属范围之内。并"进讨九真，斩获以万数，又遣从事南宣国化，暨徼外扶南、林邑、堂明诸王，各遣使奉贡"。由此可见在魏、蜀、吴之间，处于半休战状态下，北方来的外部压力减轻时，蜀、吴两国能够腾出手来，整理自家内部事务了。

三国志像，绣像金批第一才子书，毛声山评点，金圣叹序，清初刊本大魁堂藏版

曹操生前，从剿黄巾开始，所获降卒，强壮者充什伍，体弱者去屯垦，很在意发展生产。所以曹丕在位七年，托庇于他老子余荫，家大业大，北境安宁，他的拓疆辟土的念头，远不如吴、蜀那样强烈和迫切。不过，刘备死后，托孤于诸葛亮，曹丕来了精神，他觉得这是一个机会，魏文帝黄初四年（223），他让几位他父亲在位时的大佬，各个写信给诸葛亮劝降。"魏司徒华歆、司空王朗、尚书令陈群、太史令许芝、谒者仆射诸葛璋各有书与亮，陈天命人事，欲使举国称藩。"

诸葛亮没有一一作答，只是写了一篇文章，题曰《正议》，算是给这几位老朋友的一个回复。很客气，也很尖锐。

"昔在项羽，起不由德，虽处华夏，秉帝者之势，卒就汤镬，为后永戒。魏不审鉴，今次之矣；免身为幸，戒在子孙。而二三子各以耆艾之齿，承伪指而进书，有若崇、竦称莽之功，亦将偪于元祸苟免者邪！昔世祖之创迹旧基，奋羸卒数千，摧莽强旅四十余万于昆阳之郊。夫据道讨淫，不在众寡。及至孟德，以其谲胜之力，举数十万之师，救张郃于阳平，势穷虑悔，仅能自脱，辱其锋锐之众，遂丧汉中之地，深知神器不可妄获，旋还未至，感毒而死。子桓淫逸，继之以篡。纵使二三子多逞苏、张诡靡之说，奉进驩兜滔天之辞，欲以诬毁唐帝，讽解禹、稷，所谓徒丧文藻烦劳翰墨者矣。夫大人君子之所不为也。"

诸葛亮之伟大，其实不在他的功绩，第一，他未能如他自我期许的管仲、乐毅那样，得以辅助君主安邦定国，只能局促一隅，困兽万斗；第二，他也未能以他运筹帷幄，调和鼎鼐的才干，妥善处理刘、关、张融感情与政治于一体，讲义气而不讲原则的极其不正常的江湖关系，而致国破人亡的结果；第三，他的洁癖，太严格要求自己的同时，也同样苛刻地在作战方针上，在用人制度上，在法令设立上，在惩罚力度上，要求别人，因之失之于狭隘，而欠宽容，拘之于保守，而少进取，事必躬亲，不肯放手，防猜心重，无法超脱，因之在性格上也有令人不敢恭维的偏执。凡此种种，都说明诸葛亮是伟人，而不是完人。但其鞠躬尽瘁，死而后已的忠贞不贰之心，光昭日月，彪炳千秋，这几位老先生对其最伟大处下手，可谓不识时务到极点了。

即使南北朝北魏的崔浩，对诸葛亮持极其否定态度："夫亮之相刘备，当九州鼎沸之会，英雄奋发之时，君臣相得，鱼水为喻，而不能与曹氏争天下，委弃荆州，退入巴蜀，诱夺刘璋，伪连孙氏，守穷崎岖之地，僭号边夷之间。此策之下者，可与赵陀为偶，而以为管萧之亚匹，不亦过乎？谓寿贬亮非为失实。且亮既据蜀，恃山崄之固，不达时宜，弗量势力。严威切法，控勒蜀人；矜才负能，高自矫举。欲以边夷之众抗衡上国。出兵陇右，再攻祁山，一攻陈仓，疏迟失会，摧衄而反；后入秦川，不复攻城，更求野战。魏人知其意，闭垒坚守，以不战屈之。知穷势尽，愤结攻中，发病而死。由是言之，岂合古之善将见可而进，知难而退者乎？"

说这番话时的崔浩，正当红，故而狂人狂语，但对这位伟人的耿耿忠心，也不敢说个"不"字。

重复的乐趣
第八十九回（上）：武乡侯四番用计

李卓吾评曰："孟获却也顽皮，孔明却也耐心，想欲借此消闲过日乎？不然，何不惮烦一至此也！"诸葛亮本来派一个魏延用疑兵计，就吓得孟获不敢轻易挑衅。如此兴师动众，耗时耗力，是否为明智之举？真有大可怀疑之处。一擒二擒三擒，一纵二纵三纵，古代听书人，听得津津有味，当代读书人，看得未必耐烦，这就是这部古典小说所留下的时代烙印了。

《三国演义》是一部从"说三分"演变过来的小说，它保留了原来作为口头文学的许多特色。所以文中出现的那些可有可无的天文地理，神妖鬼怪，奇乡异土，逸事遗闻，纯粹是为了满足听众的猎奇心理和求知欲，才枝蔓横生地充斥于篇幅之中。这些近乎《山海经》的奇谈怪闻，完全是说书人为了满足那些文化水平不高，知识见闻有限的听众而为。《三国演义》是通俗读物，雅俗共赏，老少咸宜，是其刻意要达到的目标。因为能到书场里坐下来，穿长衫的少，穿短打的多，听正经的少，听热闹的多，你就不能不尊重这些听众的喜好了。

三国志像，绣像
金批第一才子
书，毛声山评
点，金圣叹序，
清初刊本大魁堂
藏版

"说三分"，是《三国演义》的最早版本，又称平话，系一代一代说书人集体创作成的。因为走乡串井，听众为劳动农民，就不能不考虑他们的需求。而诸葛亮七擒孟获，正好给作者提供了一个展示蛮荒夷域的机会，来满足听众的好奇之心。

中国人在长期的封建和礼教的双重统治下,一方面是思想禁锢和精神压迫,一方面是非礼勿视,非礼勿听,最终一个个都成了循规蹈矩的,不敢有半点非分之想的顺民。每个人的精神视野和想象空间,是极其有限的,而现实之严酷和动辄得咎的恐惧,就使人只有寄托于遥远的一切了。

所以,在中国,小说又叫作传奇,道理也就在此。

在征南之战中,我们知道,有孟获、孟优,还有一个孟节,有哑泉、柔泉、黑泉、灭泉,还有一个安乐泉。由此证明世间万物,无不由若干个体组成,绝无浑然不分的道理。因此,任何一个再坚强牢固,团结一致的集体,也不是铁板一块。总是有缝隙,有漏洞,有软肋,有盲点,既有可以利用的可乘之机,也有不堪一击的虚弱之处。这也是诸葛亮敢对败在他面前的孟获说,"吾已等候多时了!"这就是说,每一个组织,每一个团体,乃至一个国家,一个阵营,其内部、外部,包括领导核心之间都会有程度不同,多寡不定的对立力量,于是,见缝插针,打入内部,外布疑云,旁敲侧击。有智有谋之士,往往不轻易放过这些环节。重要的是善于发现、寻找,或者加以诱导、培育,还有诸如胁持、收买等不那么道德的手段,于这些不经意的瑕疵中,以达到击败敌手的目的。

而在这一回中,我们又看到"数十从人引一辆小车,车上端坐孔明"的那辆小车,那一分潇洒和从容,当然,其中不乏表演给孟获看的成分。从三顾茅庐,请他出山,"博望坡军师初用兵"起,就知道他在战场上,调兵遣将,指挥作战,全赖这辆小车,亲临前线。于是到死,"死诸葛吓走生仲达",

也还是这辆小车。可见诸葛亮躬耕南阳，啸吟剑舞，目光天下，胸怀大志，终究还是书生意气，儒士风度，虽通晓天文地理，虽娴熟战书兵法，但对于骑射之道，刀枪之用，大概要生疏一些，所以，就得借助于这种乘坐代步的工具了。在这个世界上，一个无所不能、无所不为的人，也是不存在的。

世无不可分之物，也无超完美的人，明白这一点，便有一分清醒。所以，后来诸葛亮得胜回朝，很快挥师北上，与其南征太过顺利，太过轻松，以致心理松懈，警惕放松，不无关系。

三国时期，魏国，最大最强；蜀国，最小最弱。以大凌小，可以打正面战，打消耗战，打旷日持久的拉锯战，"百足之虫，死而不僵"，因为经得起折腾。相反，以弱制强，应该承认本钱不大，人马不多，小本买卖，就必须短平快，游击战。快速出击，出其不意。干净利索，打了就走，过去打孟获，是强打弱，现在打魏国，是小打大，战争的对象变了，战争的方式也得变，还用老一套，就难操胜券了。

拉与打的艺术
第八十九回（下）：南蛮王五次遭擒

打，是一种手段，拉，也是一种手段，凡在双方或多方的斗争中，为了有效地分化瓦解敌人，达到各个击破的目的，必须要区别对待。有时要打，有时要拉，打的时候不忘拉，拉的时候也应准备打。

能拉则拉之，不能拉者起码也得动摇之，若拉不了也动摇不了的人，至少也要他在双方的敌对状态下中立之。有智有谋，有胆有识之士，在其实施打和拉的斗争过程中，往往特别注意手段之多端，手法之弹性，软硬兼施，身段放低，不轻易放过任何可以利用的细节。扩大团结面，缩小打击面，多一个朋友，多一条生路，添一个敌人，多堵一道墙。所以，要善于发现，寻找朋友，要加意培育，引导同路人，更要用诸如拉拢、收买、胁持、强迫等不那么道德的手段，使更多的同盟者，站到我们一边，使对方阵营发生分崩离析的变化。

在这方面，智商奇低的孟获，怎么能敌得过智商超高的诸葛亮呢！

《三国演义》载："孟获等连夜奔回银坑洞。那洞外有三江：乃是泸水、甘南水、西城水。三路水汇合，故为三江。其洞北近平坦三百余里，多产万物。洞西二百里，有盐井。西南二百里，直抵泸、甘。正南三百里，乃是梁都洞，洞中有山，环抱其洞；山上出银矿，故名为银坑山。"因为是演义，本也不必拘泥史实，说书人兴之所至，常常离稿即兴发挥，一旦刹不住闸，便漫无边际，云山雾罩起来。所以，七擒孟获的"七"，是受到质疑的，而南征的地理位置，似是而非，无法稽考，一切都如上述"泸水、甘南水、西城水。三路水汇合"一样，真实虚假，不经推敲。只能看热闹，不能当回事。

　　据研究者考据诸葛亮南征，兵分三路，主力为西路，丞相诸葛亮、参军杨仪领军，先平定越嶲郡（今四川西昌）的叛军高定，然后进军益州郡，消灭雍闿叛军，以及受他蛊惑而起的孟获地方武装。其次为中路，庲降都督李恢领军，由驻地平夷县（今贵州毕节）迂回包抄益州郡（今云南东部），占领孟获的根据地，切断其退路。再其次为东路军：门下督马忠领军，直取最东面的牂柯郡（今贵州黄平西南）朱褒的叛军。也有研究者认为，《出师表》里说到"五月渡泸，深入不毛"，显然，这场战斗，应该是在滇西北和黔西南一带进行。

　　诸葛亮七擒七纵，要比东吴孙权东登夷洲，南下九真，其战争之旷日持久，其花费之数额巨大，在耗用国帑上，蜀比吴投入大，但回报少。南征，表面上开拓了大量国土，但平南后，一不设官吏，二不留士兵，三仍以当地人为首领，中原的文明不及，政府的法令不到，实际上继续沦为蛮族之乡。

　　从《三国志·张嶷传》看到，平南以后的反复，当不止一起，而是屡屡发生的。因为一个人倘能反复七次，再反复第八次，会有多么困难吗？

据《张嶷传》，第一种情况为"数反"，即反复无常："初，越巂郡自丞相亮讨高定之后，叟夷数反，杀太守龚禄、焦璜，是后太守不敢

三国志像，绣像金批第一才子书，毛声山评点，金圣叹序，清初刊本大魁堂藏版

之郡，只住安上县，去郡八百余里，其郡徒有名而已。时论欲复旧郡，除嶷为越巂太守，嶷将所领往之郡，诱以恩信，蛮夷皆服，颇来降附。……种落三千余户皆安土供职。诸种闻之，多渐降服，嶷以功赐爵关内侯。"

第二种情况为"已降复反"，即再次反水："苏祁邑君冬逢、逢弟隗渠等，已降复反。嶷诛逢。逢妻，旄牛王女，嶷以计原之。而渠逃入西徼。渠刚猛捷悍，为诸种深所畏惮，遣所亲二人诈降嶷，实取消息。嶷觉之，许以重赏，使为反间，二人遂合谋杀渠。渠死，诸种皆安。又斯都耆帅李求承，昔手杀龚禄，嶷求募捕得，数其宿恶而诛之。"

第三种情况为"徼久自固食"，即毁约不认账："定莋、台登、卑水三县去郡三百余里，旧出盐、铁及漆，而夷徼久自固食。嶷之到定莋，定莋率豪狼岑，槃木王舅，甚为蛮夷所信任，忿嶷自侵，不自来诣。嶷使壮士数十直往收致，挞而杀之，持尸还种，厚加赏赐，喻以狼岑之恶，且曰：'无得妄动，动即殄矣！'种类咸面缚谢过。嶷杀牛飨宴，重申恩信，遂获盐铁，器用周赡。"

攻心，是正确的，你一走了之以后，其心服口服，究竟能维持多久，值得打个问号。

战场和赌场，大同小异
第九十回（上）：驱巨兽六破蛮兵

诸葛亮六擒六纵，孟获始终不买这个账，总是在释放以后，又卷土重来。如果说按马谡所见："南蛮恃其地远山险，不服久矣；虽今日破之，明日复叛。"所以他建议诸葛亮，对付蛮荒夷域的化外之民，光靠武力征服，只能奏一时之效。而要彻底使其膺服，必须"心战为上，兵战为下"。诸葛亮自然认同这个道理，因此才六擒而六纵之，要以他的道德感召力，降服其心。

但实际效果，并非如此，口服而心不服，心服而力不服。因为每次俘获了孟获，都是连同主帅到士兵统统予以遣返释放。所以，孟获的有生力量，并未受到蜀汉的沉重打击，以致到溃不成军的地步。只要人仍在，自然就心不死，这也是一个颠扑不破的真理。稍作休整，扩兵买马，必然又会倾巢出动，这也是孟获六次被擒而不服的根本原因。直到盘蛇谷全歼三万藤甲兵后，武装力量已不复存在的情况下，他才算真正认了输。

所谓孤注一掷，是赌场上的举动，也是战场上能见到的行为，战场和赌场，大同小异。尤其水准不高偏又急于邀功

遗香堂绘像三国志,明末安徽新安黄氏刻本

的将领，更具赌徒心理，不打出最后一张牌，不押上最后一块钱，是不会认输的。

这就是说，诸葛亮仅仅依赖精神力量去征服对手，而不给敌人以毁灭性的打击，是不会取得完全彻底的胜利的。道德和文明的感召，是一个长期的潜移默化的过程。唯有在对手的战斗力基本丧失，已无还手的可能下，精神作用才可以充分发挥。所以，归根结底，决定因素，还是在于双方实力的消长。三万藤甲兵，孟获最后指望翻身的本钱，付之一炬以后，他便彻底垮了。"孔明在山上往下看时，只见蛮兵被火烧的伸拳舒腿，大半被铁炮打的头脸粉碎，皆死于谷中，臭不可闻。孔明垂泪而叹曰：'吾虽有功于社稷，必损寿矣！'"他还说："使乌戈国之人不留种类者，是吾之大罪也。"其实，他也并不赞成这种赶尽杀绝的屠戮手段。

民族融合，才是消解民族隔阂的根本，距离诸葛亮四百年后的唐太宗李世民，找到了解决民族问题的这把钥匙。

近人向达在《唐代长安与西域文明》一书中说过："李唐氏族，据最近各家考证，出于蕃姓，似有可信。有国以后一切建置，大率袭取周隋之旧，而渗以外来成分，如两京规划，即其一端。因其出身异族，声势及于葱岭以西，虽奄有中原，对于西域文明，亦复兼收并蓄。贞观初（631），突厥既平，从温彦博议，迁突厥于朔方，降人入居长安者乃近万家，此或可视为唐代对于外族怀柔之一端。"在《贞观政要》一书中，记载唐太宗和群臣关于是否向河洛地区大量移居胡人的讨论。当时，他是积极主张向内地充实边民的。

因此，我们在《太平广记》249卷中看到这样一则诙谐段子：长安市里的金城坊，发生了一起胡人抢劫的案件，主管公安的长史杨纂批了，"京城诸胡尽禁问"。几居住在京城的胡人，都在盘查之列，这还得了，那工作量也太大了，司法参军尹君接到这个批示，压住不往下发，他说："贼出万端，诈伪非一。亦有胡着汉帽，汉着胡靴。亦须汉里兼求，不可胡中直觅。请西市胡禁，余请不问。"从"胡着汉帽，汉着胡靴"八个字，可以想象当时长安，有多少外国人了。胡，在唐代，泛指一切居住在长安的域外之人。在这个国际大都市中，不但有内附的昭武九姓，收容的突厥、鲜卑，更有来华谋生的西域人，传扬佛教的天竺人，从事贸易的波斯人，访问求学的日本人，贩卖珍奇的南洋人，甚至还有远道而来的以色列人、阿拉伯人。

所以，终唐一代，虽有安史之乱，军阀割据，但总体发达，无伤国本，与宋代花钱买和平，受制于辽、金，败亡于元朝不同。看来，李唐这种融各民族为一体的政策，不但体现了有容乃大的胸怀气度，从人种学上考虑，也具有优生的积极意义。要而言之，民族的融合，说难也不难，只需关注到以下四点，一是不分畛域的混居；二是文化心理的认同；三是各族通婚的自由；四是生活水平的提高，待以时日，自然天下一家，举国同种。

大众文学的宿命
第九十回（下）：烧藤甲七擒孟获

中国文学，历来有大众、小众之分，大众未必都好，小众未必不好，只是因为与长期以来中国人之文化水平，大部分人较低，小部分人较高，读者和读者，遂形成这样的分野。《三国演义》自是绝对的大众文学了，因为其靶向为大众，故不能以小众文学的精美秀隽、典雅高深的标准来要求。从最初的《三国演义》，其受众都是游逛于勾栏瓦舍的短打党，这个起点就决定了它的大众文学的命运。我想那应该是南宋灌圃耐得翁，正在撰写《都城记胜》的时期，约为公元10世纪。

在《都城记胜》里，我们知道什么叫"瓦"。"瓦者，野合易散之意也，不知起于何时；但在京师时，甚为士庶放荡不羁之所，亦为子弟流连破坏之地。"而这里，就是最早《三国演义》的诞生地了。

"说话有四家：一者小说，谓之银字儿，如烟粉、灵怪、传奇。说公案，皆是搏刀赶棒，乃发迹变泰之事。说铁骑儿，谓士马金鼓之事。说经，谓演说佛书。说参请，谓宾主参禅悟道等事。讲史书，讲说前代书史文传、兴废争战之事。最畏小说人，盖小说者能以一朝一代故事，顷刻间提破。合生

三国志像，绣像
金批第一才子
书，毛声山评
点，金圣叹序，
清初刊本大魁堂
藏版

与起令、随令相似，各占一事。"

  于是，在讲史书的说话人中，就有专门以"说三分"而站台演出的艺人。鲁迅在《中国小说史略》之"宋之话本"中，也说到，"李商隐

《骄儿诗》亦云：'或谑张飞胡，或笑邓艾吃。'似当时已有说三国故事者，然未详。"现在看起来，作为大众文学的《三国演义》，能够享誉数百年，历久不衰，能够一代代传下来，久久弥新，因为它在不断修改中，确实抓住了大多数中国人的心理。第一，满足其好奇心，大多数中国人所见所闻，所知所解，都局限于一个很小的范围里，这也是古人称小说为传奇的缘故。奇，让读者看得眼花缭乱，爱不释手。第二，适合其智商的审美意识，明白易懂，愉悦好看，深入浅出，引人入胜。寓教于乐，老少咸宜，文字不是太深奥，故事不是太曲折。第三，要与那个时代大多数老百姓，在世界观、人生观、价值观相呼应，相合拍。所以，《三国演义》中那么多的因果报应、善恶分明、忠奸异途、义气当先的笔墨，都在反映着若干世纪以来生活在无助且缺公平的社会中，那些老百姓的爱恨情仇。也把老百姓希望得到成功，梦想出人头地，好人得到好报，坏人受到惩罚，在文字中，为之舒心中之愤懑。

统治阶级看中《三国演义》，因为看中了关羽不事二主的忠诚不贰，有利于他的统治，立为崇拜的偶像；殊不知老百姓看中《三国演义》，更是因为看中了关羽义薄云天的大义凛然，有利于弱者的团结，遂奉之为保护神。一部小说，能够达到对立双方都能接受的程度，堪称文学史上的奇迹。

所以，从八十七回，一直到九十一回，用相当于《三国演义》这部书的重头戏"赤壁之战"的宏大篇幅，展示蛮荒夷域的奇闻逸事，原始野蛮的风俗习惯，对不耐烦的读者来说，就要理解这部小说在数个世纪里，给普通的中国人打开眼界的同时，得到一种居高临下的优越感，该给他们带来多高的艺术享受，和难得的乐趣啊！加之一个绝对强者，对付一个绝对弱者的从容、轻巧、不费吹灰之力就马到成功的故事，最让这些张着嘴巴、竖着耳朵的平头百姓，听得十分神往了。

诸葛亮未卜先知的能力，神机妙算的应验，奇功魔法的奏效，早有预谋的安排，这一切的荒诞不经，这一切的不可思议，实际使这一部书和这样一个人物十分地减色。鲁迅在《中国小说史略》中批评《三国演义》这部书，"至于写人，亦颇有失，欲显刘备之长厚而近伪，状诸葛之多智而近妖"，是很有道理的。这也真是无可奈何的事，糟粕与精华同在，是中国古代和当代文学作品无法回避的一个现实。因为欣赏力受整体文化水平所限制，更受时代文明程度的影响，于是作者有形无形地要适应他的读者和听众，就不可避免，有意识地或非意识地，塞进不应塞进的东西。前人塞进去的是神奇古怪的《山海经》《搜神记》式的噱头，以拉住书场里的听众不走。现在，很多书里塞进去的是许多废话和伪哲学，以哄骗那些愿意读的人，则完全是与欣赏无关的事了。

众说《出师表》
第九十一回（上）：祭泸水汉相班师

蜀汉后主建兴五年（227）三月，诸葛亮决定北伐，率诸军北驻汉中，临出师前，上蜀帝刘禅《出师表》。

"臣本布衣，躬耕于南阳，苟全性命于乱世，不求闻达于诸侯。先帝不以臣卑鄙，猥自枉屈，三顾臣于草庐之中，咨臣以当世之事，由是感激，遂许先帝以驱驰。后值倾覆，受任于败军之际，奉命于危难之间，尔来二十有一年矣。

"先帝知臣谨慎，故临崩寄臣以大事也。受命以来，夙夜忧叹，恐付托不效，以伤先帝之明，故五月渡泸，深入不毛。今南方已定，甲兵已足，当奖帅三军，北定中原，庶竭驽钝，攘除奸凶，兴复汉室，还于旧都。"

另一段，便有点针对性了，如果说刘禅登位五年，还未暴露出他的本性，那就是诸葛亮的预见，如果说刘禅的没出息，早在诸葛亮的洞察之中，这就是给他敲警钟了。"亲贤臣，远小人，此先汉所以兴隆也；亲小人，远贤臣，此后汉所以倾颓也。先帝在时，每与臣论此事，未尝不叹息痛恨于桓、灵也！侍中、尚书、长史、参军，此悉贞良死节之臣也，愿陛下亲之、信之，则汉室之隆，可计日而待也。"这是极具感情,充满理性,言辞剀切,真诚感人,特别说到他被三顾以后,至今二十一年来,与先帝的相遇相从,到相知相契,到相依相托,所以他才有"受命以来,夙夜忧叹,恐托付不效,以伤先帝之明"的负疚感。我相信他结尾所言,"今

三国志像,绣像金批第一才子书,毛声山评点,金圣叹序,清初刊本大魁堂藏版

当远离,临表涕零,不知所言",是他真实的心态,每读至此,常常为之眼湿。尤其"不知所言"四字,令人动容,切莫误作"不知所云",那可差之毫厘,失之千里了。清人浦起龙在《古文眉诠》中论及此文时,说道:"似老家人出外,叮咛幼主人,言言声泪兼并。"更何况这个幼主人,又实在地不成器,真让人不放心呢?于是对"不知所言",又有更深刻的理解。

《前出师表》,见《三国志》,《后出师表》,见裴注《三国志》引文《汉晋春秋》,习凿齿文末加注:"此表,《亮集》所无,出张俨《默记》。"因此,对于这篇《后出师表》,历来都有议论,认为系后人伪作。而中国文人好作伪的这种恶习,其高峰期,一为西晋,一为晚明,这篇《后出师表》,正好赶上。不过,第一,作伪都尽可能标榜更久远的年代以增值,冒充同时代人诸葛亮写一篇《后出师表》,所求为何?第二,张俨为吴人,逝于公元266年,距诸葛亮逝于公元234年,才32年,那时,吴国尚未降晋,他会收一篇别人的伪作,在自己的集子里吗?第三,"鞠躬尽瘁,死而后已"这八个字,除了诸葛亮,他人是想不到,也说不出来的。文字,乃作者的心声,这是伪造不出来的。所以,写《前出师表》时的信心满满,与写《后出师表》时吃了苦头,笔调不同,情绪有别,笔者认为是正常的。《资治通鉴》载《后出师表》,应该相信司马光的判断。

诸葛亮的《出师表》,一是期许后主广开言路,严明赏罚,亲贤远佞,兴复汉室;二是表达自己矢志忠贞,以身许国,夙夜匪懈,兢兢业业。这篇流传千古的文章,发自内心,真情流露,肝胆相照,感人肺腑。但北上伐魏一事,不光后来人咸不以为然,当时,也是有清醒者持不同看法的。马谡认为"平南方回,军马疲敝,只宜存恤,岂可复远征?"谯周认为"时可而后动,数合而后举",南征方回,应该稳健持重,不宜再动干戈。但是,这些金玉良言,对求功心切的诸葛亮来说,是听不进去的。

试想,公元 225 年七月平南班师,浩浩荡荡,三四万人,车骑万乘,兵马粮草,晓行夜宿,那是非常耗精费力的路程,加之逢山开路,遇水搭桥,好容易步履蹒跚回到川中,人还未缓过乏来,马还未卸下鞍来,丞相又要大兴北伐了,即使大家非常服膺你,即使上下都很听从你,但那脸上难色,那话外之音,难道你丞相看不出、听不到吗?

可诸葛亮认为,公元 226 年,曹丕死,曹叡继位,司马懿为骠骑大将军,正青黄不接之期,倾举国之力,集全部之兵,要趁此以摧枯拉朽之势,夺长安,下洛阳,是其时也。这种抱负,这分壮志,这番报先主托孤之心,也许是值得赞美的。但罔顾弱小实力去搦强敌,以孤注一掷的做法来赌输赢,甚至对他一向提倡的盟友孙吴,也不打个招呼,能不为他捏把汗吗?

倘若诸葛不北伐
第九十一回（下）：伐中原武侯上表

审时度势，量力而行，是一个政治家必须具备的素质。

诸葛亮在南征以后，便匆匆挥师北上，从此，连年征战，未暇旁顾，劳军扰民，内外交困，以致西蜀苟安的局面，也不能长久。

吴大鸿胪张俨作《默记》："兵者凶器，战者危事也。有国者不务保安境内，绥静百姓，而好开辟土地，征伐天下，未为得计也。诸葛丞相诚有匡佐之才，然处孤绝之地，战士不满五万，自可闭关守险，君臣无事。空劳师旅，无岁不征，未能进咫尺之地，开帝王之基，而使国内受其荒残，西土苦其役调。"若不是国力消耗殆尽的话，蜀与魏之争也许是另外的结果。吴凭长江之险，自263年蜀亡，尚能坚持到280年，按《蜀记》里记载："晋初扶风王骏镇关中，司马高平刘宝、长史荥阳桓隰诸官属士大夫共论诸葛亮，于时谭者多讥亮托身非所，劳困蜀民，力小谋大，不能度德量力。"要是南征以后，诸葛亮不北伐，一心务内，加强民本，休养生息，巩固国防，有秦岭之屏障，有栈道之阻绝，不信会坚持不到280年，甚至有可能比东吴国祚更长。

虽然这次北伐，是师出有名，但实际上，一过于自信，不想辜负人誉自诩的济世之才；二过于轻敌，认为曹操死后，魏都再无足堪较量的对手；三过于躁急，打开蜀国的被封锁局面；当然，还有四，也许对诸葛亮这位伟人，有点亵渎，也许太在意追求那功垂千古的不朽。

最后这一点，求生前身后的虚名，也是许多领袖群伦的大人物难以避免的强烈欲望。诸葛亮未必如此想，但他的频繁北伐，哪怕为此付出巨大的代价，也在所不惜，就不由得他人不如此想了。由于诸葛亮位极人臣，权重一国，自然无人能够左右他，只能看着他一步步地走向最终的失败。

魏强蜀弱，理应魏攻蜀守，但诸葛亮反其道行之，蜀攻魏守，第一次，街亭失守，大败而归；第二次，陈仓一战，又碰了个大钉子。"十二月，亮引兵出散关，围陈仓，陈仓已有备，亮不能克。亮使郝昭乡人靳详于城外遥说昭，昭于楼上应之曰：'魏家科法，卿所练也；我之为人，卿所知也。我受国恩多而门户重，卿无可言者，但有必死耳。卿还谢诸葛，便可攻也。'详以昭语告亮，亮又使详重说昭，言'人兵不敌，无为空自破灭'。昭谓详曰：'前言已定矣，我识卿耳，箭不识也。'详乃去。亮自以有众数万，而昭兵才千余人，又度东救未能便到，乃进兵攻昭，起云梯冲车以临城。昼夜相攻拒二十余日，曹真遣将军费耀等救之。帝召张郃于方城，使击亮。帝自幸河南城，置酒送郃，问郃曰：'迟将军到，亮得无已得陈仓乎？'郃知亮深入无谷，屈指计曰：'比臣到，亮已走矣。'郃晨夜进道，未至，亮粮尽，引去。"

陈仓拿不下来，一是郝昭能守，一是蜀军粮罄。

三国志像，绣像金批第一才子书，毛声山评点，金圣叹序，清初刊本大魁堂藏版

粮食，是决定战争成败的因素，一个战士，必须两个力夫背粮，才能保证打一个月左右日子的仗。没粮了，就得赶快撤军。当年刘备东征，诸葛亮负责保障后勤供给，幸亏能够通过船运，沿嘉陵江、长江，顺流而下，省事省力。刘备率军，号称70万，实则10万不到，就这样，从蜀汉昭烈帝章武元年（221）七月，到蜀汉昭烈帝章武二年（222）八月，假设蜀军每日每人授粮1公斤计算，诸葛亮在这一年间，要运到猇亭的粮食，将近四千吨，那也是很可怕的数字了。而诸葛亮北出祁山，就没有便捷的长江通道，要靠人背马驮，穿剑阁，走栈道，翻山越岭，崎岖道路。虽俗谓"兵马未动，粮草先行"，但总量有限，山地作战，连就地募集也不可能。因此，张郃掐指一算，对明帝曹叡说，估计我到陈仓，诸葛亮已经走了。他的判断，也是根据蜀军口粮存量而来的。所以，诸葛亮每次出兵，最多一个月，少则二十天，就得打道回府。

　　街亭之失，罪在马谡；陈仓之败，不知该向谁问责了。

　　其实，诸葛亮的北伐，后人议论很多。但打仗，是比国力的游戏。小国、弱国，倒不是没资格玩，但一旦要玩，就得十二万分小心，因为说实话，你是输不起的。

西蜀无大将
第九十二回（上）：赵子龙力斩五将

赵子龙力战西凉大将，匹马单枪，往返冲突，如入无人之境。勇则勇矣，但七十岁的老将，还要披挂上阵，并不足以说明西蜀的实力强悍，而是证明国势之下滑，军备之不逮。尽管他自告奋勇，尽管他情不自禁，尽管他自不量力，尽管他欲罢不能，但从中国人"老吾老以及人之老，幼吾幼以及人之幼"的博爱心肠，让这样一位老战士上阵，也是不人道的。曹操诗云："神龟虽寿，犹有竟时。"对英雄来说，时光是最无情的摧折。凡昨天的光华，一旦成为人们的回忆，便是他离尽头不远的日子了。

赵子龙比之张飞，多一层沉稳，比之关羽，多一分周全，比之刘备，则多一种政治头脑。终身沙场，屡战不败。仅这生前最后一仗未能克敌报捷，但他却是安全撤退，而且将所有赏赐，都分与士卒，这是《三国演义》中不多见的一位完整的人物。老将之马革裹尸精神，让人动容，蜀军之乏人接棒窘境，令人扼腕。一个太完美的人，往往自视甚高，一个太自我欣赏的人，往往不大关心周围的风景，一个基本上是圣贤的人，大家除了追随外，无须乎努力，这就是诸葛亮累死自己，同时害死众人的人才路线和干部政策。

所以，在《后出师表》中，诸葛亮诉苦："自臣到汉中，中间期年耳，然丧赵云、阳群、马玉、阎芝、丁立、白寿、刘郃、邓铜等及曲长屯将七十余人，突将无前。賨叟、青羌散骑、武骑一千余人，此皆数十年之内所纠合四方之精锐，非一州之所有，若复数年，则损三分之二也，当何以图敌？此臣之未解五也。"于是剩下来的能够领兵作战的指挥员，便弥足珍贵。如果不趁着他们还打得动仗的时候，犁庭扫穴，再现雄威，等着他们解甲归田以后，面临强敌，这个国家该如何应对？这也是他必须要打仗的一个理由，也让大家觉得他之急于北伐，是有一定道理的。

战争，从来都是国力的比拼。人力，是国力的重要组成部分，既要打仗，不可能不死人，这是必须付出的代价。蜀如此，魏和吴亦如此，但为什么独有蜀汉沦落到"西蜀无大将，廖化作先锋"的地步，却不见魏和吴有同样的战略恐慌？战争，对人类来说，是罪恶，但战争，对这个世界来说，常是能量的一次释放，科学的一次进步，人才的一次爆发，思想的一次提升。所以，老一代将星的陨落，必然也伴随着新一代战神的出现。这是再正常不过的事。

他的对手，先为魏文帝曹丕，接位时34岁，逝世时40岁，三次伐吴，虽败而将星踊跃。后为魏明帝曹叡，接位时22岁，逝世时35岁。《三国志》称："蜀大将诸葛亮寇边，天水、南安、安定三郡吏民叛应亮。遣大将军曹真都督关右，并进兵。右将军张郃击亮于街亭，大破之。亮败走，三郡平……十二月，诸葛亮围陈仓，曹真遣将军费曜等拒之。"《魏书》曰："是时

三国志像,绣像
金批第一才子
书,毛声山评
点,金圣叹序,
清初刊本大魁堂
藏版

朝臣未知计所出,帝曰:'亮阻山为固,今者自来,既合兵书致人之术;且亮贪三郡,知进而不知退,今因此时,破亮必也。'乃部勒兵马步骑五万拒亮。"曹真、张郃,自不必说了,费曜、郝昭,甚至连正史《三国志·魏书》里,都未列传，而郝昭，不过一个杂号将军，竟能固守陈仓，与诸葛亮相拒二十余日，直至曹真援军来救。

那时的诸葛亮，已经快50岁了，竟拿不下一个名不见经传的郝昭，看到敌方人才济济，层出不穷，而自己却不得不忧虑"若复数年，则损三分之二也，当何以图敌！"真是太痛苦了。

这就是他在《后出师表》里的"此臣之未解五也"。他真的不知道，问题出在他身上，诸葛亮一辈子，只相信他倚重的人，只使用他信任的人，只提拔他看中的人，只重视他欣赏的人，所以，他不可能擢拔无名之辈登上高位施展其才能，也不可能发现英雄豪杰，授以兵权驰骋于沙场。他太拘束，他太谨慎，他太偏执，他太自我，因此他不能不想到，这些能供他驱使的战将，数年以后，损失三分之二，那时他老人家孤家寡人一个，怎么匡复汉室？怎么收复中原？

可眼前放着一个在军事上绝不弱于他的魏延，硬是看不见。

诸葛亮的执念
第九十二回（下）：诸葛亮智取三城

当时，魏主曹叡临位不久，司马懿被闲置，没有任何实战经验的夏侯楙掌握兵权，是个绝好的乘虚而入的进攻机会。所以，魏延建议："闻夏侯楙，主婿也，怯而无谋。今假延精兵五千，负粮五千，直从褒中出，循秦岭而东，当子午而北，不过十日，可到长安。楙闻延奄至，必弃城逃走。长安中唯御史、京兆太守耳！横门邸阁及散民之谷，足周食也。比东方相合聚，尚二十余日，而公从斜谷来，亦足以达，如此，则一举而咸阳以西可得矣！"出其不意，击其不备，这本是军事家最经常采用的战术。但诸葛亮以稳妥为由拒绝了。这其中，有其当家主事的谨慎守成的考虑，也不能完全排除个人感情上的因素。《三国演义》是这样写的："孔明笑曰：'此非万全之计也。汝欺中原无好人物，倘有人进言，于山僻中以兵截杀，非惟五千人受害，亦大伤锐气。决不可用。'魏延又曰：'丞相兵从大路进发，彼必尽起关中之兵，于路迎敌，则旷日持久，何时而得中原？'孔明曰：'吾从陇右取平坦大路，依法进兵，何忧不胜！'遂不用魏延之计。魏延怏怏不悦。"

帅将分歧在，一是能不能冒这个险？诸葛亮认为不能，他假设"汝欺中原无好人物，倘有人进言"，全军覆没，则影响大局。二是该不该冒这个险？魏延认为应该。以弱战强，打正面战争，如同乞丐与龙王赛富，除非对方统帅超级弱智，除非对方军队不堪一击，胜算的可能几乎等于零。依法进兵，必是旷日持久的消耗战，早晚会被拖死。因此，奇兵突袭，是值得一试的，打仗焉有不能冒险一说？连司马懿也认真看待魏延的主意，甚至觉得后怕，可见诸葛亮之不肯采纳，确实是一次严重失误了。

复兴汉室，承续汉祚，那已是一面既破且旧的旗帜，已经不具任何号召力，诸葛亮还要擎起这面破旗，北出祁山，这就是一种破落户心理了。破落户最在乎门面，他要不打，他的精神支柱没了，他肯定是活不下去的。诸葛亮明知道天意不在蜀，而在魏，但他只能装不知道，所以他只能举着这面旗子打下去，表示他有天意。其实，按蜀之实力，打一下两下，也无妨，输也输得起，然后就收手，坚决不能再打，扎紧篱笆，采取守势，也未尝不可。然后，面子有了，天意也有了，辅助阿斗，调和外来户和坐地户的内部之争，养精蓄锐，随时准备迎击敢来犯境的魏晋之军，蜀吴修好，冷不丁给司马懿或其子其孙制造一点麻烦，那小日子会过得非常滋润的。不，他非要打。

那好，试一下，但诸葛亮不用魏延计，出奇兵由子午谷直抵畿辅，求速战速决；也不由益州至秦川、汉中，越秦岭逼近魏都，撼动人心，却要经天水、武都，出祁山，绕一个很大的圈子。这里虽有诸葛亮想利用马超在西凉的号召力，姜维在天水的实力，并可联络边境少数民族为援，来解决兵源粮草等实际问题之意,但也给魏军集结留下从容的调兵时间和从容的周旋环境。若是蜀兵迅捷到达关中,措手不及的将会是魏都上下了。按正史载,诸葛亮第一次出祁山,"天水、南安、

三国志像,绣像金批第一才子书,毛声山评点,金圣叹序,清初刊本大魁堂藏版

安定皆叛应亮，关中响震，朝臣未知计所出"。如果出秦岭，逼渭水，那给魏国带来的惊慌，将是毁灭性的。而假如诸葛亮明白恐慌也是制胜克敌之道，放手让魏延得以如愿，出子午谷，天降奇兵于长安、洛阳，不是铁板一块的魏国，大乱是肯定的，若侥幸得胜，必然改写历史，那三国第一人不是曹操将是诸葛了。如果，诸葛亮不幸而言中，司马懿有人进言，早有防备，一举而全歼魏延及其五千突击队，那也好，撤军回蜀，从此闭关自守，未必不是良策，更何况，司马懿为其除了隐敌，不也省得以后设计除他了吗？

  由此可见，近乎完美的伟人，也未必不存在人皆有之的嫉妒之心。不过，有时以宽容的形式出现，例如，对马谡这样能够同声共气、引为知己的人；有时以排斥的姿态出现，例如，对魏延这样不以他的尊严为念、具有挑战意味的人。

大树底下不长草

第九十三回（上）：姜伯约归降孔明

南宋时期的一位总领四川财赋的官员王之望说过："诸葛亮率兵先后数出，其众不满五十万，或出祁山，或出散关，不过数百里之遥，不过三数月之远，木牛流马，转输之巧，犹苦军食之不继。"《建炎以来系年要录》也说："亮每患粮不继，使已志不伸。"在当时的战争中，后勤人员与战斗人员的比例，为二比一的话，也就是两个人运粮，供一个人打仗，可坚持二十天至一个月，这对西蜀来说，是沉重的负担。当时，老百姓一日两餐，连帝王家也如此，但作战的战士，体能消耗太大，必须一日三餐，否则，连武器、铠甲都背不动。

北伐之失败，出师之受挫，很大程度上受制于粮食供应。但究其本质，在政策的问题上，在用人的问题上，对诸葛亮来说，其影响所及，恐怕更起决定性作用。

政策：第一，究竟应不应该北伐？第二，究竟应不应该马上北伐？第三，究竟应不应该频繁地多次北伐？用人：第一，蜀之地狭，有没有足够的兵员？第二，关、张陨落，有没有后继的将帅？第三，辅佐之士，有没有出色的人才？

所以，这一个个问号，都是远比粮食要严重得多的问题。

王夫之曰:"魏足智谋之士,昏主用之,而不危也,故能用人者,可以无敌于天下。"

诸葛亮之失策,一是他的挑剔求全,譬如看中姜维;一是他的感情用事,譬如轻信马谡;一是他的排斥良言,譬如逼反魏延;一是他的自负独断,譬如拒绝谯周。这失街亭还不能使他意识到路线之错误,政策之错误,用人之错误,指挥之错误,他的败局已是无可挽回的了。

刘备生前对魏延十分信任,甚至可以说是器重。"先主为汉中王,迁治成都,当得重将以镇汉川,众论以为必在张飞,飞亦以心自许。先主乃拔延为督汉中镇远将军,领汉中太守,一军皆惊。"但与诸葛亮谈到马谡,却认为是"言过其实,不可大用,君其察之!"刘备的话,对诸葛亮不会起作用的,大多数老师是不会太在意学生的意见,所以,对魏延一直持怀疑态度,对马谡却是"深加器异"的。即使后来证实马谡果如刘备所料,这个诸葛亮也不改变他对魏延的看法。诸葛亮直到临死,却没有物色到一个好的接班人,眼高如此,挑剔如此,实在是一件很悲哀的事情。五丈原弥留之际,还在遗憾:"吾遍观诸将,无人可授。"也就只有姜维,勉强够格,真是够他痛苦的了。

"水至清则无鱼,人至察则无徒。"太精明的领导,便光看到下属的缺点和不足了。所以,"大树底下不长草",是很有一点道理的。孔明最后弄到文臣武将难以为继的局面,看来并非西蜀无人,而是他不让人才脱颖而出罢了。

诸葛亮在政治上,是帅才。正是他的三分天下,联吴抗曹的决策,才能以最弱的力量,跻身于吴、魏之间,而成鼎

三国志像，绣像金批第一才子书，毛声山评点，金圣叹序，清初刊本大魁堂藏版

立之势。刘备能建国称帝，在三分中举足轻重，如果没有诸葛亮为刘备设计立足荆州，谋取益州之蓝图，樊城、江陵之败，按刘备的想法，南奔苍梧，充其量也就是流寇了。

但诸葛亮并不能说是一个成功的军事家，至少他没有像曹操那样指挥过官渡之战，击溃袁绍六十万人马，统一了北方；像周瑜那样指挥过赤壁之战，消灭曹操三十万大军，巩固了江东。诸葛亮所以要荡平后院之患，以腾出手来进行战略反攻，出祁山，过秦岭，兵临渭水，直逼畿辅，也是想步曹操、周瑜的后尘，通过一次大规模的战争，扭转形势，实现其政治抱负，而名垂青史。

然而，诸葛亮的军事才能，表现在争城略地的局部战争上，是游刃有余，得心应手，如玩股掌之上的娴熟。但大规模的军事行动，是离不开政治家的高瞻远瞩、审时度势的眼力，打军事仗，实质是打政治仗。在这方面，作为主帅的诸葛亮就有顾此失彼、未克全功之弊。既不了解曹魏的国力和统治的稳固性，五出祁山，盲目挑战，也不肯承认刘蜀更应该固守求存的弱势，连年征战，大动干戈。即使夺得眼前的小胜，也难改变最终败局的命运。

知其不可为而为之，对一个政治家来讲，是一种很可怕的性格悲剧。

晋后南北分裂的根本原因
第九十三回（下）：武乡侯骂死王朗

在三国人物中，最能隐忍不发，最能韬晦不露，最能忍辱负重，或者说，最能像北京人挨骂装孙子者，大概要数司马懿了。

司马懿于魏，曹操于汉，大抵相同，人臣之位极矣，权术之运用极矣。但区别在于司马懿于曹操生时，每怀恐惧，一生谨慎，曹操死后，仍唯恐被人疑有异志，事事小心。这一切，都是为了他的等待。曹操这一辈子，略无半点惧畏顾虑之心，想怎么干就怎么干，不在乎别人怎么看、怎么想，恣意行事，挥洒自如。所以，我们读到曹操的诗，却读不到司马懿的诗。我们知道曹操浪漫，好女色，营中狎妓，但规行矩步、按部就班的司马懿，则无这方面的风流行状。他不作诗，不题词，不高谈阔论，不出头露面，这一切的低姿态，说穿了，正是为了更好地等待。

司马懿玩弄权术的阴险水平，在三国中，甚至要超过曹操。按弗洛伊德学说分析，一个拼命压抑自己的人，反过来施之于人时，也愈残忍。他在讨伐公孙渊的叛乱时，那种杀无赦的残酷贼忍，也是令人发指的。俗话讲"不叫的狗，最能咬人",大概就是这个意思了。

司马懿深知自己在魏国高层中间,一旦太辉煌了,同僚嫉妒,固非小事,主子猜疑,更加可怕。如果无所作为的话,很有可能剥夺权力,解除兵甲,被黜归政,一败涂地。

所以,他得把握住赢不能太赢,输不能太输,攻打不宜太猛,退守不宜示弱的分寸感,要比诸葛亮难做人多了。他之所以一再声称诸葛亮智在吾先,而且一再地由着诸葛亮取胜,这其中不排除曹真的因素。因此,他呵斥诸将,"汝等不知兵法,只凭血气之勇,强欲出战,致有此败"。其实,也是讲给曹真听的。

司马懿在此之前,为文学掾,政治地位较高,但不掌军事的全面指挥权。尽管,他与诸葛亮多次交锋,实际上魏国高层仍旧要任命曹姓、夏侯姓的近亲将领统帅部队。此次征公孙渊,他直接向曹叡表态,哪怕兵少,也足以取胜,于是排除皇亲国戚的干扰和掣肘,独自担纲主演,因此,他要把这出戏演好,那就是必须取得干净彻底的胜利。怎么叫干净彻底呢?那就是杀。对这个嗜血狂来说,也就只有这唯一的手段了。

将战争中所杀戮的敌军尸体,堆在一起,其状如山,谓之"京观"。在汉语中,这是最血腥的词汇。司马懿进襄平后,"男子年十五已上七千余人,皆杀之,以为'京观'。伪公卿已下者皆伏诛,戮其将军毕盛等二千余人"。正是这些人的首级尸骸,堆成"京观",为司马懿铺平了成为最高统帅的路。

《晋书·宣帝纪》载:"及平公孙文懿,大行杀戮。诛曹爽之际,支党皆夷及三族,男女无少长,姑姊妹女子之适人

三国志像,绣像金批第一才子书,毛声山评点,金圣叹序,清初刊本大魁堂藏版

者皆杀之,既而竟迁魏鼎云。"

近人吕思勉在《从曹操到司马懿》一文中写道:"晋朝的明帝,曾经问王导:'晋朝是怎么样得天下的?'王导乃历述司马懿的事情和司马昭弑高贵乡公之事。明帝羞愧得把脸伏在床

上道：'照你的话，晋朝的基业哪得长久？'可见司马懿的阴谋诡计，还有许多后来人不知道的，王导离魏末时代近，所以所知的较多了。而且他很暴虐，他的政敌被杀的，都是夷及三族，连已经出嫁的女儿，亦不得免。所以，作《晋书》的人，也说他猜忌残忍。司马懿一生用尽了深刻的心计、暴虐的手段，全是为一个人的地位起见，丝毫没有魏武帝那种匡扶汉室、平定天下的意思了。"

吕思勉认为："封建时代的道德，是公忠、是正直、是勇敢、是牺牲一己以利天下。司马懿却件件和他相反，他的儿子司马师、司马昭，也都是这一路人，这一种人成功，封建时代的道德就澌灭以尽了。"钱穆认为："他们全只是阴谋篡窃，阴谋不足以镇压反动，必然继之以惨毒的淫威。"这也就是晋的短暂统一以后，长期的南北分裂，使中国人处于黑暗状态的根本原因。

一对金钺斧

第九十四回（上）：诸葛亮乘雪破羌兵

据《魏略》，孟达降魏后，"既为文帝所宠，又与桓阶、夏侯尚亲善，及文帝崩，时桓、尚皆卒，达自以羁旅久在疆场，心不自安。诸葛亮闻之，阴欲诱达，数书招之，达与相报答。魏兴太守申仪与达有隙，密表达与蜀潜通，帝未之信也。司马宣王遣参军梁幾察之，又劝其入朝。达惊惧，遂反"。诸葛亮策反在前，孟达欲降在后，"数与通书"，说明主动权在诸葛亮手里。既已充分估计到司马懿可能采取的断然措施，为什么不能及早地有所防范，并在军事上进行支援保障呢？孟达的疏忽大意，固是致死之由，明智如诸葛亮者，知其可能后果而未行动，实际上和孟达一样，也是不大相信司马懿有此魄力的。

孟达固然是败在大意上，其实，诸葛亮也低估了司马懿的能量和潜力，他们都败在司马懿不以常规行事和雷厉风行的作风上。哪里想到此人以平均日行一百五十里的速度，连续八天八夜，到达新城后，立即投入战斗。在中国古代战争史上，真正做到兵贵神速者，莫过于司马懿这次急行军了。据《晋书》："乃倍道兼行，八日到其城下。吴蜀各遣其将向

三国志像,绣像金批第一才子书,毛声山评点,金圣叹序,清初刊本大魁堂藏版

西城安桥、木阑塞以救达,帝分诸将距之。初,达与亮书曰:'宛去洛八百里,去吾一千二百里,闻吾举事,当表上天子,比相反复,一月间也,则吾城已固,诸军足办。则吾所在深险,司马

公必不自来；诸将来，吾无患矣。'及兵到，达又告亮曰：'吾举事，八日而兵至城下，何其神速也！'上庸城三面阻水，达于城外为木栅以自固。帝渡水，破其栅，直造城下。八道攻之，旬有六日，达甥邓贤、将李辅等开门出降。斩达，传首京师。俘获万余人，振旅还于宛。"

八天，司马懿由宛至洛，再至新城，共行一千二百里，并分兵拒吴蜀救达之兵，这一场竞赛，由于司马懿的当机立断，剑及履及，赢得了时间，赢得了胜利，也使诸葛亮失掉了一次天赐良机。

毛宗岗评说，有点像拗口令，他认为的这一切均系天意，是毫无道理的。与其说天意，还不若说是因果关系。"蜀事之坏，一坏于失荆州，再坏于失上庸也。荆州不失，则可由荆州以定襄、樊；上庸不失，则可由上庸以取宛、洛。而原其所以失，则有故焉。当关公离荆州以伐魏之时，使别遣一上将以守荆州，则荆州可以不失；当孟达弃上庸而奔魏之时，更遣一上将以守上庸，则上庸可以不失。而先主不虑之，孔明亦不虑之，则皆天也，非人也。其所以失而不复者，又有故焉。当先主大战猇亭之初，孙权愿献荆州，而先主不之拒，则荆州虽失而可复；当孔明初出祁山之时，孟达欲献上庸，而司马懿未之知，则上庸虽失而可复。而先主必拒之，司马懿必知之，则又天也，非人也。天不祚汉，亦何咎于先主，又何咎于孟达耶？"

没有关羽荆州之败，不会有孟达的叛魏降蜀，不会有刘封的死于非命，当然，也不会有上庸之失。失将事小，失地事大，蜀国所犯的第一次致命错误，就是由关羽轻敌，丢失荆州，再失上庸。第二次所犯的同样错误，是后主刘禅下令姜维将部队后撤至本土作战，全是人祸，非战之罪也。

"却说司马懿引兵到长安城外下寨。懿入城来见魏主。叡大喜曰：'朕一时不明，误中反间之计，悔之无及。今达造反，非卿等制之，两京休矣！'懿奏曰：'臣闻申仪密告反情，意欲表奏陛下，恐往复迟滞，故不待圣旨，星夜而去。若待奏闻，则中诸葛亮之计也。'言罢，将孔明回孟达密书奉上。叡看毕，大喜曰：'卿之学识，过于孙、吴矣！'赐金钺斧一对，后遇机密重事，不必奏闻，便宜行事。"司马懿是个极小心谨慎的人，这次行动虽然立了大功，但终究是擅自发兵，未先奏闻，那是很犯忌的。所以司马懿行前，他的两个儿子都拦着他，必须先报知朝廷，也是知道擅调兵马之罪不可赦，但姜还是老的辣，八天八夜赶到。结果，年轻的皇帝还赏给他一对金钺斧，正好，司马师和司马昭人手一把，用来砍掉曹魏政权。

人渣型暴君
第九十四回（下）：司马懿克日擒孟达

司马懿，在一般读者和观众的心目中，印象不佳。

曹操对他相当猜忌，因为曾经做过一个梦，三马同食一槽，三马，恰好是司马父子，而槽，与其姓音同，因而，曹操很厌恶司马懿和他的两个儿子。肯定，曹操对别人讲他的这个梦，所以，司马懿在曹操手下，活得艰难，用战战兢兢、如履薄冰来形容，不为过分。唐人房玄龄著《晋书》，没有传统史书对开国帝王的"天命"论，直陈其恶。"帝内忌而外宽，猜忌多权变。魏武察帝有雄豪志，闻有狼顾相。欲验之。乃召使前行，令反顾，面正向后而身不动。又尝梦三马同食一槽，甚恶焉。因谓太子丕曰：'司马懿非人臣也，必预汝家事。'太子素与帝善，每相全佑，故免。帝于是勤于吏职，夜以忘寝，至于刍牧之间，悉皆临履，由是魏武意遂安。及平公孙文懿，大行杀戮。诛曹爽之际，支党皆夷及三族，男女无少长，姑姊妹女子之适人者皆杀之，既而竟迁魏鼎云。明帝时，王导侍坐。帝问前世所以得天下，导乃陈帝创业之始，用文帝末高贵乡公事。明帝以面覆床曰：'若如公言，晋祚复安得长远！'迹其猜忍，盖有符于狼顾也。"

三国志像，绣像金批第一才子书，毛声山评点，金圣叹序，清初刊本大魁堂藏版

东晋的明帝司马绍，曾经问过御前大臣王导，其祖先是如何立国的，王导给他讲了以后，这位年轻帝王以面覆床，抬不起头，然后叹息用这种手段夺到手的政权，安能长久。近人吕思勉说，至于王导给明帝讲了些什么，已湮没无闻了，可以想象，司马懿绝对是个人渣型的暴君，残忍无比，虽然他并未在生前称帝。

他是三国期间，集隐忍、佯狂、残暴、狠毒于一身的可以说是毫无人性的人物，看房玄龄为他写的传，看不到有一个字涉及他的人性。因此，他的嗜杀，也算得上是三国期间的杀人冠军。《后汉书》载皇甫嵩，一个割据的西凉军阀，战黄巾时"首获十余万人，筑京观于城南"。京观，就是将尸首堆积在一起的封土冢。238年司马懿征辽，屠灭公孙渊，其京观更胜皇甫嵩。

曹操征张鲁，很吃了一些苦头，而他的青徐兵，也许不大习惯于山战，所以，曹丕继位以后，三次伐吴，从不讨蜀。看来，一是蜀地险峻，易守难攻，一是势弱于吴，灭吴为先。所以，魏对蜀的政策，就是以逸待劳，坐等其毙。等待，对强者来讲，几无任何损失；对弱者来讲，时间拖得越久，也就越被动。这也是诸葛亮多次北出祁山，逼其决战的原因，曹军政策不变，还是一个拖字诀。反正魏方也摸透了蜀方，粮食吃光了，就会收兵。但四出祁山后，诸葛亮往西一拐，进了凉州，得陇东大片沃土，开始屯垦，于是，曹叡让司马懿出马。

司马懿是个阴谋家，第一，他得遵守拖死西蜀的国策，对他合适。第二，他不能取得辉煌的大胜，以免遭忌。第三，他也未必能够战胜诸葛亮。因此，何必搦战。有人认为诸葛亮强于政治，而司马懿强于军事，其实，司马懿之胜公孙渊，胜孟达，都是以优势军力压倒对手。他与诸葛亮交过几次手，胜少败多，诸葛亮死后，"宣王案行其营垒处所，曰：'天下奇才也。'"所以，诸葛亮撤军，他从来不追击。张郃就是死于追击途中中了埋伏，万箭穿心。这就是这位阴谋家的第四了，他也不能输得很丢人，让人笑话。

在《三国演义》中，他是作为诸葛亮的主要对手出现的。假设没有他，诸葛亮的雄图大业，至少有成功的可能；由于有了他，诸葛亮终于饮恨而亡，这位在中国历史上的第一贤相，最后，败在他的手下，死在他的眼前。凡《三国演义》的读者，或了解这段历史的人，对司马懿怀好感者不多，情感上过不去。司马懿把诸葛亮置于死地，毁灭了人们心目中的偶像，当然，对他不可能有好的印象。

其实，后世的老百姓的诸葛亮崇拜，是由于《三国演义》神化和美化这个人物的结果，诸葛亮头顶上的光环，是宣传造成的，是反复作用于人们脑海中形成的伟人定式造成的，也是因为在中国封建社会中，好的丞相，实在不是很多的情况下，老百姓善良愿望的寄托造成的。所以，中国人心中的偶像，被司马懿毁了，而且在五丈原看着他死，便不可饶恕了。

读文学作品者，只相信文学的真实，而不会介意历史的真实，这就是文学作品的力量所在。

关于马谡的五种记载
第九十五回（上）：马谡拒谏失街亭

胜败乃兵家常事，本是不足为奇的。但街亭咽喉重地，一旦失守，则事关重大，非但陇西诸郡不得不放弃，复归于魏，而且此后北伐通路也被扼杀封死，只能是一个困兽犹斗的艰难局面。本来不佳的形势，变得愈益恶劣。西蜀逐渐日暮途穷，一步步走下坡路了。

街亭失利，主要责任，在于主帅。他知道街亭的战略要冲的地位，他知道司马懿不会轻易放过，他知道马谡缺乏实战经验，宁肯派出几批人马左右策应，也不让像赵云、魏延、王平这样的勇将担此重任。刘备论马谡，"言过其实"，是指他的夸夸其谈，坐而论道。"不可大用"，实际是针对诸葛亮极其倚重信任马谡有感而发，看来不幸而言中。刘备在用人政策上，持独特见解时不多，单对马谡，有此一针见血的看法，可以设想，倘非诸葛亮对于马谡的抬爱超过限度，刘备也不会在临死前非要说出这番话的。

按说，明智如诸葛亮者，难道察觉不出马谡是一位赵括式纸上谈兵的角色吗？但是，一、这种理论上一套一套地能言善道之人，是很易邀宠讨好的。二、因为他的高明，只是

三国志像,绣像金批第一才子书,毛声山评点,金圣叹序,清初刊本大魁堂藏版

停留在口头上,很少付诸行动,不至于构成任何负面口实,信用度不错。三、诸葛和马谡,也许习性上存有较多的名士气,共同语言较多。四、来自荆襄,谊属乡党,其兄马良,又是诸葛亮的知交,有可以沟通的感情基础,才获得如此信任。

诸葛亮治理西蜀,以法威并重著称,睚眦之怨必报,所以在历史上留下了"刑法峻急,刻剥百姓,自君子小人咸怀怨叹"的记载。马谡失街亭,杀之,不过是替诸葛亮承担大部分责任,让诸葛亮落一个执法如山的美名罢了。但并不能

年画,失街亭,苏州桃花坞

使他内心平静。"须臾,武士献马谡首级于阶下。孔明大哭不已。"便是内心感情的流露。其检讨书中说自己是"授任无方,明不知人",那他所说的这个主将,显然不是他自己,而是马谡了。看来,这个掉脑袋的教训,只是停留在看错人、用错人的问题上,那马谡的血算是白流了。

《三国演义》写马谡之死,只是着眼于戏剧刺激,关禁闭,罚苦役,打军棍,戴镣铐,这些责罚是可以在战场上施行的,但处死像马谡这样的重要干部,绝不可能推出辕门,一斩了之那样随便行事。因此,马谡之死,后来成为一桩疑案,就是不甚了解古代军法执行过程。著《三国志》的陈寿,其父"为马谡参军,谡为诸葛亮所诛,寿父亦坐被髡"。应该说,他对于马谡之死的说法,是最为权威的。然而,就在他的这部《三国志》中,至少有下列五种相互矛盾的记载。

一、《马良传》附《马谡传》:"亮进无所据,退军还汉中。

谡下狱物故。"

二、《诸葛亮传》："亮拔西县千余家，还于汉中，戮谡以谢众。"

三、《王平传》："丞相亮既诛马谡及将军张休、李盛，夺将军黄袭等兵。"

四、《襄阳记》："谡临终与亮书曰：'明公视谡犹子，谡视明公犹父，愿深惟殛鲧兴禹之义，使平生之交不亏于此，谡虽死无恨于黄壤也。'于时十万之众为之垂涕。亮自临祭，待其遗孤若平生。"《华阳国志》："马谡在前败绩，亮将杀之，张邈谏以'秦赦孟明，用伯西戎，楚诛子玉，二世不竞'，失亮意，还蜀。"

五、《向朗传》："向朗平时与谡善，谡逃亡，朗知情不举，亮恨之，免官还成都。"裴松之注为："朗坐马谡免长史，则建兴六年中也。"

据《襄阳记》和《华阳国志》的第四，为裴松之所注引，可以排除外，就陈寿本人所写马谡之死，至少有物故说，有戮说，有诛说，有逃亡说等不同下场。为什么同一支笔下，出现这样的差异呢？按读史惯例，应以本主列传为准。那么他在街亭失守之后，至下狱身故之前这段日子里，还做了些什么，则是不解的谜。

北定中原,不亦难乎
第九十五回(下):武侯弹琴退仲达

近人吕思勉认为,"诸葛亮不用魏延之计,实在是可惜的"。但诸葛亮的五次北伐,第一次227年至228年,街亭之战;第二次228年,陈仓之战;第三次229年,武都、阴平之战;第四次231年,上邦之战;第五次234年,郿县之战,虽然败多胜少,但对司马懿来说,碰上这样强大的对手,也只能做到自守而已。魏吞吃不了蜀,蜀却能蚕食魏。不过,诸葛亮吃够了粮食不继、转运艰难之苦头,第五次北伐,实施军垦屯田政策,兵农丁壮,逼近渭水。如果不是病重逝于五丈原的话,未来的形势,恐怕未必如司马懿所想象的,会只是一种坐以待毙的局面。

吕思勉还认为,正史《三国志》载诸葛亮伐魏,总不胜利,《晋书》更说诸葛亮每战辄败。因为著述者均为魏晋人故。他说,吴大鸿胪张俨,是当时的三国史家,在他所著的《默记》里,认为:"仲达之才,减于孔明……土地广狭,人马多少,未可偏恃也。"应该是属于公道的结论。

渭桥之败,是诸葛亮一生的转折点,从此,一步步朝死亡走去。清人王鸣盛《十七史商榷》说:"孔明年亦仅五十四,马超四十七。庞统三十六。法正四十五。黄忠传言其勇冠三军，而名望不高，则年亦必尚未老，乃先主为汉中王之明年即卒。赵云卒于建兴七年，恐亦不过五十。惟空虚无实之许靖，年逾七十耳。天欲废汉，人不能兴矣！"老天不假以永年，也真是无可奈何的事情。

战争，固然是实力的较量，其实，也是指挥员智力的较量。因为任何一场战争，既是一个不断演化的过程，也是一个无序运行的过程，更是一个谁也无法知晓结局的相当茫然的过程。上方谷这一战，司马懿贸贸然行事，说明这位统帅要弱孔明一筹。积小胜利未必得到大胜利，同样，受小挫折未必就会是大挫折。将欲取之，必先予之，诸葛亮只不过使其多些茫然罢了。

诸葛亮是个伟人，是个接近于完人的人，这也就使他产生了太多的自信。拥有太多自信的人，便自视甚高，而不大把别人放在眼里。由于缺乏群众观点，肯定事必躬亲，而不愿假手于人。诸葛亮治蜀，多用平实之才，守成有余，开拓不力，而恃才狂放，倚武倨傲者，往往被搁置摈弃。蜀中干部，青黄不接，他不是不知道，也不是不着急，他努力物色人才，确也是事实。但他的用人标准，较之曹操不但拘谨，而且偏执，因而不可能有出色的人物出现，这也是大树下不长青草的定律。他一人把阳光都吸收了，小草自然就恹恹地无生气了。因此，蜀之后继无人，诸葛亮是不能辞其咎的。一辈子所看中的这两个内定接班人，姜维说得过去，马谡看走了眼，一得一失，只能打五十分，是不及格的；曹操在这方面，他所拔擢的文臣武将，无一不是建功立业，勋绩卓著。包括他使用之而并不信任的司马懿,也能把诸葛亮打得招架不住,不得不走空城计这步险棋。

王夫之认为,孔明直到最后一刻,"谆谆然取桑田粟帛,竭底蕴以告",这种自明心迹的做法,实际上表明襟怀坦白的他,"无求于当世"。所以他对于"关张不审,挟兵故旧以妒其登庸","先主之疑,盖终身而不释","嗣子之童昏,内而百揆,外而六军,不避嫌疑而持之固"者,就是他在这危疑中自信自奉的"孤幽之忠贞"。王夫之感叹:"而欲北定中原,复已亡之社稷也,不亦难乎?"

遗香堂绘像三国志,明末安徽新安黄氏刻本

孙权的用人之道

第九十六回（上）：孔明挥泪斩马谡

国家成败，系于君臣，战争胜负，决定在将帅。人，和用人，是至为关键的。

吴将朱桓在守濡须口时，数千守军对数万曹仁重兵，诸将业业，各有惧心，桓谕之曰："凡两军交对，胜负在将，不在众寡。"朱桓勇而"贼忍"，不足取，但他这句话是极有见地的。

蜀诸葛亮与魏战，吴陆逊也与魏战，蜀败而吴胜，不能不说是与主帅的指挥得失紧密相关的。蜀信任的马谡丢了街亭，全军败绩，而吴信任的周鲂赚了曹休，大获全胜。信任就是用人，蜀老将如赵云，猛将如魏延，青年将领如姜维，都不用，独信马谡。一个人用之不当，则会影响一批人。吴朱桓、全综、徐盛，比之吕蒙、甘宁、凌统，要逊色多了，但陆逊指挥若定，左右协同，部将效力，主动杀敌。尤其周鲂比之当年黄盖，不弱半分。人得其所用，是制胜之一道。人能充分发挥其主观能动性，则更是获胜的保障。

诸葛亮英明自信和事必躬亲，大大限制了部下的积极性，也养成了他们的依赖心理。所以司马懿对于西蜀之一举一动，无不了如指掌，因为他只需要研究诸葛亮一个人就行了。但对于东吴的真实意图，却未可尽知。甚至周鲂的伪降，也疑信参半，因为他不可能全盘掌握东吴所有将领的变数，这就是他，包括他的儿子，在东线战斗中常常无所施展的原因。

这个朱桓，在东吴将领中，只是二三流辈，曾为濡须督，也就是东吴设在安徽无为县江北的江防工事的司令员，在这里设工事，一可以在北岸抵挡曹军进攻，二可以封锁江面阻止曹军水师，魏文帝黄初三年（222），也是东吴的黄武元年，"魏使大司马曹仁步骑数万向濡须，仁欲以兵袭取州上，伪先扬声，欲东攻羡溪。桓分兵将赴羡溪，既发，卒得仁进军拒濡须七十里间。桓遣使追还羡溪兵，兵未到而仁奄至。时桓手下及所部兵，在者五千人，桓因偃旗鼓，外示虚弱，以诱致仁。仁果遣其子泰攻濡须城，分遣将军常雕督诸葛虔、王双等，乘油船别袭中洲。中洲者，部曲妻子所在也。仁自将万人留橐皋，复为泰等后拒。桓部兵将攻取油船，或别击雕等，桓等身自拒泰，烧营而退，遂枭雕，生虏双，送武昌，临陈斩溺，死者千余"。

也是这个朱桓，要是犯起浑来，也着实让孙权麻烦。"是时全琮为督，权又令偏将军胡综宣传诏命，参与军事。琮以军出无获，议欲部分诸将，有所掩袭。桓素气高，耻见部伍，乃往见琮，问行意，感激发怒，与琮校计。琮欲自解，因曰：'上自令胡综为督，综意以为宜尔。'桓愈恚恨，还乃使人呼综。综至军门，桓出迎之，顾谓左右曰：'我纵手，汝等各自去。'有一人旁出，语综使还。桓出，不见综，知左右所为，因斫杀之。桓佐军进谏，刺杀佐军。"这种恃功自傲、目无长官的

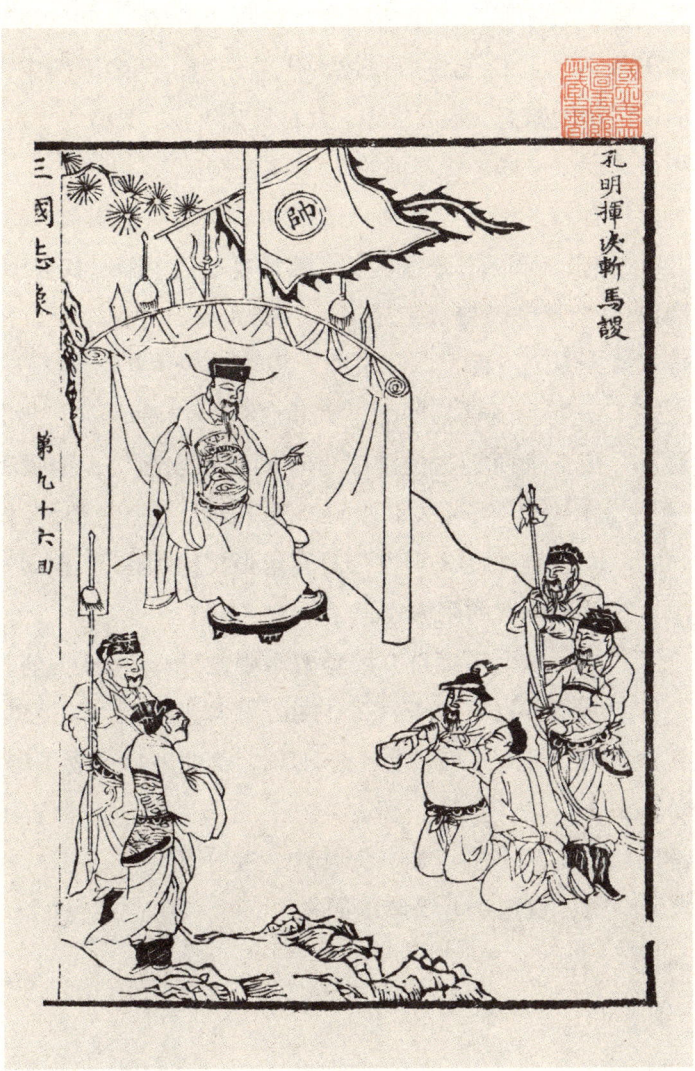

三国志像，绣像金批第一才子书，毛声山评点，金圣叹序，清初刊本大魁堂藏版

部属,要是在诸葛亮军中,根本是待不下去的,然而孙权"惜其功能,故不罪"。"遂托狂发,诣建业治病"。孙盛说,这也太不像话了:"臣无作威作福,作威作福,则凶于而家,害于而国。桓之贼忍,殆虎狼也,人君且犹不可,况将相乎?语曰:得一夫而失一国,纵罪亏刑,失孰大焉!"

但孙权与诸葛亮处理马谡不同,他表现得从未有的宽容。"使子异摄领部曲,令医视护,数月复遣还中洲。权自出祖送,谓曰:'今寇虏尚存,王涂未一,孤当与君共定天下,欲令君督五万人专当一面,以图进取,想君疾未复发也。'桓曰:'天授陛下圣姿,当君临四海,猥重任臣,以除奸逆,臣疾当自愈。'"接下来便是这位混账将军的混账表演了,据《吴录》:"桓奉觞曰:'臣当远去,愿一捋陛下须,无所复恨。'权冯几前席,桓进前捋须曰:'臣今日真可谓捋虎须也。'权大笑。"

这就是孙权的用人之道了。

其实,这个朱桓自有被孙权看中之处。"桓性护前,耻为人下,每临敌交战,节度不得自由,辄嗔恚愤激。然轻财贵义,兼以强识,与人一面,数十年不忘,部曲万口,妻子尽识之。爱养吏士,赡护六亲,俸禄产业,皆与共分。及桓疾困,举营忧戚。年六十二,赤乌元年卒。吏士男女,无不号慕。又家无余财,权赐盐五千斛以周丧事。"

不那么墨守成规的新生代

第九十六回（下）：周鲂断发赚曹休

在曹魏军中，其实只有两派，一派是曹姓和夏侯姓的嫡系，如夏侯惇、渊，曹仁、洪、休、真等，另一派就是张辽、乐进、于禁、张郃、徐晃之流非嫡系。曹操非常相信非嫡系，这是他最值得称道的地方，但是，在关键岗位，关键时刻，他绝对安置其嫡系人马。但在东吴方面，他的嫡系人马，并未给他增光添彩，尤其这个曹休，被周鲂骗得六神无主，上了大当，真是让姓曹的和姓夏侯的嫡系人马无地自容。整体来讲，曹的嫡系，打仗，还说得过去，智谋，就远不及非嫡系了。而像曹休、曹爽，恐怕智商也是相当的低，当无疑问。

曹魏政权，从曹操到曹丕，始终把东吴当作主攻方向，甚至到了曹叡。那孙权不但南下夷洲、九真，还派使节渡海北上，联络公孙渊、高句丽。因此，三国期间，魏、蜀、吴三方，发生在吴、魏之间的战争，要远远超过蜀、魏之间的战争，因为《三国演义》的普遍流传和此书以蜀绍汉的正统思想，因而关注点在蜀而不在吴，所以给人留下蜀为抗魏主力的印象。其实，是不正确的，魏在很长时期中，是急于攻吴，而对蜀则采取守势。这大概就是所谓的"修昔底德陷阱"了，

三国志像,绣像金批第一才子书,毛声山评点,金圣叹序,清初刊本大魁堂藏版

对老大来说,他最介意老二强大起来,足以威胁他的老大位置。曹丕一生,攻打吴三次,根本不碰西蜀。

所以,曹休报告东吴方面有人投降,并做内应,曹叡便来劲了。"忽报扬州司马大都督曹休上表,说东吴鄱阳太守周鲂,愿以郡来降,密遣人陈言七事,说东吴可破,乞早发兵取之。叡就御床上展开,与司马懿同观。懿奏曰:'此言极有理,吴当灭矣!臣愿引一军往助曹休。'忽班中一人进曰:'吴人之言,反复不一,未可深信。周鲂智谋之士,必不肯降,此特诱兵之诡计也。'众视之,乃建威将军贾逵也。懿曰:'此言亦不可不听,机会亦不可错失。'魏主曰:'仲达可与贾逵同助曹休。'二人领命去讫。于是曹休引大军径取皖城;贾逵引前将军满宠、东莞太守胡质,径取阳城,直向东关;司马懿引本部军径取江陵。"

司马懿玩政治,玩军事,均称得上是行家里手。以他此刻的微妙身份,夹在国戚曹休和重臣贾逵中间,这两句话说得最得体了。

《孙子兵法》最后一章讲间谍的作用,提到"此兵之要,三军之所恃而动也"的高度,"故惟明君贤将能以上智为间者,必成大功"。东吴周鲂能够使曹休如此深信不疑,以致贾逵看穿了他截发为誓的假象,也不为所动,这样如此炉火纯青的间谍功夫,和迷惑曹休到如醉如痴程度的魅力,可算是最上乘的间谍表演了。

"却说曹休命周鲂引兵而进,正行间,休问曰:'前至何处?'鲂曰:'前面石亭也,堪以屯兵。'休从之,遂率大军并车仗等器,尽赴石亭驻扎。次日,哨马报道:'前面吴兵不知多少,据住山口。'休大惊曰:'周鲂言无兵,为何有准备?'急寻鲂问之。人报周鲂引数十人,不知何处去了。休大悔曰:'吾中贼之计矣!虽然如此,亦不足惧!'遂令大将张普为先锋,引数千兵来与吴兵交战。"

曹休知道上当,知道后悔,而不气馁,还知道再战,这倒有一点嫡系部队的派头,能看到其叔那不认输的赖皮相。然而,陆逊是什么人,早将他包围得严严实实,倘不是贾逵杀进来救了他的命,非死即俘,则是逃不脱的命运了。

周鲂,属于不那么墨守成规的新生代。当时魏攻东吴甚急,他就设计诱魏帅曹休上当,使其率军进入事先安排好的伏击圈,予以痛击。为了使曹休相信其破吴七策,一心为魏,甚至截发为誓,以示矢志不贰。其骗术之完美无缺,其谍报之周密完善,曹休信以为真,毫不怀疑,甚至他的副手贾逵警告说,千万信不得,曹休竟然怒火大发,要将贾逵推出去斩了。周鲂,乃地方官员,懂军事,懂谍报,而且也不像前辈黄盖那样用苦肉计。后生可畏,新人辈出,一代更比一代强,这大概就是历史的总趋势吧。

《后出师表》解读

第九十七回（上）：讨魏国武侯再上表

  一个极其英明的政治家，也不可能不犯错误。但从这甚嚣尘上的反对声中，诸葛亮又给刘禅上了一份《后出师表》，说明他也感觉到什么地方出问题了，然而通读这份文过饰非的表，诸葛亮显然认为错不在他，而是大家不理解他的苦心孤诣。

  《资治通鉴》载街亭失守后，赵云身自断后，军资什物，略无所弃。云有军资余绢，亮使分赐将士，云曰："军事无利，何为有赐，其物请悉入赤岸库。"给军师这个软钉子碰，可见连赵云也对这次失败是有情绪的。这是赵云的最后一次亮相，给他完美无缺的一生，画了一个圆满的句号。然而，诸葛亮却不汲取这位老部下的经验，弄明白什么是该做的，什么是不该做的，一意孤行，以致天怒人怨，不得其终。蜀汉后主建兴六年（228）正月诸葛亮第一次北征，到十二月，又进行第二次北征，不惜人力国力，强执至此，焉能取胜？蜀国要不是这样一次次人体大出血似的北征，应该不会亡得这么快。孔明二次北征，急于求功，竟采用正面硬攻的打法，这说明诸葛亮已经到了无计可施的程度，攻不下陈仓，下一步怎么办，连他自己也都茫然了。

幸亏姜维给他解了围，这当然是《三国演义》的演义了，曹操后人智商再低，也不会曹休刚上了周鲂假降一当后，接着，曹真又中姜维的伪降计。但让人不解的，为什么姜维不早早地献出此计？大概一个太主观自信的统帅，部属不等他实在无计可施时，是不敢贸贸然进言的。

若是诸葛亮能够保持头脑冷静，思想清醒的话，那么可以将错误的危害性，减少到最低程度。如果，掺杂进感情因素，明知其可为而不为之，明知其不可为而为之，势必带来很坏的后果。

诸葛亮作为一位"鞠躬尽瘁，死而后已"的千古典型，我们对其人格的伟大，所产生的景仰心理，是一回事情；但从其坚持错误的北伐政策，而导致蜀国过早地败亡，来剖析他的得失，则是另外一回事情。

他所以要上表陈词，因为大家反对北伐。主要是国力不强，人心思定，连年征战，不胜负担，当务之急，应该使蜀中人民得以喘一口气，休养生息，医治战争创伤。而诸葛亮却不顾这种普遍的抵触情绪，坚持他的北定中原，开疆辟土，恢复汉室，继承大统的方针。最滑稽者，汉祀已绝，刘备自帝，承续汉祚，连成为山阳公的刘协，也不认账，徒自作多情，贻笑天下耳。所以，诸葛亮至此，还跳不出绍汉窠臼，换个新脚本，与时俱进，就只有走老路、认死理了。

第一，他从汉贼不两立，到蜀、魏不两存，到有魏则无蜀，到"王业不偏安，惟坐以待亡，孰与伐之"，作出了错误的判断。魏纵有吞蜀之心，不过，曹叡上台后，举朝上下，是主张掘壕坚守，待吴、蜀内乱的。他错过了这样一个相对平静，可以养精蓄锐的时期。第二，因承受先帝伐贼之托，寝不安席，食不甘味，这种感情上的义务，使他罔顾客观是否可

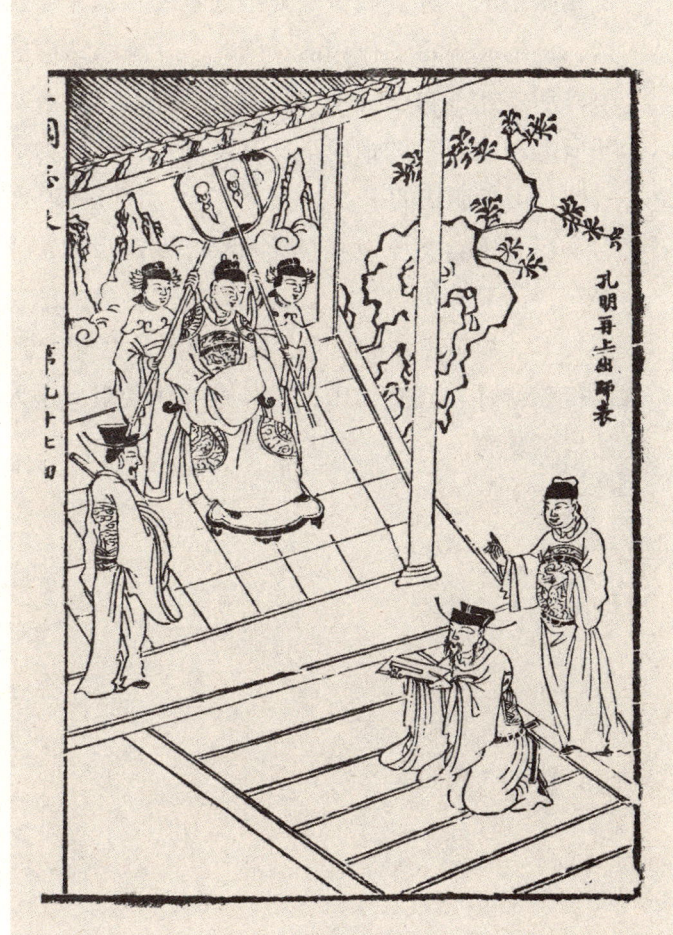

三国志像，绣像金批第一才子书，毛声山评点，金圣叹序，清初刊本大魁堂藏版

能,贸然行动,很大程度是在维护个人的威信和尊严,是不足为训的。第三,他还错误地认为如果继续相峙下去,必然要出现突将无前、精锐不存的空虚状态。因此主张趁这些有作战经验的将领仍在时,早打,大打。这种思路和他没有说出来的,对于他个人的过于自信,和对后来人的缺乏信心,是相联系的。其实战争是复杂的系统工程,个别人的有无去留,是不起决定性作用的。因此,在刚刚结束的一次失败战争以后,连他自己都承认"民穷兵疲","成败利钝,非臣之明所能逆睹也"的情况下,又发动一次不量力的进攻,前景当然是可想而知的了。

简直不容将士以喘息的机会,蜀汉后主建兴七年(229)春天,诸葛亮第三次北伐开始。按老百姓的话说,真是打红了眼了。频繁出击的结果,便把魏国的主要注意力吸引过来,逼得魏帝让司马懿出山,而导致北伐受阻,这大概是诸葛亮始料不及的。

一个政权的终结

第九十七回（下）：破曹兵姜维诈献书

曹丕在位七年（220—226），陈寿的评论为："文帝天资文藻，下笔成章，博闻强识，才艺兼该，若加之旷大之度，励以公平之诚，迈志存道，克广德心，则古之贤主，何远之有哉！"对曹丕的贬，是比较客气的。他说，若是再努一把力，如何如何，与古代贤王，也就相差不远了。这是史臣的惯用笔法，不说你不好，而说你不够。这个不够，还只是相比较于更为完美的古代人物而言。这当然是诛心之论了。不过，总的来说，肯定大于否定。

当然，也要看到，曹丕在位七年，时间太短，想进行任何好的，或坏的改变，也来不及。人物越伟大，其身后的影子也越长，影子越长，影响越大，想改变，想改动，那阻力和压力也越大，更何况曹操这样的强人。因为，他用的人都是曹操给他留下的，一切规章法制都是曹操生前制定的。曹丕这一生，最大的成就就是结束汉朝，开创魏国，打破他老子一辈子不称帝的禁忌。单凭这一点，他就在历史上留下了自己的印记。

他儿子曹叡，在位13年（226—239），除了建筑许多宫

三国志像,绣像金批第一才子书,毛声山评点,金圣叹序,清初刊本大魁堂藏版

殿,耗尽国力,除了把国家和继承人,托付给不该托付的人外,别无任何政绩可言。因为他统治这个国家的年头,比他老子多出一倍,所以给魏国带来的伤害,甚是严重。所以他驾崩以后,二十多年,历经三少主,他祖父"三马同槽"的梦,便实现了。陈寿对曹叡的贬,就有点不客气了,"明帝沉毅断识,任心而行,盖有君人之至概焉。于时百姓凋弊,四海分崩,不先聿修显祖,阐拓洪基,而遽追秦皇、汉武,宫馆是营,格之远猷,其殆疾乎!"

这种批判,显然来自西晋统治集团的评价。通常规律,后朝评价前朝,对前朝前期较为优容,对前朝后期,因为角力过,因为较量过,记忆犹新,就未必那么宽宏了。如果再看一看《三少帝纪》的评语,就知道在西晋官方眼里,魏之衰,是从明帝"情系私爱,抚养婴孩,传以大器,托付不专"而起。所以,陈寿才敢于挑明了问,你以为你是谁呀,当时"百姓凋弊,四海分崩",你不把"聿修显祖,阐拓洪基"放在第一位,竟敢"遽追秦皇、汉武,宫馆是营,格之远猷,其殆疾乎!"

"宫馆是营,格之远猷",就是曹叡最为人诟病的。

唐人段成式的《酉阳杂俎》记载了魏明帝所建造的一座凌云台,"峻峙数十丈"。唐代的一尺合今30.7厘米;那么,一丈就是307厘米,数十丈,只是段成式的估计,应该是很高,至少也有现在的十五层楼高度,相当于六十米到七十米的样子。据刘义庆《世说新语》,"凌云台楼观精巧,先称平众木轻重,然后造构,乃无锱铢相负揭。台虽高峻,常随风摇动,而终无倾倒之理。魏明帝登台,惧其势危,别以大木扶持之,楼即颓坏。论者谓轻重力偏故也"。中国传统木结构建筑物,如山西应县木塔，建于辽道宗清宁二年（1056），金章宗明昌六年（1195）增修完毕。据资料：释迦塔塔高 67.31 米，底层直径 30.27 米，呈平面八角形。全塔耗红松木料 3000 立方米，2600 多吨，纯木结构、无钉无铆，为中国现存最高最古的一座木构塔式建筑。但早在魏明帝时建造的凌云台，也是木结构，不但不用钉铆，甚至也不用斗拱榫卯，彼此无任何负担地组合在一起，能够随风摆动而不倒坍的超级建筑工艺，显然后来失传了。史称"魏明帝起凌云台，误先钉榜，而未之题。笼盛韦诞，鹿卢引上书之。去地二十五丈，诞甚危惧，乃戒子孙，绝此楷法。"因为恐高症，韦诞在悬笼内题字的工夫，竟惊吓得头发顿时全白。韦诞，当时是与钟繇齐名的大书法家。

据《三国志》，"是时，大治洛阳宫，起昭阳、太极殿，筑总章观。百姓失农时，直臣杨阜、高堂隆等各数切谏，虽不能听，常优容之。"裴注引《魏略》："是年起太极诸殿，筑总章观，高十余丈，建翔凤于其上；又于芳林园中起陂池，楫櫂越歌；又于列殿之北，立八坊，诸才人以次序处其中，其秩石拟百官之数。帝常游宴在内，乃选女子知书可付信者六人，以为女尚书，使典省外奏事，处当画可，自贵人以下至尚保，及给掖庭洒扫，习伎歌者，各有千数。"

一个政权的终结，总是先从内部溃败开始的。

导致精英早逝的另一种可能
第九十八回（上）：追汉军王双受诛

诸葛亮"五月渡泸，深入不毛"的南征，除去主要对手孟获外，自然界的瘴气，也是他必须面对的挑战。

瘴气，按《水经注》引《益州记》："'泸水源出曲罗，巂下三百里，两峰有杀气，暑月旧不可行，故武侯以夏渡为难。'《后汉书·西南夷传》李贤注：'泸水一名若水，出旄牛徼外，经朱提至僰道入江，在今巂州南。特有瘴气，三月四月经之必死。五月以后，行者得无害。故诸葛[亮]《表》云'五月度泸'，言其艰苦也。'"瘴气，多指南方森林密集，生物多样化的湿热多山地带，其动物尸体、植物枝叶，层层堆积，雨水浸泡，腐烂而生的有毒气体。《三国演义》中的瘴气，是泛称，还包括含有重金属的毒泉，食之即死的乌头、断肠草之类的有毒植物，以及传播恶性疟疾的蚊蚋昆虫等。

不过，诸葛亮南征是蜀汉后主建兴三年（225），但准备南征，则是图谋已久的事，显然，做过充分的调查研究，所以，南征途中，瘴气虽有干扰，倒也不大影响战局。

然后，六出祁山，诸葛亮的部队也无成规模的疫病现象出现，当时最令诸葛亮头疼的，不是疫疠，而是粮食。从曹

三国志像,绣像金批第一才子书,毛声山评点,金圣叹序,清初刊本大魁堂藏版

休、曹真、夏侯楙、张郃、司马懿多次西线还击,也不曾发生过瘟疫现象,这可能与川、陕、甘接壤的黄土丘陵地区,空气干爽,人烟稀少,水源匮乏,植被贫瘠有关。而到了水草丰茂的

鱼米之乡，在长江流域作战，就没有这么幸运了。

赤壁大战，系魏、吴在长江荆楚段的首次交手，北军就因疫病肆虐，只好收兵回师。曹操说："赤壁之役，值有疾病，孤烧船自退，横使周瑜虚获此名。"是实话，并非有人认为的阿Q的精神胜利法。《三国志》亦有记载："时操军众已有疾疫，初一交战，操军不利，引次江北。"有研究者猜测是一种斑疹伤寒，开始在曹军中蔓延开来。当时，数十万大军分别居住于船舰和岸边，正好是这种病菌宿主鼠类最为活动的所在。按《资治通鉴》所记"兼以疾疫，死者大半"来看，其数达百分之五十的死亡率，当系这种急性传染病无疑。但从英国伦敦发生从海外传来的瘟疫黑死病来看，这种也是以鼠类为宿主的恶性传染病，差不多死掉这个城市三分之一人口，连莎士比亚也不得不随剧团逃出伦敦避难，时为1623年。因此，很难想象公元208年，中国就开始有斑疹伤寒的流行，一直到20世纪70年代的云南昭通地区最后一次地方性流行才行中止。斑疹伤寒的中国疾病史，有这样悠久吗？

根据汉献帝建安二十二年（217），那次也因瘟疫而中止的曹操伐吴之役，不知为什么，率兵而来的曹孟德，雅兴大发，还带了大批文人助威，结果，建安七子的五子，王粲、徐幹、陈琳、应场和刘桢，俱死于这场瘟疫。曹丕在给友人朝歌令吴质的信中写道："昔年疾疫，亲故多离其灾，徐、陈、应、刘，一时俱逝，痛何可言邪！"由此似可断定，赤壁大战中死者均为无名士兵，无一有头有脸、有名有望者死于此疫，显然是来自青徐的中原大兵，初到江南，不服水土，加之时为冬令，收获季过，可食者丰，而致痢疾和肠胃道病流行，战斗力大减，是有可能的。而在217年的居巢那次瘟疫，很有可能是恶性疟疾，这可是中国有年头的流行传染病了。

吴会稽王建兴二年（253）三月，诸葛恪伐魏，"攻守连月，城不拔。士卒疲劳，因暑饮水，泄下流肿，病者大半，死伤涂地。魏知战士罢病，乃进救兵。恪引军而去。士卒伤病，流曳道路，或顿仆坑壑，或见略获，存亡忿痛，大小呼嗟"。这一次瘟疫，不但导致战争失败，连诸葛恪的命也搭上了。

更值得注意的，吴国的绝对精英周瑜，汉献帝建安十五年（210）"道遇暴疾"，忽然去世，时年36岁，而程普也与周瑜同年去世。暴疾，可能就是瘟疫。建安二十二年（217），鲁肃突然病死，享年46岁，与王粲、徐幹、陈琳、应玚和刘桢去世为同一年。看来，发生在居巢的恶性疟疾，肆虐整个江东地区。建安二十四年（219），吕蒙患慢性病，可以肯定。但他的暴卒，以及蒋钦、甘宁的相继病终，也可能与疫病有关。

战争中的非战争因素，常常产生不可小觑的影响。

有真本事不急亮招

第九十八回（下）：袭陈仓武侯取胜

诸葛亮第二次北伐，以数万之众，进攻陈仓，魏军守城者为郝昭，率部千余人，进行了一场殊死战，诸葛亮竟然攻不下。最后因己方粮秣不继，加之敌方援军即至，遂退军。很快，诸葛亮进行第三次北伐，率魏军者为郭淮，那也是个不弱的对手，诸葛亮胜，得武都、阴平。接下来是第四次北伐，魏明帝曹叡认为与蜀交手，只有靠司马懿了。委任他主事西方，这是诸葛亮和司马懿首次接触，蜀军不但割了陇上的麦子，还在木门谷万箭齐下，射死魏军大将张郃。蜀虽胜，魏亦不大败。以后的魏蜀之战，就出现一种奇妙的格局。诸葛亮当然想打赢司马懿，但就是不能彻底打赢，天不与人便，纵有神机妙算，这硬骨头他也难啃。司马懿未必能打得赢诸葛亮，也不能说他绝对打不赢，可他好像在心理怯了几分，即使赢了，也适可而止。所以，这两位沙场老手，相峙数年，互有胜负。胜者只是小胜，败者亦无大败。这就是司马懿的了不起了。

他要是把诸葛亮干净彻底消灭的话，本来对其极不信任的曹魏当局，还要他做什么用？司马懿真正要打败的是曹氏父子，真正图谋的是曹魏江山，所以，诸葛亮病死五丈原，他是真伤心，而非假惺惺。唐太宗李世民在《晋书》里，对他评价不高："天子在外，内起甲兵，陵土未干，遽相诛戮，贞臣

三国志像，绣像金批第一才子书，毛声山评点，金圣叹序，清初刊本大魁堂藏版

之体,宁若此乎!夫征讨之策,岂东智而西愚?辅佐之心,何前忠而后乱?故晋明掩面,耻欺伪以成功;石勒肆言,笑奸回以定业。古人有云:'积善三年,知之者少,为恶一日,闻于天下。'可不谓然乎!"

司马懿的韬晦隐忍,后发制人,在三国人物中,无人能敌。

司马懿和诸葛亮的不同之处,是他要对付的敌手和潜在敌手,更多一些。

刘禅称诸葛亮为相父,言听计从,曹叡视司马懿不过是老臣之一,并不十分信任。诸葛亮在西蜀,几无一人可与之埒等。而在洛阳朝中,曹真、曹休、夏侯楙这些近亲,权势很高,陈群、华歆、王朗这些重臣,地位不弱,都与司马懿不相上下,并对他深怀戒心。刘备托孤时,要他的儿子对诸葛亮以父事之,而曹操早留下了"司马懿鹰视狼顾,不可付以兵权,久必为国家大祸"的评语。

因此,诸葛亮只有一个敌人,即曹魏,只有一个念头,即北伐,而且也只有一个手段,即诉诸武力。司马懿则不同了,他知道魏之患在蜀而不在吴,防蜀甚于防吴,但从曹丕起,攻吴之心重于攻蜀。他知道魏强蜀弱,坚守不出,以逸待劳,则蜀必败,但朝野上下,势骄焰盛,务求必克。他知道功高不仅震主,也会引起同僚警惧,适度退让,以免锋芒过露,但又不能使人认为他不是举足轻重的力量。为此,让曹真尝一下诸葛亮的苦头,败下阵来,也未必不是司马懿极想看到的一个难得的称心场面。

曹真是嫡系部队中比较出色的将领,战功卓著,曹丕死后，曹叡继位，迁大将军。率部出征，能与将士同劳苦，军赏不足，辄以家财班赐，士卒皆愿为用。看司马懿与他在战场之上，赌这样的东道，一方面表现出两员大将在智力上的差异，判断上的高低，一方面也表现司马懿和曹真尚有和谐的关系，平等的交往。而曹真死后，他的儿子曹爽，与司马懿同受顾命，这个绝对的败类，将他父亲对司马懿的那点敬畏之心，置之脑后，被几个浮浪子弟包围，要搬开司马宣王这块石头，结果不是砸了自己的脚，而是脑袋。所以曹真与司马懿之打赌，真是输到了家。

即使司马懿到了环视天下，无一劲敌的时候，他还是不敢丝毫怠慢地对付草包曹爽，竟然，装聋作哑，做糊涂颠倒状，以麻痹那位公子哥和那些纨绔子弟，显然，这是他一贯的小心谨慎，一是他需要得以收拾对手的借口和契机，一是他需要得以动手的舆论和气氛，其实后者，说穿了，只是司马懿等待大家眼看那些新贵，闹得实在不成样子，两害相权取其轻，而倾向于他时，那就该出手了。

《三国志·曹爽传》："（正始）十年（249）正月，车驾朝高平陵，爽兄弟皆从。宣王部勒兵马，先据武库，遂出屯洛水浮桥。""于是收爽、羲、训、晏、飏、谧、轨、胜、范、当等，皆伏诛，夷三族。"

在拳术场上，有真本事的人，并不急于亮招。等一等，看一看，让那些初出茅庐，心急如火，按捺不住的人，先跳出来出击。这种由他人动手试探对方的火力侦察，对自己的正式出场，肯定是十分有益的。

嵇康一曲《广陵散》

第九十九回（上）：诸葛亮大破魏兵

高平陵事件，曹爽太屄，还未交手，就先认输了。第一，曹芳，你是天子，你怕个甚？第二，曹爽，天子在你手里，你怕个甚？第三，司马懿，不就在城里咋呼吗，你们怕个甚？第四，不是还有千把近卫军，可以抵挡一阵吗？要是硬碰硬，未必会输，洛阳城里，也不全是司马家人，不行，再说，往东到邺都，往西到凉州，你手里握有王牌，到哪儿都是香饽饽。可是，在中国官场中厮混久了的人，看起来，庞然大物，气壮如牛，一旦失去权力，剥掉官皮，马上狗屁不是，魂不附体。于是，司马家放开手脚大干，只有一个字，杀。

魏齐王嘉平元年（249），高平陵事件得手后，司马氏就一路开杀下去，嘉平三年（251），平王凌，杀曹彪；嘉平六年（254），杀李丰、夏侯玄；魏高贵乡公正元二年（255），平毌丘俭；魏高贵乡公甘露二至三年（257—258）平诸葛诞；甘露五年（260），弑高贵乡公……平均两三年大开杀戒一次。曹操之杀，是薅稗草式；司马懿之杀，是割韭菜式，所以，到了晋朝，天下名士减半，也就不必惊讶了。

嵇康和阮籍，自然是在名单上等着杀头的名士。鲁迅分

三国志像，绣像金批第一才子书，毛声山评点，金圣叹序，清初刊本大魁堂藏版

析过：这两位，"脾气都很大，阮籍老年时改得很好，嵇康就始终都是极坏的。后来阮籍竟做到'口不臧否人物'的地步，嵇康却全无改变。结果阮得终其天年，而嵇竟丧于司马氏之手，这大概是吃药和吃酒之分的缘故：吃药可以成仙，仙是可以骄视俗人的，饮酒不会成仙，所以敷衍了事。"司马昭，此时已是个不可一世的人物，他一心想篡夺政权，已是路人皆知的事情。曹姓皇帝只能仰其鼻息讨生活，他干掉高贵乡公曹髦以后，又不能马上下手再干掉元帝曹奂，因为曹魏势力还有相当基础。于是，司马昭授意嵇康的好友山巨源，动员他出来做官，加入他的朋友圈。第一，嵇康是大名士，第二，嵇康还是曹操的孙女婿。山涛不是坏人，但懂得奉命行事。老弟，如此如此，大将军很有抬爱阁下的意思。"骄视俗人"的嵇康，断然拒绝了。

嵇康（224—263），字叔夜，谯国铚县人。竹林七贤之一，在这个汉魏时期最负盛名的文人团契中，嵇康以追求独立人格，强调个性自由之耿耿风骨闻名于世。鲁迅一生，除写作外，研究过许多中国文人及其作品，多有著述。但下功夫最多来剔微钩沉者，就是这部他亲自辑校的《嵇康集》了，由此也可见巨人心灵上的呼应。他说过："阮籍作文章和诗都很好，他的诗文虽然也很激昂慷慨，但许多意思都是隐而不显的。嵇康的论文，比阮籍更好，思想新颖，往往与古时旧说反对。"所以，含糊其辞，语焉不详，王顾左右而言他，最好了。后来的聪明人，都是这样写文章的。而针砭王纲，议论朝政，直书史实，布露民瘼，就是那些不聪明的文人，最犯统治者忌的地方。

嵇中散的死,最根本的原因,正是鲁迅所指出的,他文章中那种不以传统为然的叛逆精神。

鲁迅说:"菲薄了汤武周孔,在现时代是不要紧的,但在当时却关系非小。汤武是以武定天下的;周公是辅成王的;孔子是祖述尧舜的,而尧舜是禅让天下的。嵇康都说不好,那么,教司马氏篡位的时候,怎么办才是好呢?没有办法。在这一点上,嵇康于司马氏的办事上有了直接的影响,因此就非死不可了。"阮籍,就比嵇康聪明一些,虽然他对于司马昭,不会比嵇康更感兴趣,但他写文章时,竭力隐而不显,而且还装疯卖傻,于是保全了自己的首级。嵇康虽然被司马昭引以为患,但忙于篡夺曹魏政权的大将军,不可能全神关注这位皇室驸马,在他全盘的政治角斗中,嵇康终究是个小角色。于是钟会出现了。于是,就有了《世说新语》所载的那次交锋,"康方于大树下锻,向子期为佐鼓排,康扬槌不辍,傍若无人,移时不交一言。钟起去,康曰:'何所闻而来?何所见而去?'钟曰:'闻所闻而来,见所见而去。'"等到嵇康的朋友吕安,"以事系狱,辞相证引",把他牵连进去,钟会就公开跳出来大张挞伐了。

现在看起来,嵇康第一,为曹党嫡系,在政治上站错了队;第二,是个公开与司马政权唱反调的不合作的文人;第三,或许是最关键的,这位中散大夫得罪了小人。押赴刑场,他对来送别的人,还弹了一曲《广陵散》,然后引颈就戮。

权谋、机智、残忍，一步步取胜

第九十九回（下）：司马懿入寇西蜀

《三国演义》，热闹都在前半部。司马懿出场较晚，显得不那么光彩出色。不过，这也正是司马懿求之不得的，很多年里，谨言慎行，保持低调，居功厥伟，不敢自矜。

由此可见司马懿的心机，和他处于荆棘丛中的谨慎，以及善处左右的韬略。在当时诸葛亮、陆逊与他这三个堪称棋逢对手的主帅之中，应该说他处境最难。所以，他在政治上，也包括在军事上，以退为进，以守为攻，步步为营，终于取得了最后的胜利。

所以，他得把握住赢不能太赢，输不能太输，攻打不宜太猛，退守不宜示弱的分寸感，要比诸葛亮难做人多了。他之所以一再地由着诸葛亮取胜，这其中不排除曹真以皇亲国戚身份，指挥失误的因素，因此，他呵斥诸将："汝等不知兵法，只凭血气之勇，强欲出战，致有此败。"其实，也是这个全能军事家，讲给半个军事家曹真听的。对蜀之战，时间在魏一边，看谁耗过谁，这就是司马懿的主心骨。

司马懿玩政治，玩军事，均称得上是行家里手，而且是个具有表演才能的统帅。

三国志像,绣像金批第一才子书,毛声山评点,金圣叹序,清初刊本大魁堂藏版

　　形势逼人,魏之盛,蜀之衰,已成不可逆转之时局。西蜀之关、张、赵、黄已成过去,虽有魏延、姜维、王平、张翼,无论如何是一个后继乏人的状态。而以魏之张郃为例,这员

强将，至今犹雄风不减，再如郝昭、王双、郭淮、孙礼之辈，更是层出不穷之势。司马懿说过，诸葛亮不取出子午谷，直奔河、洛的飞骑突袭计划，采取亲冒矢石的正面战，拼消耗的打法，对于势单力薄的军队来说，绝对是不智之举。所以，三出祁山，小有斩获，也只能以退兵告终。

不过，从职业角度，司马懿始终对这位对手，抱有敬意。

在对垒局势下，为了确保自己立于不败之地，一方面不惜工本谋取对方的情报，一方面千方百计地对己方的言行高度保密。于是以窃取探知秘密的行业，和特务间谍便应运而生。即使如此，预测和判断的准确程度，仍是决定领导者水平高低、能力大小的一个标志。兵者诡道，诡必秘，若不秘，则无诡。不使对手获知己方之一切，乃至最细小，或最无关紧要之处，方能操胜券。司马懿知道诸葛亮必取武都、阴平，遂派郭淮、孙礼袭蜀兵之后。但诸葛亮知道司马懿必有此举，亲率兵马又来袭郭淮、孙礼之后，前后夹攻，魏兵大败。在武都、阴平失守以后，司马懿料知诸葛亮不在营中，定去两城安抚百姓，派张郃、戴陵去夺蜀寨。但诸葛亮并未离寨，却设下包围圈以待偷袭。

两军交锋，双方对抗，你攻我守，明争暗斗，互相料知对手的下一个动作、步骤、安排和计划，乃至阴谋、诡秘，然后厘定应急处变之计，达到克敌求胜之道。因此，预测能力，是对双方军事统帅的考验。司马懿不得不承认，"孔明智在吾先"，这个智，就是预测能力。

诸葛亮（181—234），略小于司马懿（179—251），属于同一代人，从《汉晋春秋》看到，司马懿的上邽之役，很吃了诸葛亮的亏。"亮分兵留攻,自逆宣王于上邽。郭淮、费曜等徼亮,亮破之,因大芟刈其麦,与宣王遇于上邽之东,敛兵依险,军不得交,亮引而还。""五月辛巳,乃使张郃攻无当监何千于南围,自案中道向亮。亮使魏延、高翔、吴班赴拒,大破之,获甲首三千级,玄铠五千领,角弩三千一百张,宣王还保营。"史家吕思勉认为《三国志》载诸葛亮伐魏,总不顺利。《晋书》更说诸葛亮每战辄败,因为著述者均为魏晋人故。吕说,吴大鸿胪张俨,是当时的第三国史家,在他所著的《默记》里,认为"仲达之才,减于孔明,土地广狭,人马多少,未可偏恃也"。"仲达据天下十倍之地,仗兼并之众,据牢城,拥精锐,无禽敌之意,务自保全而已,使彼孔明自来自去。"应该是属于公道的结论。

不过,在后三国这段历史中,司马懿是一位很了不起的,靠耐性、权谋、机智、残忍,一步一步夺得胜利的最大赢家。一个敢于承认"智在吾先"的人,是绝对不能小看的。

统筹兼顾是政治家的本分

第一百回（上）：汉兵劫寨破曹真

任何形式的战争，总会有双方处于胜负不分的相持阶段，因为大家都需要喘息一下。

通常这种胶着状态，会维持一个较长时间，于是也就成了作战双方从士兵到将帅的心理素质的较量，特别是对于久攻不克的拉锯战、消耗战、疲劳战的耐性和承受能力的考验。特别是相持阶段表面平静，常常是双方内外矛盾深化的关键时刻，也是双方阵营内部分歧暴露之时，这个相持阶段的迁延期愈长，非战争的因素也会愈来愈制约着正在进行中的战争，因而促成变端，产生转机的可能性也增加，所以说，这是个很容易出问题、犯错误的阶段。

曹真和司马懿打赌的失败，以至于丧命，就是由于大雨滂沱四十余日的相持阶段，所生出麻痹急躁心理。陈式、魏延冒险轻进，以求速胜，也是因为同样的原因，失去了应有的警觉和戒备之心。相反，司马懿杀掉散播怨言的偏将，令众将悚然；诸葛亮派邓芝再去箕谷，抚慰吃了败仗的陈式，防其生变。说明了这两位主帅能在相持阶段中，保持着头脑的清醒。但是，诸葛亮只注意了铁马金戈的前线，而忽略了歌舞升平的后方，对于运粮官苟安的处置不当，有失分寸，最后导致后主听信宦官之言，诏其回师，于是坐失良机，好不容易取得的一点进展，付之东流。

因此，始终以缜思熟虑的清醒，对待战争中发生的每一件事，方是取胜之道。

出其不意，击其不备，这本是军事家最经常采用的战术，魏延出子午谷，进长安的奇袭建议，诸葛亮以稳妥为由，未予考虑。彼时拒绝，也许是一失，此时再行，未必不会成为一得，战争千变万化，焉能老调重弹？参谋邓芝传达孔明不可轻进之令，竟遭到陈式的嘲笑和魏延的抵制。这种将帅之间的分歧，过去还不曾放在台面上，只是在心里较量，现在戳穿这层窗户纸，将矛盾公开化，说明了西蜀这支队伍，如果不是分崩离析，也是相当离心离德，其战斗水平的整体下降，说不上众志成城。还想打个什么胜仗呢？

这个陈式，应该不是《三国志》作者陈寿之父，乃演义作者的杜撰。被髡以后的刑徒，又回到军中，还指挥作战，实属荒谬。更何况此陈式最后被诸葛亮杀头，与陈寿之父陈式病终，结局两异，因此认为陈寿写史重魏轻蜀，或因父仇因素，更属不经之谈。

诸葛亮既不能像曹操那样的广收并蓄，求贤若渴，也不能像刘备那样的仁义致人，竭诚相待，加之他极自尊，极自信，事必躬亲，独揽一切，事无巨细，不肯放手。早在后主继位时，其丞相府主簿杨颙就劝告过他，《资治通鉴》载："亮尝自校簿书，主簿杨颙直入，谏曰：'为治有体，上下不可相侵。请为明公以作家譬之。今有人，使奴执耕稼，婢典炊爨，鸡主司晨，犬主吠盗，牛负重载，马涉远路。私业无旷，所求皆足，雍容高枕，饮食而已。忽一旦尽欲以身亲其役，不复付任，劳其体力，为此碎务，形疲神困，终无一成……故丙吉不问横道死人

三国志像，绣像金批第一才子书，毛声山评点，金圣叹序，清初刊本大魁堂藏版

而忧牛喘，陈平不肯知钱谷之数，云'自有主者'，今明公为治，乃躬自校簿书，流汗终日，不亦劳乎！'亮谢之。"

一个太过低头拉车的人，往往就不大习惯抬头看路，太注意细节，就会忽略全盘。诸葛亮对狂妄浅薄的陈式不容宽待，对魏延的懈怠又未能施以惩戒，就不仅仅是感情用事，而是领导疏失。问题尤为严重的，对延误运粮的苟安却首鼠两端。正因为苟安乃李严之部下，而李严与他同为受命于刘备的辅弼之臣，不能不投鼠忌器，连这一点人际关系都摆不平的孔明，焉能借来东风？政治家，统筹兼顾，是其本分，现在来看，前方的仗，打得不好，后方的事，千头万绪，在其领导集团内部尚未形成一个能体现他意志的核心，甚至在中枢机关没有一个足以代表他的人物存在，而刘备器重的李严，在他心目中，绝非好的合作伙伴。如此局面，竟敢拍屁股一走，率军远征，眼看大权旁落，也只得无可奈何，自信满满的诸葛先生，这回可真的失算了。

不对等的较量

第一百回（下）：武侯斗阵辱仲达

诸葛亮与李严的较量，相当于国家级球队与省市级球队的比赛，两人根本不在一个相等的级别上。

李严的不自量力，应该怪刘备，是他害了这个李严。如果不是刘备"病笃，托孤于丞相亮、尚书令李严为副"，将他提拔到如此高位，而是让他按原来的官场道路走，主持州郡，分管衙司，凭李严的超强才干，以及跟得上形势的聪明伶俐，大有作为，大有前程，是完全可以肯定的。然而，刘备此举，等于释放了李严心中的邪魔，可李严又压不住升腾的欲望，于是，他只有完蛋一道。

刘备是何许人也，织席贩屦之辈。织席，手工业者；贩屦，小商人也，因此，刘备这个人，既有手工业者的老实纯朴，也有小商人的奸诈计算。作为手工业者，他绝对甚至无条件地信赖军师，作为小商人，他就不会百分百信任这个一人独大的诸葛亮了。

当然，关、张要活着，根本就没有李严的份儿，但刘禅尚小，而且做父亲的刘备心里明白，小，可以长大，弱智，却是终生不可改变的，虽然，从成都赶来永安的诸葛亮安慰他,可越是这样宽解,刘备越害怕阿斗会不会像汉献帝被曹操玩弄于股掌之上,成为孔明操纵的玩偶。当然,他相信孔明不会,谁能担保这位丞相永远不会?曹操没有篡位,曹丕篡了,孔明不会干这种事,谁能担保孔明的儿子不干?刘备肯定不敢太往后想,越想越后怕,当务之急,必须要有一个能够起到制约作用的人,与孔明齐头并肩,而这个人的精明能干,也应该不亚于他,才有可能折冲樽俎,调和鼎鼐。因此,李严定格在他的脑海中。

  为什么刘备选中李严,直白地说,就是这个李严圆了他从小就有的皇帝梦。什么"黄龙见武阳赤水,九日乃去"的祥瑞,就是李严鼓捣出来的。此人十分能干,只是刘备看中的是很小一方面,此人对我忠诚,才是他看中的主要方面。果然,"章武二年,先主征严诣永安宫,拜尚书令。三年,先主疾病,严与诸葛亮并受遗诏辅少主,以严为中都护,统内外军事,留镇永安"。俗话说,爱他就是害他,这话应在了李严身上,李严从此就只有走与诸葛亮对立的路。可他也不想想,他的这位保护神还能活几天?过度聪明的人往往短视,他大概神气不到半年,在成都的诸葛亮,要向刘备请示什么,得通过他这个尚书令,刘备要下什么谕旨给诸葛亮,也得先经李严过目。据《三国志·李严传》:"严与孟达书曰:'吾与孔明俱受寄托,忧深责重,思得良伴。'亮亦与达书曰:'部分如流,趋舍罔滞,正方性也。'其见贵重如此。"正方,李严字也,后还改名李平。从这两封给第三者的信,李严的不胜荣幸,跃然纸上,诸葛亮老神在在,声色不动,就知道这两个对手的段级差别了。

遗香堂绘像三国志,明末安徽新安黄氏刻本

刘备一死,"建兴元年,封亮武乡侯,开府治事,顷之,又领益州牧,政事无巨细,咸决于亮"。李严的尚书令,遂成一纸空文。这只是惩罚的开始,诸葛亮开始出棋。

第一步,他要求任江州刺史,诸葛亮说可以;他要求扩大江州管辖地盘,与诸葛亮的益州牧平分秋色,被拒绝了。

第二步,削其兵权,提拔他的儿子李丰为江州都督督军,他不能阻挡自己儿子的前程,只好代替魏延为汉中太守。这其间,他用助刘备称帝的办法,建议诸葛亮加九锡,进爵为王,以取悦讨好这位丞相,没想到诸葛亮严词驳斥,碰了一鼻子灰。

第三步,蜀汉后主建兴九年(231)诸葛亮第四次北伐,李严负责筹运军粮,昔日的尚书令,尽管满肚子不乐意,也不得不上任。诸葛亮对他的惩罚,至此,也就准备收手了。

谁知李严给自己挖坑,"九年春,亮军祁山,平催督运事。秋夏之际,值天霖雨,运粮不继,平遣参军狐忠、督军成藩喻指,呼亮来还;亮承以退军。平闻军退,乃更阳惊,说'军粮饶足,何以便归!'欲以解己不办之责,显亮不进之愆也。又表后主,说'军伪退,欲以诱贼与战'。亮具出其前后手笔书疏本末,平违错章灼。平辞穷情竭,首谢罪负"。"乃废平为民,徙梓潼郡。十二年,平闻亮卒,发病死。平常冀亮当自补复,策后人不能,故以激愤也。"

倘无刘备的格外垂青,他这一生该不是这个样子的。

北伐的非理性

第一百一回（上）：出陇上诸葛妆神

"时建兴十二年春二月。孔明入朝奏曰：'臣今存恤军士，已经三年。粮草丰足，军器完备，人马雄壮，可以伐魏。今番若不扫清奸党，恢复中原，誓不见陛下也！'后主曰：'方今已成鼎足之势，吴、魏不曾入寇，相父何不安享太平？'孔明曰：'臣受先帝知遇之恩，梦寐之间，未尝不设伐魏之策。竭力尽忠，为陛下克复中原，重兴汉室：臣之愿也。'"

诸葛亮从蜀汉后主建兴六年（228）第一次北伐起，至此，已是第六次北伐了，他也从48岁，打到了54岁。西蜀从上到下，已无任何一点反对的声音，道理很简单，反对也不能阻止诸葛亮了。阿斗当皇帝以后，没有见他有什么长进，而凡是扶不上去的天子，通常都是成事不足、败事有余。独有这句"吴、魏不曾入寇，相父何不安享太平？"算得上是句人话。可惜他这个皇帝是傀儡，如他说话算数，制止没完没了的北伐，修边固防，诸葛亮不会积劳成疾，西蜀也许不会很快亡国。

至于蜀汉为什么一以贯之地坚持北伐，研究者看法不一，有"绍汉灭贼"说，有"以战防战"说，有"促魏生变"说，

遗香堂绘像三国志，明末安徽新安黄氏刻本

有"不战将败"说，都有一定的道理，但都不具绝对的说服力，魏、吴、蜀三国形成如此鼎立状态，是东汉末年黄巾之乱后，豪杰蜂起，诸侯争霸，厮杀二十多年的结果。这其间，很多失败者出局,淘汰,降服,以及被吞并,最后,只剩下魏、吴、蜀三角相峙。虽然,魏强于吴、蜀,但吴、蜀相加,也并不太弱于魏,因此,这个相对稳定的格局,相对均衡的形势,一时半会儿,不太容易打破。特别是这个时代最具格局、最成大器、最有远见的大人物曹操离世,环顾宇内,再无一个真正的英雄,想改变这个世界。曹操一死,他的儿子曹丕接受陈群建议,全面实行"九品中正制",不是全部,也是大部否定其父打破门阀制度的努力,不能不让人感叹,"佳人已属沙吒利,义士今无古押衙。"也就是说,这个世界仍旧在世族门阀和帝王的联手控制下,因此,百姓需要休养生息,社会需要生儿育女,与豪门需要重拾权威、帝王需要好好享受结合起来,人心思定,大势所趋,新的强人没有崭露头角以前,这三个国家小小不言的冲突会有,局部战争也有可能产生,但像曹操那种官渡大战、赤壁大战级别的攸关生死存亡的战争,是很难发生的。

其实,一开始,诸葛亮的南征,与孙权的南下,异曲同工,是符合这大趋势的。诸葛亮打孟获那几年里,魏国不但没碰蜀汉一指头,连屁都不放一个。但随后,孙权北联公孙渊、高句丽,虽然失败,然其远交近攻的策略,是符合吴国利益的。而诸葛亮掉头北征,连续北征,与刘备执意伐吴,实属于同样的非理性行为,加剧了蜀汉的灭亡进程,后果很坏。智者趋时应势,愚人执迷不悟,他完全可以以他的智慧,顺江而下,徐步东进,蚕食已被魏、吴侵占的荆、襄地区。横竖,吴并非精诚团结的盟友,他曾叛变过你,你偶尔叛变他一下,谅也无妨。而同盟,都是建筑在共同的恐惧上,一旦吴国被魏国霸凌时，你再出兵祁山牵制，也为时不迟，既尽到盟友支持之责，又可以向甘陇发展，魏再强大，不可能两面受敌，你打得赢就打，打不赢就退，何其从容，何其自由。

如同关羽成神一样，诸葛亮也是《三国演义》塑造出来的另一尊神。因为他是神，遂对他的北征，总可以找出说辞，说明他不能不北伐。话说回来，刘备东征，又何尝不振振有词呢？只是吃亏在书读少了，与失守街亭的马谡书读多了一样，把部队安排在不该安排的地方，而吃了大亏。其实，从人性的角度来理解，一个人的行止，总是被其内心中一个目标所左右。刘备的目标，是报仇雪耻；诸葛亮的目标，就是管仲、乐毅，所以，若要能打下甘陇，进而囊括西北，那才是他真正的目标。

诸葛亮不可能完美无缺，也不可能至圣至贤，就看他开府以后，一步紧跟一步，逼李严就范，其手段之黑；就看他临死之前，留下锦囊妙计，将魏延杀死，其心机之深。当然，这一点无碍他的伟大，他之所以总往甘陇方向进军，是因为那是魏国统治薄弱地区，如果，他的屯垦能渐渐取得实效，如果他拥有凉州的兵、陇南的马，那他就真是蜀汉的管仲与乐毅了。

可老天爷不成全他，有什么办法？

你让我难看，我要你好看

第一百一回（下）：奔剑阁张郃中计

张郃初事韩馥，后属袁绍，终归曹操，身经百战，英勇无俦。正是这样了不起，越发令人觉得曹操之厉害。一位降将，能为曹魏三代尽忠，用人能用到这等效力程度，可谓极致。尤其街亭一战，看似打马谡，其实是在打诸葛亮。他赢了马谡，某种意义上说，也是赢了诸葛亮。诸葛亮何许人也，他岂能吃这哑巴亏，你让我难看，我要你好看。所以说，力不胜谋，谋胜于力。三国时期，魏、吴方面，能赢诸葛亮者，不多，所以，张郃因之成为西线之星。稍早，汉献帝建安二十四年（219），刘备与夏侯渊、张郃战于汉中，刘备斩夏侯渊，魏军军心大乱，呈土崩瓦解之状，司马郭淮打出张郃旗号，众军"民主"推举他为主帅，队伍赖以不散。最后，曹操不得不接受火线选帅的既成事实，遣使令张郃假节。仗打完了，节收回，政治，就是这样现实。

总算一度登过帅位的张郃，从来是专职的副手。先是为夏侯渊卖命，后是曹真，现在是司马懿，西线的仗，基本是他打的，但司令员却轮不着他当。

诸葛亮的厉害，就是估计到司马懿不能接受强过于他的对手，于是设计了剑阁木门道的埋伏，不知是司马懿指挥失当，还是心太黑，虽然《三国演义》里他表态："张儁乂身死，吾之过也。"但此说《三国志》与裴松之注引《魏略》均不载，

三国志像，绣像金批第一才子书，毛声山评点，金圣叹序，清初刊本大魁堂藏版

显系后人对他的美化，纯系杜撰。但以下这段史实，在正史上言之凿凿。"亮军退，司马宣王使郃追之，郃曰：'军法围城必开出路，归军勿追。'宣王不听，郃不得已，遂进。蜀军乘高布伏，弓弩乱发，矢中郃髀。"著《三国志》者陈寿，为晋臣，哪敢对司马宣王置一贬词，故记史实而由后人论断。《三国志》载："郃识变数，善处营陈，料战势地形，无不如计，自诸葛亮皆惮之。"其实，这个"皆"字，还包括司马懿。

司马懿绝对是一个强人，但对与他差不多强的下属，先存三分警惧之心，是一种本能反应。更何况张郃资格比他老，长时间作为同事，履历上除了降将外，不比他差。而且此人上下一致看好，司马懿不愿张郃太过光辉，也是人性之常。他更担忧，张郃若胜了，随之而来的，必是祸福难卜的后果。同样，这与诸葛亮对有军事头脑，有实战经验，有胆有谋的魏延，虽然在表面上若无其事，不那么容易察觉，但他的内心活动，其防范，其戒惧，却还是有踪迹可寻的。以用兵谨慎出了名的司马懿，这一次强令张郃追击败军，张郃提出反建议，不听；而"矢中郃髀"，竟不治身死，这其中的猫腻，隐藏于历史迷雾中，遂不可知。

魏延之乱，始于诸葛，魏延之死，也是诸葛一手导演，这位伟大的人物，嫉恨一个并不伟大，只是能打仗的武将，是没有道理的。然而，魏延的不幸和张郃不同，张郃的不幸，是投曹以后受重用，却不能得到充分信任的那种不完美的不幸。而魏延的不幸，则是投蜀以后也受重用，而得到的是除刘备以外所有人的不信任。第一，他的主管长官诸葛亮不信任，心理设防。第二，他的内阁对手杨仪不信任，视若寇仇。

第三,以蒋琬为首的文官集团不信任,畏之如虎。且不说大家这样不信任他,个个都有其说得出口和说不出口的内在因素,但这足以说明魏延这个人,真是一没头脑,没心计,只是恃力逞气的一介武夫耳。

曹操手下的典韦、许褚,还包括夏侯淳和他的大儿子曹昂,都具有这种多血质的冲动,而孙权手下,颇有几个劫江贼出身的将领,一言不合就拔刀相向,也是血性高于理性,出手之快超过头脑思维速度,但曹操和孙权之所以驾驭得法,是因为这两位领袖,是经过沙场厮杀,面对过生死决战,所以能接受,能容忍,甚至许可这种狂暴的。这也是刘备能够器识魏延,而诸葛亮、杨仪、蒋琬之流,从心理上拒绝魏延的缘故,因为,他们是文官。这班人一辈子连鸡都没杀过一只,遑论杀人,所以,撇开所有一切细故勿论,仅此隔阂,也且难弥平呢!

据《三国志·张郃传》:"郃虽武将而爱乐儒士……居军中,与诸生雅歌投壶。"这一点,就非魏延所可企及的了。

出师未捷身先死

第一百二回（上）：司马懿占北原渭桥

诸葛亮吃够了粮食不继、转运艰难之苦头，第五次北伐，实施军垦屯田政策，逼近渭水。《资治通鉴》载："亮以前者数出，皆以运粮不继，使己志不伸，乃分兵屯田为久驻之基，耕者杂于渭滨居民之间，而百姓安堵，军无私焉。"屯垦，是解决边境地区和平安宁的最佳之计，也是得以自食其力，巩固国防的最好方案。司马光在吕思勉之前，就看到蜀未必败、魏未必胜的一线曙光。

如果不是诸葛亮病重逝于五丈原的话，未来的形势，恐怕未必如司马懿所想象的——西蜀只会是一种坐以待毙的局面——那样乐观。

杜甫写武侯祠诗，"出师未捷身先死"，在诗人的想象里，如果捷的话，应该是什么样子？第一，实现三国统一，这种可能性基本为零。第二，魏因内乱而败于蜀，其可能性几乎为零。那么，第三，就是有可能达到的捷，得以占领陇甘，以及凉州大部，等于再获得相同于益州面积的江山，这样，消弱的魏，与吴，与蜀，土地大致相等，也就称得上捷了。江山江山，其实就是你所拥有的土地。如果，诸葛亮不死，

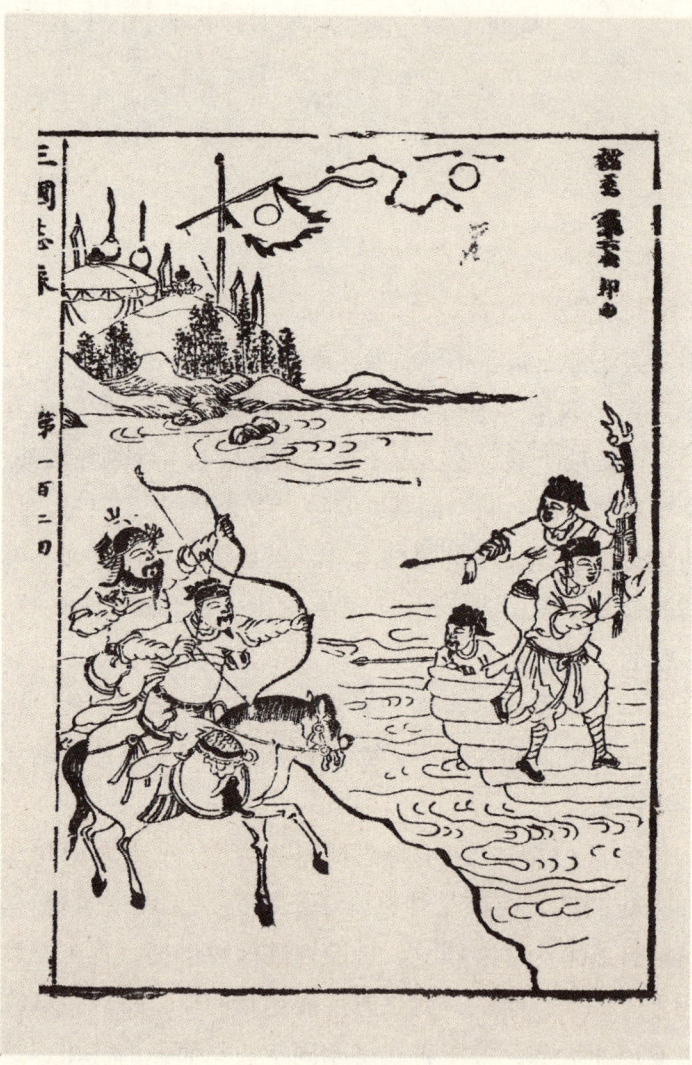

三国志像，绣像金批第一才子书，毛声山评点，金圣叹序，清初刊本大魁堂藏版

他是有可能达到他的目标，那他就实现了他的自我期许，为汉室得以不灭的尚父，为蜀汉得以扩张的管、乐。但先决条件，一是阿斗的混账速度，要远远低于曹叡；二是益州本土派与荆襄外来派的矛盾，要大大低于三马同食一槽的冲突；三是总想进攻长安的如魏延之流，不在军中得势，而曹魏精锐部队被吴国牵制不调来西线，那时间就在诸葛亮一边了。

这一回中，最值得一噱者，莫过于孙权的酒后放炮了。"费祎拜谢曰：'诚如此，则中原不日自破矣！'权设宴款待费祎。饮宴间，权问曰：'丞相军前，用谁当先破敌？'祎曰：'魏延为首。'权笑曰：'此人勇有余。而心不正。若一朝无孔明，彼必为祸。——孔明岂未知耶？'祎曰：'陛下之言极当！臣今归去，即当以此言告孔明。'遂拜辞孙权，回到祁山，见了孔明，具言吴主起大兵三十万，御驾亲征，兵分三路而进。孔明又问曰：'吴主别有所言否？'祎费将论魏延之语告之。孔明叹曰：'真聪明之主也！吾非不知此人。——为惜其勇，故用之耳。'祎曰：'丞相早宜区处。'孔明曰：'吾自有法。'祎辞别孔明，自回成都。"

此话出自一国之君之口，实在是荒谬至极，而且大失外交礼貌。倘非孙权实行离间之计（他当时并无这种需要），便是费祎假借孙权名义，制造舆论。使本来就对魏延有成见的诸葛亮，愈益对其反感。这对不愿看到魏延膨胀的费祎，也是收益。而且费祎，在杨仪和魏延的针锋相对之间，他自然偏向于杨。然而，据《三国志·董允传》裴注引《襄阳记》："董恢字休绪，襄阳人。入蜀，以宣信中郎副费祎使吴。孙权尝大醉问祎曰：'杨仪、魏延，牧竖小人也。虽尝有鸣吠之益于时务,然既已任之,势不得轻,若一朝无诸葛亮,必为祸乱矣。诸君愦愦,曾不知防虑于此,岂所谓贻厥孙谋乎?'祎愕然四顾视,不能即答。恢目祎曰:'可速言仪、延之不协起于私忿耳,而无黥、韩难御之心也。今方扫除强贼,混一区夏,功以才成,业由才广,若舍此不任,防其后患,是犹备有风波而逆废舟楫,非长计也。'权大笑。诸葛亮闻之,以为知言。还未满三日,辟为丞相府属,迁巴郡太守。"

不过,若看随后的"臣松之案:《汉晋春秋》亦载此语,不云董恢所教,辞亦小异,此二书俱出习氏而不同若此。本传云'恢年少官微',若已为丞相府属,出作巴郡,则官不微矣。以此疑习氏之言为不审的也",便觉得东吴孙权也插一脚,挤进否定魏延的行列里,大不可信。历史有许多糊涂账,姑妄听之可以,信其胡说,则不必了。

现在唯一可以得出的结论,诸葛亮对这两个人,是看走了眼的,真正有反骨的,是杨仪,而非魏延。

北伐之计，败在粮草

第一百二回（下）：诸葛亮造木牛流马

　　《资治通鉴》载："亮以前者数出，皆以运粮不继，使己志不伸，乃分兵屯田为久驻之基，耕者杂于渭滨居民之间，而百姓安堵，军无私焉。"

　　诸葛亮的北伐失败，除了国力凋敝，民心疲惫，文臣武将的不协调外，还有一个很重要的技术上的原因，就是军粮问题。一般情况下，诸葛亮每出祁山，依赖部队自带的给养，和先行储备，只能维持一个月左右。如果早些下手，不急于求功，而进行垦屯的话，如曹操当年平定黄巾，择健壮者入伍，老弱者就地屯垦，以资给养，在魏取守势，按兵不动时期，兵垦合一，也未必不是削弱敌人的良计。因为战争主动权操之于蜀，什么时候打，什么规模打，打什么地方，都系于诸葛亮的一念之间，不知为什么，相继于蜀汉后主建兴六年（228），建兴七年（229），建兴九年（231），建兴十二年（234）的几次或大或小的北伐，相隔时期非常之短，这种疲兵之术，恐怕也是北伐失败的一个原因。而古代的行军速度较慢，一天也就是二十公里，若是无追兵的退军，将会走得很慢。加之埋锅造饭，骡马吃料，还没有回到汉中，又该打下一仗了。

遗香堂绘像三国志，明末安徽新安黄氏刻本

这就不得不提到在《三国志·魏书》中，武将排位相当靠后的郭淮，他长期坚守西部战线，与刘备，与诸葛亮，与姜维，都交过手，互有胜负。这自是兵家常理。但他总能识破诸葛亮的军事动向。"青龙二年（234），诸葛亮出斜谷，并田于兰坑。是时司马宣王屯渭南；淮策亮必争北原，宜先据之，议者多谓不然。淮曰：'若亮跨渭登原，连兵北山，隔绝陇道，摇荡民、夷，此非国之利也。'宣王善之，淮遂屯北原。堑垒未成，蜀兵大至，淮逆击之。后数日，亮盛兵西行，诸将皆谓欲攻西围，淮独以为此见形于西，欲使官兵重应之，必攻阳遂耳。其夜果攻阳遂，有备不得上。"而且，他在面临部队粮秣问题时，要比诸葛亮刈民家地中之麦，高明得多。"（太和）五年（231），蜀出卤城。是时，陇右无谷，议欲关中大运，淮以威恩抚循羌、胡，家使出谷，平其输调，军食用足，转扬武将军。"

因此，一是掳掠敌方，充实自己。但从曹操攻袁绍开始，就以断人粮道为惯技，而且多次获胜。魏军在这方面，是不会给蜀军以可乘之机的。二是征敛抢劫，夺民之食。这在当时，"至令草窃，市井而外，掳掠田野"，"放兵捕索，如猎鸟兽"的现象，也是常见的。其实，孔明下令割麦的行为，与抢粮是没有什么区别的。三是寻物果腹，就地解决。《晋书·食货志》载："袁绍军人皆资椹枣，袁术战士取给嬴蒲。"说明那时的部队给养极差，而秦岭太白，阳平祁山一带，贫瘠浇薄，无所资给，只有指望后方接应，木牛流马就是在这个基础上出现的。尽管如此，大概也无济于事，才有分兵屯田之说。

诸葛亮发明的这种运输工具，被演义小说给神化了。实际上是采用轮转装置，可以在山地推行的车辆，代替人挑肩扛而已。从聪明才智的角度衡量，诸葛亮无疑是一位发明家。但作为一军之帅来讲，将主要精力花费在这种匠人的操作上，舍本逐末，智者不取。

宋人郑刚中《思耕亭记》："诸葛武侯以草庐素定之划，频年出兵，皆以食尽而归，然则西南转饷之艰，盖千古矣。"部队的给养问题，确实是战争能否进行下去的大问题。打这样的仗，利于短期立决，不能拖，拖下去，有口粮供应者，一定能拖败无口粮供应者。诸葛亮靠割青维持，靠刈麦为生，打打游击可以，大部队恐怕连一个星期都坚持不了。一支无粮的部队竟赖割麦为生计，夺民之食，借以疗饥，绝不是有战斗力的部队，比之曹操当年严明纪律，惊马踏青，犹截发抵罪，不可同日而语。诸葛亮一心北伐，未能腾出手来，把后院的篱笆墙扎紧，于是料想不到的纰漏，绝不应该出的差错，也居然让诸葛丞相措手不及。误了军粮，还狡辩卸责的李严，固然其罪不贷，那丞相率粮草不足之兵马，奔战数百里外的甘陇不毛之地，就不担一点责任吗？人是铁，饭是钢，智者孔明，会不懂得这浅显的道理吗？呜呼！执迷不悟至此，真是可悲可叹！

吴蜀聪明的休止符

第一百三回（上）：上方谷司马受困

诸葛亮主政后，225年南征，228年北伐，都是倾国之力，主动进攻，连年征战，劳师苦民。直到他最后一次出祁山，兵驻五丈原，234年，已经过去近10年。如果，诸葛亮不是立足于打，而是利用这一段相对平静时机，疗伤愈体，休养生息，富国强民，以天府之富，以盆地之固，以栈道之危，以秦岭之险，本可开拓出不同局面的。无论国，也无论人，一个想打，一个不想打，这仗是打不起来的。但老天爷不想让你自在，先自作乱，而后乱死。王鸣盛说："天欲废汉，人不能兴矣！"现在，于五丈原上对坚决拒战的司马懿无计可施时，丧钟已经为他敲响。

司马懿宁受孔明巾帼妇人素衣之辱，佯笑受之，也不应战，可知斯人之城府。作为敌手，这或许并不可怕，因为这只是作战方针的问题，其结果无非胜负之别。而他如此关切诸葛亮的个人状况，只字不谈战事，第一问他的寝食起居，第二问他的公务繁简，看似无关紧要的问题，其背后所潜伏着的杀机，也就是时间在你这边，还是在我这边，那是尤其令人生畏的。《资治通鉴》载："亮遣使者至过懿军，懿问其寝食及事之繁简,不问戎事。使者对曰:'诸葛公夙兴夜寐,罚二十以上,皆亲览焉,所啖食不至数升。'懿告人曰:'诸葛孔明食少事烦,其能久乎!'"

有的人一辈子没当过官,好容易捞到一顶乌纱帽,便说什么都不肯撒手,这就是俗话说的不会当官,只宜当总务科长了。诸葛亮难道真如他的敌人骂他的那样,南阳一鄙野村夫吗?怎么会毫无识见到如此地步?罚二十必亲自在场,也太过分了。何况他又是个惩罚主义者,岂不是一天到晚光监刑都来不及吗?

等到使者汇报司马懿所问以后,孔明叹曰:"彼深知我也!"这个"知",既有棋逢对手的"知"、也有"彼此了解"的"知",更有对其生死大限一目了然的"知"。司马懿不惮一兵一卒,就可以得到他最盼望的结局。诸葛亮一死,则兵败,而兵败,则蜀亡。虽然,谁也逃脱不了死神的魔掌,但诸葛亮却在加速自己的死亡进程,这正是司马懿求之不得的。因为在一双盼着你死,可你又没法不死的眼睛下,在倒计时度过生命的最后日子,那种内心悲痛,是不言而喻的。

不为诸葛亮戏弄而发怒的司马懿说出他的狠话:"亮志大则不见机,多谋而少决,好兵而无权(变),虽提兵百万,已堕我画中,破之必矣!"他在军事上并不忌畏诸葛亮,加之对手可以不战而亡,当然要踌躇满志地说这番话了。诸葛亮也不是不明白这个道理,但他却偏要这样劳累下去的根本原因,就是他说出来的"惟恐他人不似我尽心也"的这句话。正是这种对人的极端不信任,而生出的特别不放心、不放手,才导致他操劳过度,心力交瘁,最后"出师未捷身先死,长使英雄泪满襟"。他的主簿杨颙以治家之道来劝诫诸葛亮，应该是所有那些事无巨细、全部包揽的领导者，要当作座右铭的。凡事必躬亲的领导者，绝不会是一个成功者。

诸葛亮北伐，作为盟国的东吴，从来都持观望态度。这一次，虽然认真出兵，但蜀国已精疲力竭，非位居江左，拥有荆益，兵精将强之际，那样被吴国所需要了。这种伙伴关系，吴国任何一个明智的人都认为只有抛弃，绝不会为之而与魏国大动干戈。诸葛亮一生倡导的孙、刘联盟，最后一个休止符，竟在此时此刻成为绝响。

东吴本意牵制，减轻西蜀压力，并不想与魏大战。目的已达到，自然休兵。而魏此时，意在西陲，重点防蜀，当然也不打算和东吴决一雌雄。于是，双方心照不宣，各自回营，继续相安无事。国与国的关系，与人与人的交往，无大差异，都是存有自己的利害考虑的。

万事不由人做主，一心难与命争衡
第一百三回（下）：五丈原诸葛禳星

罗贯中所著《三国志通俗演义》，与我们现在读到的毛宗岗父子改编本，有些不同。火烧上方谷，即是一例。李卓吾评到这一回，大为光火。

据《三国志通俗演义》，诸葛亮本意是要连魏延一并烧死在上方谷里的，"懿忽见草房上尽是干柴，前面魏延勒马横刀而立。懿大骇，乃与二子曰：'倘有蜀兵断其谷口，如之奈何？'急退兵时，只听得喊声大震，山上火把一齐丢将下来，烧断谷口。懿大惊无措，将兵敛在一处。山上火箭射下，地雷一齐突出，草房内干柴皆着。魏延望后谷中而走，只见谷口垒断，仰天长叹曰：'吾今休矣！'司马懿见火光甚急，乃下马抱二子大哭曰：'吾父子断死于此处矣！'正哭之间，忽然狂风大作，黑雾漫空，一声霹雳响处，骤雨盆倾，满谷之火尽皆浇灭：地雷不响，火器无功。滂沱大雨自申时直下至酉时，平地水深三尺。"

《三国志》本无火烧上方谷的记载，是罗贯中虚构的这一节，一方面为诸葛亮退场前加上浓墨重彩的光辉一笔，这一把火烧得好。一方面也教导大家，"谋事在人，成事在天"，

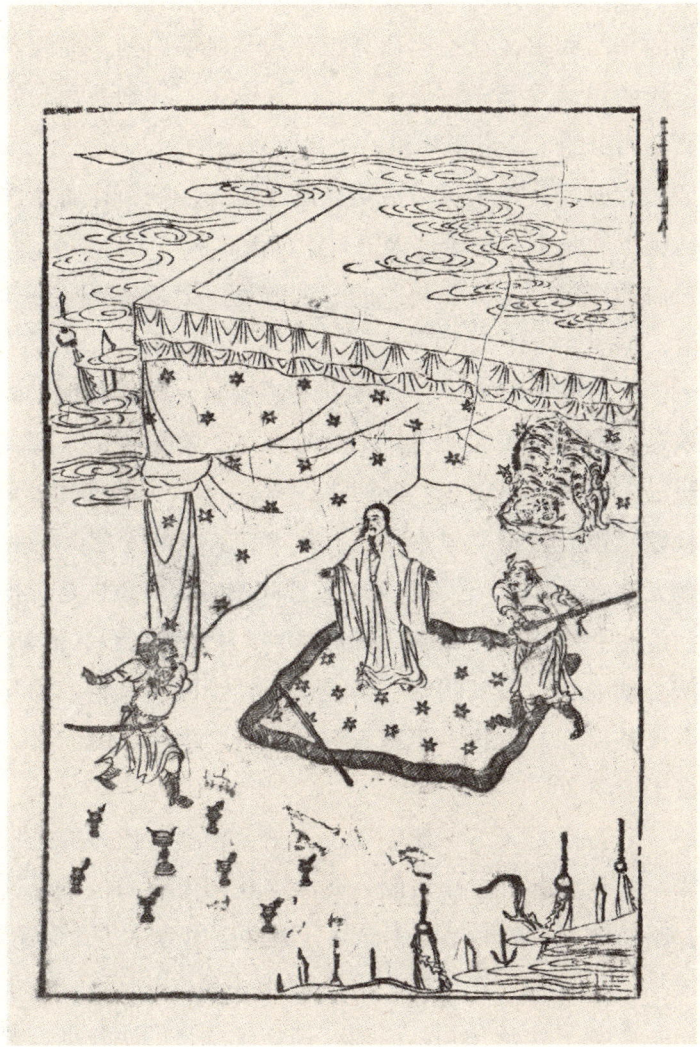

遗香堂绘像三国志,明末安徽新安黄氏刻本

这就是那不可强求的无奈世界，这段不见于正史的演义，说明了战争固然是实力的较量，也是指挥员智力的较量。不可知的东西太多，这是诸葛亮想让司马懿明白的，而眼看火烧至死的司马父子，一场大雨，绝处逢生，这则是司马懿让诸葛亮明白的了。世事如棋，永远没有结局。

然而，罗贯中所写诸葛亮趁此机会，顺便让诱敌深入的魏延也逃脱不出这场大火，只用仰天长叹"吾今休矣"，发出最后的愤怒。这实在是罗的一大败笔，把诸葛亮写得如此之丑，不知他是什么意思？

李卓吾大发牢骚："孔明非王道中人，勿论其他，即谋害魏延一事，岂正人所为？如魏延有罪，不妨明正其罪，何与司马父子一等视之也？此时骤雨大注，不惟救司马父子，实救魏延也。若夫'谋事在人，成事在天'八个字，乃孔明羞惭无聊之语耳。"毛宗岗父子整理此书时，大概也是觉得诸葛亮借此手段，谋杀魏延，消灭对手，从人格上看，极其卑劣，从心理上看，极其阴暗。将一个极其正面的人物，描写成一个极其反面的人物，于是就在他们版本的《三国演义》中删得干干净净。

刘备谋定天下，建立蜀汉，很大程度上依靠的是荆州士族、益州土著、东州集团、西凉夷狄四大帮派。魏延这个人却跟任何一帮的关系都不熟络，跟文臣生分一些，那还罢了，跟马超、赵云、黄忠等武将的相处，也并不融洽。除了杨戏稍微夸赞了魏延几句，说他"临难受命，折冲外御，镇保国境"，其余文武，似乎对于魏延这个人，都视为异类。这一切，应该都跟他特立独行、不善权谋、刚烈耿介的性格不无关系。

"孔明在帐中祈禳已及六夜,见主灯明亮,心中甚喜。……魏延飞步入告曰:'魏兵至矣!'延脚步急,竟将主灯扑灭。孔明弃剑而叹曰:'死生有命,不可得而禳也!'魏延惶恐,伏地请罪;姜维忿怒,拔剑欲杀魏延。正是:万事不由人做主,一心难与命争衡。"禳星之说,李卓吾也加以嘲笑:"谁云孔明胸中有定见哉?不惟国事不识天时,亦且身事不知天命。祷星祈命,岂有识者之所为哉?"但一脚踢灭主灯的罪魁祸首,又是魏延。国人的绝对主义,偏颇起来:好,好到完美无缺,所有的好事,悉为他为;坏,坏到一无是处,所有的坏事,都是他干的。既然知道"万事不由人做主,一心难与命争衡",又何必将孔明之死,怪罪到不慎踢灯的魏延头上?

李卓吾说得有理:"大凡人之相与,决不可先有成心如孔明之待魏延,一团成心,惟恐其不反,处处防之,着着算之,略不念其有功于我也。即是子午谷之失,实是孔明不能服魏延之心,故时有怨言。孔明当付之无闻可也,何相衔一至此哉?予至此实怜魏延,反为丞相不满也。但嚼了饭诸公不可闻此耳。"

孔明的悲剧

第一百四回（上）：陨大星汉丞相归天

诸葛亮之死，从他走出南阳那一天起，就注定了这个悲剧的结局。

他的悲剧在于他的品格、才智、精神、道德的高度，都是别人所难以企及的。但是他如此绝顶理智的人物，却在三顾盛情下，做出了错误的选择，追随一位没有成功可能的主子，去开辟一件没有成功可能的事业，从而付出了他的一生。

他的悲剧在于他一开始就看到了尽头，而他偏要"知其不可为而为之"，必定失败的命运，是不可改变的；不甘失败的反命运的抗争，绝对是徒劳的。因此看着自己的生命，像蜡炬成灰似的一滴滴耗竭，看着自己所付诸心血的事业，无法挽救地走向倾覆。

他的悲剧还在于他的儒家人格达到了自我完善的高度，道德风范也成了千古不朽的典型，"鞠躬尽瘁，死而后已"几成为忠君事主的完美境界。但是，言、事两违，意、实相乖。他却未曾为他所厘定的统一大业，做出些许成就；为三分天下的西蜀，开辟半寸疆土。最后，一直到屡战屡败，国疲民穷，随着他的死亡，这个国家也就终结了。

武侯遗像

按照亚里士多德的论点,认为悲剧是一种美的毁灭。那么诸葛亮的死亡,是一个具有完美人格,崇高道德,绝顶才智,超凡能力的人,但从根本上不能明白"顺天者逸,逆天者劳"的大势,而徒费心力的必然结局。这种自己寻求的悲剧性的毁灭,精神上也许是伟大的,但从历史发展的趋势观察,刘备打出的兴灭继绝、恢复汉室的旗号,实际上是属于倒退的行为。

成都武侯祠大殿对联曰:"能攻心,即反侧自消,从古知兵非好战;不审势,则宽严皆误,后来治蜀要深思"。审势,这是作为一个成熟的政治家,所必须具备的最起码的判断能力。

当诸葛亮躬耕南阳,刘备三顾茅庐时,途遇司马徽,水镜先生仰天大笑曰:"卧龙虽得其主,不得其时,惜哉!"其实,孔明的悲剧,应该说,正与此相反,是得其时,而不得其主

三国志像,绣像金批第一才子书,毛声山评点,金圣叹序,清初刊本大魁堂藏版

也。诸葛亮作为一个极有才能的政治家、军事家,恰逢汉末大乱之际,正是大展身手的机会。此其时也,诸侯蜂起,谋士如云,君择臣,臣亦择主,这些才俊在政治上纵横捭阖,翻天覆地,谋君图国,创基立业;在军事上挥师千里,夺城略地,厮杀征战,兵戎相见,可算是一个斗智角力的最好赛场。

但孔明所辅的刘备却不是一个英主,先以妇人之仁,坐失良机,后以匹夫之勇,火烧连营,而这些巨大失误,都是不听诸葛亮这位军师所致。而仅次于刘备的关羽,算得半个主子,又是诸葛亮诸多重要政策执行中的障碍,这怎么能称是得其主呢？相反,曹操麾下的那些谋士武将,未必比诸葛亮高明,但枭雄却是明主,所以能有相得益彰的效果,魏之强于吴、蜀,这也是无争的事实。到了西蜀,到了阿斗,侍候这样的主子,则更是一代不如一代了。

吴大鸿胪张俨在其《默记》中,认为诸葛亮"起巴蜀之地,蹈一州之土,方之大国,其战士人民,盖有九分之一也。而以贡赞大吴,抗对北敌,至使耕战有伍,刑法整齐,提步卒数万,长驱祁山,慨然有饮马河、洛之志。仲达据天下十倍之地,仗兼并之众,据牢城,拥精锐,无禽敌之意,务自保全而已,使彼孔明自来自去。若此人不亡,终其志意,连年运思,刻日兴谋,则凉、雍不解甲,中国不释鞍,胜负之势,亦已决矣。昔子产治郑,诸侯不敢加兵,蜀相其近之矣。方之司马,不亦优乎",优势其实是在诸葛亮一边的。但张俨接着说:"或曰,兵者凶器,战者危事也,有国者不务保安境内,绥静百姓,而好开辟土地,征伐天下,未为得计也。诸葛丞相诚有匡佐之才,然处孤绝之地,战士不满五万,自可闭关守险,君臣无事。空劳师旅,无岁不征,未能进咫尺之地,开帝王之基,而使国内受其荒残,西土苦其役调。"太过频繁的兴师北伐,太过密集的消耗国力,也许是他已经预感到大限不远,才不得不加紧节奏,希望能给后来者留下一份说得过去的家业,庶几乎对得起那位三顾的刘玄德,反而是弄巧成拙了。

累死诸葛亮
第一百四回（下）：见木像魏都督丧胆

裴松之注《三国志》，引《袁子》一书对诸葛亮的评价，可谓公允。

"袁子曰：或问诸葛亮何如人也？袁子曰：张飞、关羽与刘备俱起，爪牙腹心之臣，而武人也。晚得诸葛亮，因以为佐相，而群臣悦服，刘备足信、亮足重故也。及其受六尺之孤，摄一国之政，事凡庸之君，专权而不失礼，行君事而国人不疑，如此即以为君臣百姓之心欣戴之矣。行法严而国人悦服，用民尽其力而下不怨。及其兵出入如宾，行不寇，刍荛者不猎，如在国中。其用兵也，止如山，进退如风，兵出之日，天下震动，而人心不忧。亮死至今数十年，国人歌思，如周人之思召公也，孔子曰：'雍也可使南面'，诸葛亮有焉。"

袁子当系晋人，如此说法，可信度是很高的。

但他认为："诸葛亮始出陇右，南安、天水、安定三郡人反应之，若亮速进，则三郡非中国之有也，而亮徐行不进；既而官兵上陇，三郡复，亮无尺寸之功，失此机，何也？袁子曰：蜀兵轻锐，良将少，亮始出，未知中国强弱，是以疑而尝之；且大会者不求近功，所以不进也。"袁子所说的"疑"，其中既有过于慎重持稳的成分，也有太过自信而不轻易信人的猜忌，更有其事必躬亲的不放心和不放手的双重犹豫。袁子的这一个"疑"字，最准确地形容了诸葛亮的心理状态。因此，他当这个丞相，其实更像一个管家，凡事亲力亲为，翻翻《诸葛亮集》，他给多少人写过信啊，简直到了婆婆妈妈的程度。陈寿称其身高八尺，应该说是一个身材魁伟之人，然而却只活了54岁，很明显，过度劳累，过度操心，分明是累死的。

街亭之失，罪在马谡，为什么派马谡而不派他将，为什么作为主帅的诸葛亮，在这关键战役，关键据点，却把自己安排在殿军位置，殊不可解。从袁子文中得知，"亮之在街亭也，前军大破，亮屯去数里，不救。官兵相接，又徐行，此其勇也。"这是诸葛亮首次北伐，这第一仗关系士气，关系国运，竟未能及时回师，尽快抓住时机，如果张郃包围马谡，诸葛亮以急行军速度，对张郃施以再包围，助攻王平的魏军郭淮，肯定自顾不暇，也未必救得了张郃。街亭这个据点仍在蜀方，加之新归附的南安、天水、安定三郡，那北伐开局之战，就会令人刮目相看了。结果，丢了街亭，而那三郡，也不战就放弃了，看来，诸葛亮恰如陈寿所言，"可谓识治之良才，管、萧之亚匹矣，然连年动众，未能成功，盖应变将略，非其所长欤"。

在袁子这篇文章里，我们读到诸葛亮在北伐战争中，"亮率数万之众，其所兴造，若数十万之功，是其奇者也。所至营垒、井灶、圊溷、藩篱、障塞皆应绳墨，一月之行，去之如始至，劳费而徒为饰好"的绝对完美主义。其实，在瞬息

三国志像,绣像金批第一才子书,毛声山评点,金圣叹序,清初刊本大魁堂藏版

万变的战争状态下,打赢对手是第一位的,只有这个目标达到了,其他一切的规矩道理、章法细则,都可以忽略不计。"营垒、井灶、圊溷、藩篱、障塞"等保障措施,不是说不重要,但一切"皆应绳墨",与他"罚二十(军棍)以上,

皆亲览焉"，就是绝对形式主义了。

上一回的结尾，颇为凄凉。"姜维入帐，直至孔明榻前问安。孔明曰：'吾本欲竭忠尽力，恢复中原，重兴汉室；奈天意如此，吾旦夕将死。吾平生所学，已著书二十四篇，计十万四千一百一十二字，内有八务、七戒、六恐、五惧之法。吾遍观诸将，无人可授，独汝可传我书。切勿轻忽！'维哭拜而受。"

孔明一生，从207年隆中决策，到234年死于五丈原，直到临死，才授书姜维，可见长达27年的主持国政期间，竟没有发现一个值得信任的接班人，眼高如此，挑剔如此，也是够悲哀的。

锦囊里藏着祸根
第一百五回（上）：武侯预伏锦囊计

正史上从未明确魏延存有反意之说。脑后反骨，当然是小说家的演义。

诸葛亮死后，魏延烧绝栈道，引兵拦路，是由于权力再分配的矛盾引发起来的一场内乱而已。通常都是这样的，成则为王，败则为寇，因为杨仪有深恨魏延的诸葛亮的密嘱在手，加之蒋琬、费祎这班文官们的支持，害怕魏延成事，必左右国家，必霸凌政府。以及马岱、姜维等绝非魏延对手的武将们对于魏延的排斥，遂取得了胜利，于是很自然地将魏延定为万古不齿的叛乱分子。若是魏延成功了，那么绑在耻辱柱上的，将是杨仪无疑。

而诸葛亮信任并授以锦囊计的杨仪，倒确是有过投魏的打算。《三国志》载他而后说过的一段话："往者丞相亡没之际，吾若举军以就魏氏，处世宁当落度如此邪！令人追悔不可复及。"他因这句话，被费祎密报了，削职为民。魏延和杨仪两败俱伤，而蒋琬、费祎，这班才质平平的人，得以安安稳稳地当官。在中国政权机构中，这种庸人集团常占统治地位，虽正经本领不大，但搞动作、除劲敌，确保自身安全，却是蛮在行的。而他们之所以能存在,并维持国家机器运作,就因为最高统治者,也是凡庸之辈的缘故。诸葛亮从来不用恃才傲物之人,而喜用平庸听话之辈,所以魏延在孔明眼里,从来被视作陌路之人。

如果认为魏延真怀反心的话,完全可以仿效夏侯霸举军投降,这正是司马懿求之不得的。而这对他并非难事,襄阳他倒戈过,长沙他献城过,他之所以没有这样做,正如《三国志》称:"原延意不北降魏而南还者,但欲除杀仪等。"说实在的,如非诸葛亮的特别反对,论军功,论武艺,论他曾与赵、马、黄齐名过的身份,论他曾被刘备重用为汉中太守的地位,是理所当然地接替诸葛亮领导北伐的人选。"古来材大难为用",或许是其终身未能被诸葛亮诚心容纳的原因吧?

诸葛亮实在太忌畏他了,六出祁山的失败,更证明了魏延的出子午谷径取两京的战略计划之否定,不作任何考虑,便胎死腹中,是没有道理的。诸葛亮怕自己死后,魏延旧话重提,更怕他万一成功,这是他最害怕的,所以才采取这些措施。

魏延之乱,纯系诸葛亮所致。本来,嫉妒,人性之常,圣贤难免,有一点点,不太损及他人,也许无伤大雅。人类社会,竞争发展,若是连一点点嫉妒之心也没有,还会有长进吗?不过,嫉妒多了,多得可怕,那肯定很恐怖。《三国演义》这部民间文学的杰作,神化关云长,圣化诸葛亮,达到了极致。我们要是平视过去,既非神,也非圣,把他们看成人,也就觉得这一切,其实都是人性之常。不过,诸葛亮如此算计魏延,确实有些过分。

《三国志》记载的原话是:"秋,亮病困,密与长史杨仪、司马费祎、护军姜维等作身殁之后退军节度,令延断后,姜维次之;若延或不从命,军便自发。亮适卒,秘不发丧,仪令祎往揣延意指。延曰:'丞相虽亡,吾自见在。府亲官属便可将丧还葬,吾自当率诸军击贼,云何以一人死废天下之事邪?且魏延何人,当为杨仪所部勒,作断后将乎!'因与祎共作行留部分,令祎手书与己连名,告下诸将。祎绐延曰:'当为君还解杨长史,长史文吏,稀更军事,必不违命也。'祎出门驰马而去,延寻悔,追之已不及矣。"

六出祁山却未得寸土的诸葛亮在五丈原疲愧交加,病势沉重。然而在其撒手人寰之际,却给长史杨仪、将军魏延留下了一道极具歧义的政治遗嘱。这道遗嘱在杨仪看来,是要自己与费祎、姜维总领三军,退还汉中;在魏延看来,则又认为诸葛亮这是默许自己拥兵自重,可以继续独立北伐。一句"令延断后,姜维次之;若延或不从命,军便自发"的军令,遂使本就素有嫌隙的杨、魏二人矛盾激化,终至大打出手。最后,魏延被蜀汉文官集团蔑以"谋反",为马岱所杀,而杨仪也在不久后被罢官夺爵,愤懑自尽。

诸葛亮死后的这场内乱,自毁长城,更加剧了蜀汉的生存危机。

胸怀大志的吴主

第一百五回（下）：魏主拆取承露盘

　　正是因为诸葛亮六出祁山，使魏国无力大举伐吴，这样，使得东吴孙权得以腾出手来向南和向北发展。虽然，无论向南，还是向北，都碰壁而归，但作为一个帝王，以开疆辟土为己任，还是值得赞赏的。

　　首先，是向南，目标为隔海相望的夷洲及亶洲。

　　据《后汉书·东夷传》："会稽海外有夷洲及亶洲，传言秦始皇使徐福将童男女数千人入海，求蓬莱神仙不得，福惧诛，不敢还，遂止此洲，世世相承，有数万家，人民时至会稽市。会稽东冶县人有入海行，遭风流移至亶洲者，所在绝远，不可往来。沈莹《临海水土志》曰：'夷洲在临海东，去郡二千里。土地无霜雪，草木不死，四面是山溪，地有铜铁，唯用鹿骼为矛以战斗，摩厉青石以作弓矢，取生鱼肉杂贮大瓦器中，以盐卤之，历月余日，仍啖食之，以为上肴也。今人相传，倭人即徐福止王之地，其国中至今庙祀徐福。"

　　从《史记》开始，为周边接壤地区、民族立传以来，遂成正史惯例，《后汉书》此篇《东夷传》里所说的夷洲，或即亶洲，或即今之台湾。

于是,"遣将军卫温、诸葛直将甲士万人,浮海求夷洲、亶洲。欲俘其民以益众,陆逊、全琮谏,以为:'桓王创基,兵不一旅。今江东见众,自足图事,不当远涉不毛,万里袭人,

三国志像,绣像金批第一才子书,毛声山评点,金圣叹序,清初刊本大魁堂藏版

风波难测。又民易水土，必致疾疫，欲益更损，欲利反害。且其民犹禽兽，得之不足济事，无之不足亏众。'吴主不听。"

孙权是帝王，陆逊、全琮是臣宰，视点不一，理念不同。帝王，可以想当然，而臣宰，则必须理所当然。因而产生孙权和陆逊、全琮的矛盾。

中国人以农立国，对于土地的依恋感情最重，因之，中国的帝王，所谓打江山，坐江山，江山就是他所控制的土地。从他当上皇帝的第一天起，就被告知，哪怕一寸土地，你也不能丢失。如果你有出息，你就应该开疆辟土，你就应该把你的统治版图向外扩张。孙权就这样想当然地派出了两位将军，率万名甲士，去征服夷洲和亶洲。然而，陆逊和全琮作为臣宰，理所当然地上谏书劝阻。

吴主不听。

其次，是向北。目标为位于辽东的野心家公孙渊。

如果说，孙权被公孙渊三句好话给忽悠了，此说似有点辱没作为政治家的孙仲谋。他当然知道公孙渊是个什么东西，他当然更知道敌人的敌人就是朋友这再简单不过的道理，他从远交近攻高度认识到结盟于公孙渊，在魏国后方将会起到的牵制作用，虽然，魏明帝太和六年（232）九月，"公孙渊阴怀二心，数与吴通"，孙权不为所动。一直到魏明帝青龙元年（233）正月，"公孙渊遣校尉宿舒、郎中令孙综，奉表称臣于吴"，孙权这才决定赌一把。

"吴主大悦，为之大赦。三月，吴主遣太常张弥、执金吾许晏、将军贺达将兵万人，金宝珍货，九锡备物，乘海授渊，封渊为燕王。举朝大臣自顾雍以下皆谏，以为渊未可信而宠待太厚，但可遣吏兵护送舒、综而已。吴主不听。张昭曰：'渊背魏惧讨，远来求援，非本志也。若渊改图，欲自明于魏，两使不反，不亦取笑于不下乎！'吴主反复难昭，昭意弥切。吴主不能堪，按剑而怒曰：'吴国士人入宫则拜孤，出宫则拜君，孤之敬君亦为至矣，而数于众中折孤，孤常恐失计。'昭孰视吴主曰：'臣虽知言不用，每竭愚忠者，诚以太后临崩，呼老臣于床下，遗诏顾命之言故在耳。'因涕泣横流；吴主掷刀于地，与之对泣。"

"然卒遣弥、晏往。"

结果如何呢？南下，很糟，据《三国志》，"黄龙三年春二月，卫温、诸葛直皆以违诏无功，下狱诛。"而北上，更惨，据《资治通鉴》，同年六月，"公孙渊知吴远难恃，乃斩张弥、许晏等首，传送京师，悉没其兵资珍宝。"孙权气急败坏，"吴主闻之，大怒曰：'朕年六十，世事难易，靡所不尝。近为鼠子所前却，令人气踊如山。不自截鼠子头以掷于海，无颜复临万国，就令颠沛，不以为恨！'"若不以成败论英雄，孙权之南下北上，确实系有大志向、有大气魄的君主作为。

三国末期最出色的政治家

第一百六回（上）：公孙渊兵败死襄平

司马懿玩弄权术的水平，在三国中是仅次于曹操的一位。他能历仕三朝，而且身居高位，始终处于权力的顶巅，能在政治风波中化险为夷，应该说，他是三国末期最出色的政治家。其实曹操是并不信任司马懿的，甚至预言过他是一个对曹魏有威胁的人物。但他察时知世，审势慎行，进退有度，应对机变；特别是他在政治上的成熟见解，在军事上的指挥若定，在皇室国戚、元勋大佬间的周旋应付，在权术斗争中的高超表演；以及他始终掌握兵权，踞守重镇，而且有诛孟达、杀公孙渊、与诸葛亮交手的卓著战功。加上他对于敌手的斩草除根式的狠毒，其责一杀百，其罔顾人命，那种可怕的残忍，令人发指，所以，他虽身受曹魏三朝顾命，但也在他手里实际结束了曹魏政权。

公孙渊本是辽东太守公孙度之孙，度死，其父康继任，康死，其叔恭继任。这是东汉末年的怪现象，军阀拥有地方政权，自行组建政府，然后进行世袭。直到唐代的节度使，也乘中央政权无力干预之际，自行世袭，然后逼朝廷认可，都是一班拥兵自重的军阀兼野心家的惯计。公孙渊长大后，就胁夺其叔恭位，自任辽东太守。魏中领军夏侯霸表称："公孙渊昔年敢违王命，废绝计贡者，实挟两端。既恃阻险，又怙孙权，故敢跋扈，恣睢海外。"这是对他的相当准确的评价，东吴在拉拢他，他也向东吴示好，做给魏看，借以要挟，魏国其实并不把他放在眼里，只不过是"豺狼当路，安问狐狸"，来不及处理他罢了，这种不知深浅，不识高低的自我感觉良好者，光看到鹬蚌相争的好处，而忘了自己只是边陲之地的小恶棍而已，结果，就可想而知了。

据《资治通鉴》，魏明帝太和六年（232），曹叡曾经派兵水陆两路夹攻过公孙渊，"散骑常侍蒋济谏曰：'凡非相吞之国，不侵叛之臣，不宜轻伐。伐之而不能制，是驱使为贼也。故曰：豺狼当路，不治狐狸。先除大害，小害自已。今海表之地，累世委质，岁选计、孝，不乏职贡，议者先之。正使一举便克，得其民不足益国，得其财不足为富；傥不如意，是为结怨失信也。'帝不听。豫等往，皆无功，诏令罢军"。这是魏第一次失利。

魏明帝景初元年（237），"公孙渊数对国中宾客出恶言，帝欲讨之，以荆州刺史毌丘俭为幽州刺史。俭上疏曰：'陛下即位已来，未有可书。吴、蜀恃险，未可卒平，聊可以此方无用之士克定辽东。'光禄大夫卫臻曰：'俭所陈皆战国细术，非王者之事也。吴频岁称兵，寇乱边境，而犹案甲养士，未果寻致讨者，诚以百姓疲劳故也。渊生长海表，相承三世，外抚戎夷，内修战射，而俭欲以偏军长驱，朝至夕卷，知其妄矣！'帝不听，使俭率诸军及鲜卑、乌桓屯辽东南界，玺书征渊。渊遂发兵反，逆俭于辽隧，会天雨十余日，辽水大

三国志像，绣像金批第一才子书，毛声山评点，金圣叹序，清初刊本大魁堂藏版

涨,俭与战不利,引军还右北平。渊因自立为燕王,改元绍汉,置百官,遣使假鲜卑单于玺,封拜边民,诱呼鲜卑以侵扰北方。"这是魏第二次失利。

大失面子的魏明帝,于景初二年(238)第三次征辽,发兵四万,司马懿为帅。中国历史上,边境州府,内附族众,所以敢于跟中央政府叫板,甚至抗命叛反,寻衅骚扰,一是羽翼丰满,野心壮大,开始,桀骜不驯,继而,犯境寇边。二是中原多事,自顾不暇,鞭长莫及,无力应对。加之山高路远,道路崎岖,遂使公孙渊得以渔猎于魏、吴之间。但这次公孙渊犯了一个错误,即是低估了司马懿这个人的能量。光看到司马懿"兵贵神速"的速度一面,却没有尝过他"铁壁合围"的韧性一面,那铁桶似滴水不漏的包围,那全封闭连气都透不出的窒息,那绝对无动于衷的死亡等待,连在祁山之战中的诸葛亮都有些招架不住的沉着,公孙渊居然执迷不悟,坚决要杀出城外与司马懿一战,绝对是找死了。

结果,"八月丙寅夜,大流星长数十丈,从首山东北坠襄平城东南。壬午,渊众溃,与其子修将数百骑突围东南走,大兵急击之,在流星所坠处,斩渊父子。城破,斩相国以下首级以千数,传渊首洛阳,辽东、带方、乐浪、玄菟悉平"。"始度以中平六年据辽东,至渊三世,凡五十年而灭。"

皇帝一代不如一代

第一百六回（下）：司马懿假病赚曹爽

唐人房玄龄领衔修《晋书》，就没有太多顾虑，在《宣帝纪》里，对其杀人，直言不讳："及平公孙文懿，大行杀戮。诛曹爽之际，支党皆夷及三族，男女无少长，姑姊妹女子之适人者皆杀之，既而竟迁魏鼎云。"

称得上中国历史上最能杀人之人司马懿，其可怕，其坚决，其残忍，其严酷，其责一杀百，其罔顾人命，令人发指。魏晋时期，法令严峻，刑罚苛重，包括诸葛亮，都在场察看行刑，唯恐不及，而司马懿更动不动就是族灭，就是京观。支党皆夷及三族，决不宽待。

曹叡为曹魏的第二代君主，史称明帝，由于其母甄后与曹丕的不睦，差一点危及他的嗣位，直到曹丕垂死，才立其为皇太子。所以，他即位以后，颇想建立其不同于父、祖的王者风范。"魏书曰：帝容止可观，望之俨然。自在东宫，不交朝臣，不问政事，唯潜思书籍而已。即位之后，褒礼大臣，料简功能，真伪不得相贸，务绝浮华谮毁之端，行师动众，论决大事，谋臣将相，咸服帝之大略。性特强识，虽左右小臣官簿性行，名迹所履，及其父兄子弟，一经耳目，终不遗忘。含垢藏疾，容受直言，听受吏民士庶上书，一月之中至数十百封，虽文辞鄙陋，犹览省究竟，意无厌倦。"评价还是蛮高的。但是，好景不长，他在位十三年，前七年，还如《魏书》所说的振作有为，后六年，不知何故，大兴土木，近乎疯狂。开始变质腐化。史书明确载其是自青龙三年起，"是时，大治洛阳宫，起昭阳、太极殿，筑总章观"。由于土木工程，除消耗大量国帑，用于建筑材料外，更需要征发大批劳动力，遂有"百姓失农时"之说。正是他的折腾，加速了曹魏政权落入司马懿之手的过程。

班固在《汉书·景十三王传》里分析："昔鲁哀公有言，寡人生于深宫之中，长于妇人之手，未尝知忧，未尝知惧，信哉斯言也。虽欲不危亡，不可得已。是故古人以宴安为鸩毒，亡德而富贵谓之不幸。汉兴至于孝平，诸侯王以百数，率多骄淫失道，何则？沈溺放恣之中，居势使然也。"这些养尊处优的权贵子弟，这些腐化堕落的宗室后裔，由于太优裕，太放纵，太不检点，太过糜烂，以至种族退化，基因变异，这也是历朝历代统治阶层，难以逃脱的物种退化定律。皇帝一代不如一代。因为从帝王到宗室，到整个贵族阶层，养尊处优，四肢不勤，骄奢淫逸，体质萎靡，从遗传因子开始，逐渐失去适应自然的生存能力，因之出现衰变，是一点也不值得奇怪的现象。

曹姓皇帝如此，后继者司马氏皇帝也如此，那个让饿饭的老百姓何不食肉糜的白痴司马衷，不也当了十七年皇帝吗？再看看八王之乱，司马懿的后代，一个个像恶狗似的抢骨头，打得死去活来的场景，令人无法不想起"善有善报，恶有恶报"

三国志像,绣像金批第一才子书,毛声山评点,金圣叹序,清初刊本大魁堂藏版

这句常挂在老百姓嘴边的话,人民大众积数千年之经验,并非泛泛之谈,而是现实教会了他们这分聪明。

不过,曹叡胜过司马懿的地方,是他不好杀人。"直臣杨阜、高堂隆等各数切谏,虽不能听,常优容之。"太子舍人张茂的上疏,说得更不入耳。曹叡看了上疏以后,也没有拿他怎么样,"书通,上顾左右曰:'张茂恃乡里故也。'以事付散骑而已"。

曹操寿66岁,曹丕寿40岁,曹叡寿34岁,一曹不如一曹,一代不如一代。"叡病渐危,急令使持节诏司马懿还朝。懿受命,径到许昌,入见魏主。叡曰:'朕惟恐不得见卿;今日得见,死无恨矣。'懿顿首奏曰:'臣在途中,闻陛下圣体不安,恨不肋生两翼,飞至阙下。今日得睹龙颜,臣之幸也。'叡宣太子曹芳,大将军曹爽,侍中刘放、孙资等,皆至御榻之前。叡执司马懿之手曰:'昔刘玄德在白帝城病危,以幼子刘禅托孤于诸葛孔明,孔明因此竭尽忠诚,至死方休;偏邦尚然如此,何况大国乎?朕幼子曹芳,年才八岁,不堪掌理社稷。幸太尉及宗兄元勋旧臣,竭力相辅,无负朕心!'又唤芳曰:'仲达与朕一体,尔宜敬礼之。'遂命懿携芳近前。芳抱懿颈不放。叡曰:'太尉勿忘幼子今日相恋之情!'言讫,潸然泪下。"

世间只有一个诸葛亮,若有第二、第三个诸葛亮,人们也就不会这样千古如一地崇拜了,唯其无,才盼其有。

提不起的何止是阿斗

第一百七回（上）：魏主政归司马氏

曹爽之败，不是败在司马懿太强，而是败在这班纨绔子弟，实在太弱，太水，一个个都是纸糊灯笼，经不起一点点风雨。

大司农桓范曾经警告过曹爽，《世说新语》曰："爽兄弟先是数俱出游，桓范谓曰：'总万机，典禁兵，不宜并出，若有闭城门，谁复内入者？'爽曰：'谁敢尔邪！'由此不复并行。至是乃尽出也。"不听，照旧集体出游。他们哪里想到，就在这次高平陵的名曰谒陵、实则畋猎的郊游活动中，司马懿果真把城门关上了。桓范完全没有想到，昨天还重病缠身的司马宣王，今天却精神抖擞，率领着两个儿子，及一部分家丁，全副武装，进入战争状态。

出于乡党情谊，出于对曹子丹的旧交，桓范决定出城去帮他们一把。

消息立刻传到司马懿这里，他说，智囊去了又如何，曹爽那伙人会听他的吗？果然，不出司马懿所料，桓范建议他们移驾至许昌，在那里以天子之名发动全国性声讨，没想到曹爽拒绝了，其拒绝的理由可笑之至，曹爽说，从洛阳至许昌，

三国志像,绣像金批第一才子书,毛声山评点,金圣叹序,清初刊本大魁堂藏版

千里迢迢,谁管我们饭吃?桓范说,我的小祖宗,我是大司农,我带着关防,到哪儿调缴不出粮食?曹爽直是摇头,叹息,拿不定主意。考虑了两天一夜后,曹爽信了司马懿的条件,不就是要我交出兵权吗?《魏氏春秋》说:"爽既罢兵,曰:'我不失作富家翁。'"

这充分说明,曹爽和他的那些哥们儿,根本就不知道装病的司马懿,是他们生死存亡的关键,只要他活在这个世界上，他们就有掉脑袋的可能。面对如此迫在眉睫的巨大危机，竟然集体出游，腾出空间，让他得以从容夺取政权。由此可见，他们腐化堕落到了极点，不得人心也到了极点，内部分崩离析到了极点，最重要的，是对司马懿完全失去警惕，疏忽麻痹也到了极点。因而这个能够使曹操、诸葛亮警惧而未敢小视的司马懿，对付曹爽，还不是举手之劳的事。

"起旧日手下破敌之人，并家将数十，引二子上马"，把城门一关，就解决了。司马懿并无多少兵力，但残留在城内的守军，竟无可奈何，事凡大势一去，便只有兵败如山倒地一垮到底了。高平陵事件，只能说明一个问题，统治集团要是腐败，其速度超乎想象之快，是难以置信的。司马懿吃准了这些表面上强大，而实质不堪一击的败家子，更主要的，是看透了这班纨绔子弟的驽马恋栈豆的软弱。所以，他有恃无恐，为所欲为，除个别人外，无一不对他俯首帖耳。

最可怜者，莫过桓范，他与曹爽等人一样，都受到斩首和夷三族的重刑。临刑前，他哀叹，我哪曾想到曹子丹这样人物，竟生出如此败家的几个猪狗来！

吕思勉认为："封建时代的道德，是公忠、是正直、是勇敢、是牺牲一己以利天下。司马懿却件件和他相反，他的儿子司马师、司马昭，也都是这一路人，这一种人成功，封建时代的道德就澌灭以尽了。"钱穆认为："他们全只是阴谋篡夺，阴谋不足以镇压反动，必然继之以惨毒的淫威。"这也就是晋的短暂统一以后，长期的南北分裂，使中国人处于黑暗状态的根本原因。

因为，在中国，凡搞分裂者，无一不是败类。

何晏在中国历史上带了一个坏头

第一百七回（下）：姜维兵败牛头山

何晏在中国文化史上，曾经是个很有名的人物。尽管现在不大被人提及，但涉及魏晋的颓废风气，他可是一个领军人物。

第一，在中国，提起"清谈误国"，始作俑者，是他。在中国，自东汉末，到魏，到晋，从豪门望族的达官贵人，到上层社会的文人雅士，可以用"好庄老，尚虚无，崇玄谈，喜颓废"十二字来概括其整体的精神状态。何晏是当之无愧的领袖。由何晏倡起，夏侯玄、王弼等人的助长，这种手执麈尾的清谈，成为中原社会的一种颓废的风雅，一种堕落的时尚。注《资治通鉴》的胡三省，对此深恶痛绝。"迄乎永嘉，流及江左，犹未已也"，可谓流毒深远，影响广泛。第二，两晋期间，凡名流，盛行服寒食散，开风气之先者，也是他。名曰强身，其实自戕，服用"寒食散"的病态嗜好，从魏晋起，盛极一时。鲁迅就认为这种恶习，类似清末的吸食鸦片，为祸国殃民之举。据隋人巢元方的《寒食散发候》："近世尚书何晏，耽声好色，始服此药。心加开朗，体力转强。京师翕然，传以相授……晏死之后，服者弥繁，于时不辍。"鲁迅先生在

《魏晋风度及文章与药及酒之关系》中,也谈到何晏,此人的"名声很大,位置也很高"。"第一,他喜欢空谈,是空谈的祖先;第二,他喜欢吃药,是吃药的祖师。"鲁迅还说:"其实何晏值

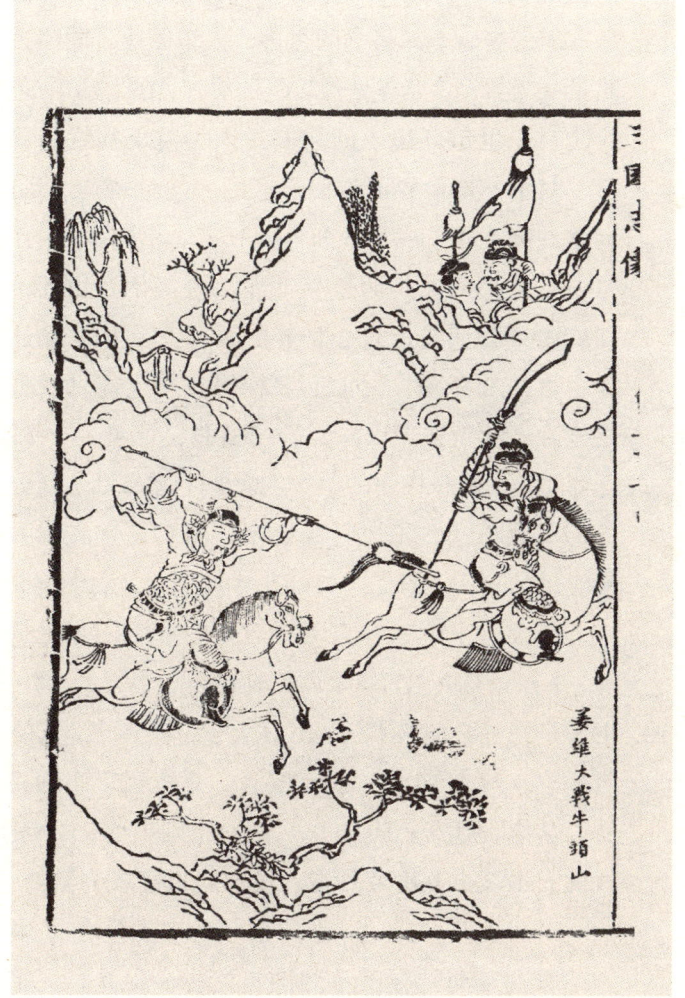

三国志像,绣像金批第一才子书,毛声山评点,金圣叹序,清初刊本大魁堂藏版

得骂的，就是因为他是吃药的发起人。"这都是他在历史上所留下来令人诟病的所在。

他的《论语集解》一书，很是了得，是历代《论语》研究者都不敢忽略的权威著作。这样一位满肚子都是学问的人，其实应该更明智，更清醒，更能识别利害，更能高瞻远瞩才是。但何晏，不知是学问太多，大智若愚，聪明过了头，则傻；还是身为贵裔，养尊处优，百事不省，在生活上成为一个呆子，此公对于世俗环境下的如何做人，对于常规格局下的如何生存，对于外部世界下如何适应的一些最普通、最简单的常识，竟然一窍不通，成了一个不识利害、不知深浅的白痴。

本是一匹驽马的曹爽，加之围绕他身边的，不成气候的高层子弟如何晏，野心勃勃的浮薄文人如丁谧，忽然发达的宵小之徒如邓飏，再加上一朝得意的无能之辈如毕轨、李胜之流，哪敌得住老谋深算的司马懿，结果一个个被收狱处死，严惩不贷，最高权力的争夺，总是伴随着刀光剑影、腥风血雨。更何况收拾这些不成气候之辈，第一，曹爽本人是个没有多大能量的草包；第二，何晏是个聪明但无深远韬略的文人；第三，荀粲、王弼乃夸夸其谈有余、成事不足之徒；第四，邓飏、丁谧、毕轨、李胜更是不成气候的小人。这些人加在一起，也不是司马懿的对手。这位既足智，又多谋，既能忍，又善变，既残忍，又血腥，既除恶务尽，又斩草除根的司马宣王，他所以装病，他所以退让，一是怕急则生变，二是要等待时机。这伙人本是去高平陵打猎，没想到自己成为猎物。

何晏就是这样的一个带引号的"先行者"，将魏晋社会带入"服食"与"空谈"的潮流之中。但是，一个人，能在历史的潮流中，起到作用，能将绝大多数人都搅得团团转，能在时代的进程中，发挥影响，无论正面，或者负面，都非等闲之辈。司马迁说过一句话，只有非常之人，才能行非常之事，那也就是说，能行非常之事者，必为非常之人。说实在的，你可以不赞成他，你可以看不上他，然而，能让众多人物"清谈""服食"，你就不能不佩服他确实了不起。

一个人，且不论对其评价如何，若是能够在历史长河中，留下一些或好或坏，或深或浅的印记，任由后人加以评说的话，应该承认总是有他与众不同的才智、能力、禀赋和天性等过人之处。所以，资质凡庸一般，好也好不到哪里去，坏也坏不到哪里去，一生行状，无可述及，也就难以卓尔不群，在史册上留下一个名字了。而且，中国历史，向来都是由皇上指定的那些正统的、主流的文人学士来撰写的，所以，离经叛道的何晏，成为一个不被看好的人物，也就是可想而知的命运了。

虽然何晏在中国历史上带了一个坏头，起到了很不好的效果。可是，话说回来，你能制造出这样影响社会的潮流吗？

辉煌的反面

第一百八回（上）：丁奉雪中奋短兵

唐人刘禹锡《西塞山怀古》诗："王濬楼船下益州，金陵王气黯然收。千寻铁锁沉江底，一片降幡出石头。人世几回伤往事，山形依旧枕寒流。今逢四海为家日，故垒萧萧芦荻秋。"所谓金陵王气，恐怕就是始自这位吴大帝。

汉献帝建安十六年（211），吴主孙权自京口（镇江）徙治秣陵，翌年筑石头城，称建业；吴大帝黄龙元年（229），又自武昌徙都于此，开始南京为六朝古都的第一朝。在三国魏、蜀、吴三主中，曹操没当过一天皇帝，刘备只可怜巴巴地过了两年皇帝瘾，倒是孙权在南京，当了23年皇帝，享年71岁。按当时的平均年龄偏低的情况比较，他算是超长寿的国君了。孙权在三国领袖人物中，死在曹操、刘备、诸葛亮以后，较之曹操66岁、刘备63岁、诸葛亮54岁，是活得最长久者。比起曹丕死时40岁，曹叡死时34岁，算是长寿之君了。

宋人洪迈在《容斋随笔》里，谈到宋以前的五位高龄帝王，分别为汉武帝刘彻（70岁）、吴大帝孙权（71岁）、梁武帝萧衍（86岁）、唐高祖李渊（70岁）和唐玄宗李隆基（78岁），

三国志像，绣像金批第一才子书，毛声山评点，金圣叹序，清初刊本大魁堂藏版

都活到了比较高的年龄，可以称得上是帝王中的老寿星了。但洪迈对这五位长寿皇帝，是很不以为然的，他说："即此五君而论之，梁武召侯景之祸，幽辱告终，旋以亡国。玄宗身致大乱，播迁失意，饮恨而没。享祚久长，翻以为害，固已不足言。汉武末年，巫蛊事起，自皇太子、公主、皇孙皆不得其死，悲伤愁沮，群臣上寿，拒不举觞，以天下事付之八岁儿。吴大帝废太子和，杀爱子鲁王霸。唐高祖以秦王之故，两子十孙同日并命，不得已而禅位，其方寸为如何？"洪迈说："然则五君者虽有崇高之位，享耄耋之年，竟何益哉？"言下之意，这几位皇帝活这么长久，其实是老而不死，遗祸后人，究竟有什么用处呢？但平心而论，这几位倒都曾经是英年有为之君，都曾经有其历史上光辉的一面。譬如，孙权在魏、蜀、吴三国争雄中，是个头角峥嵘的领袖人物。周瑜在赤壁之战中打败曹操，陆逊在彝陵之战中打败刘备，都是和孙权的英明决断、果敢行事分不开的，他能踞有江东一隅五十二年，"国险而民附"，南辟疆土，北御强敌，碧眼儿的英武，连曹操都佩服得恨不能生这样一个儿子。

但他到了晚年，宠信非人，流放良臣，后宫纷争，嫡庶疑贰，所有他在清醒时决不干的事，现在干得比谁都厉害。用吕壹则排陷无辜，信陆逊却被谗而死，疑诸葛恪使其总揽一切，立后立子以致播乱宫廷，遗患不已。这些中国历朝历代的老年政治的现象，在吴国都出现了。

他自己也明白："子弟不睦，臣下分部，将有袁氏之败，为天下笑！"然而，他还是废和立亮。他嫌诸葛恪刚愎自用，却遗命辅主。这一切都在表明他由清醒走向昏聩，由振作走向没落，由建设这个政权走向毁灭这个政权。

  由于魏、蜀持续近十年的战争，江东得以减轻压力，暂处局外，又加之有长江天险和陆逊等将帅主军，孙权得以偏安一隅。于是，他活着的时候，这些矛盾虽然暴露，但不至于酿成灭国之祸，等到他一死，内乱必起，自然是国无宁日了。而且，他不像刘备，有一个完全可以信赖，可以托孤的诸葛亮，放心而去见他的关羽、张飞贤弟。也不像曹操，儿子曹丕早已经羽翼丰满，留下的顾命大臣，如曹洪、陈群、贾诩、司马懿，也足可以闭上眼睛。孙权在死了太子登，废了太子和以后，眼看要接位的太子亮才九岁，实在太幼小了些，只好把国家大事，托付给他并不太想托付的诸葛恪了。

  "暨臻末年，弥以滋甚。"《三国志》这个评语正是说明了孙权到了晚年，这位曾经英明过的吴大帝，逐渐走向他辉煌的反面。

到死也无错的诸葛恪
第一百八回（下）：孙峻席间施密计

三国期间，诸葛家族，人才辈出，分别仕于魏、蜀、吴，多为显宦。在东吴的诸葛瑾，其晚年的尊崇地位，不亚于西蜀的诸葛亮。而诸葛瑾的儿子诸葛恪（203—253），更是东吴政治天空最亮的明星，然而，大概一年多光景，这个本应大有作为之人，因兵败而犹强势凌人，被孙峻等密谋杀害，成为狗彘不如的败类。正如时人聂友与滕胤信中所言："当人疆盛，山河可拔，一朝羸缩，人情万端，言之悲叹。"

《资治通鉴》载，魏齐王嘉平三年（251）"是时，吴主颇寤太子和之无罪，冬，十一月，吴主祀南郊还，得风疾，欲召和还；全公主及侍中孙峻、中书令孙弘固争之，乃止。吴主以太子亮幼少，议所付托，孙峻荐大将军诸葛恪可付大事。吴主嫌恪刚愎自用，峻曰：'当今朝臣之才，无及恪者。'乃召恪于武昌。"胡三省注曰："此时，通吴国上下皆以恪为才，而峻荐之。峻本无杀恪之心也，恪死于峻手，其罪在恪。峻既窃权，授之弟綝以乱吴国，其罪在峻，读史者其审诸！"

诸葛恪，辩才出众，答对如流，头脑灵活，反应迅速，以捷智名。《志林》载："初权病笃，召恪辅政。临去，大司马吕岱戒之曰：'世方多难，子每事必十思。'恪答曰：'昔季文子三思而后行，夫子曰再思可矣！今君令恪十思，明恪之劣也。'岱无以答。"其实，这本是善意的提示，要他今后执政时，更周详地思考，更缜密地谋划罢了，可诸葛恪断然拒绝。一个过于聪明的人，容易敏感；一个过于敏感的人，容易警惕；一个过于警惕的人，容易设防；一个过于设防的人，必定是锋芒毕露的、盛气凌人的，也必定是刚愎自用、自以为是的。诸葛恪就是一个典型的"聪明反被聪明误"的人物，他一直偏执到被人杀死为止，从没有认为自己错过。

吴国的大将军陆逊，当着诸葛恪的面就批评过这位晚辈："在我前者吾必奉之同升，在我下者则扶接之；今观君气陵其上，意蔑乎下，非安德之基也。"这样的评价，作为主子的孙权，不可能不知道。但到了晚年，人就特别爱偏听偏信，孙权早被亲信们包围得水泄不通，在他们谗言蛊惑下用了这个刚愎自用的诸葛恪。孙权把儿子托付给他，肯定是半信半疑而死的。结果，他刚刚一咽气，吴国就开始动乱了。

不过，他指挥的东兴之战，还是打得很漂亮的。特别是丁奉雪中这一仗，十分好看。

"时值严寒，天降大雪，胡遵与众将设席高会。忽报水上有三十只战船来到。遵出寨视之，见船将次傍岸，每船上约有百人。遂还帐中，谓诸将曰：'不过三千人耳，何足惧哉！'只令部将哨探，仍前饮酒。丁奉将船一字儿抛在水上，乃谓部将曰：'大丈夫立功名，取富贵，正在今日！'遂令众军脱去衣甲，卸了头盔，不用长枪大戟，只带短刀。魏兵见之大笑，更不准备。忽然连珠炮响了三声，丁奉扯刀当先，一跃上岸。

三国志像，绣像
金批第一才子
书，毛声山评
点，金圣叹序，
清初刊本大魁堂
藏版

众军皆拔短刀，随奉上岸，砍入魏寨，魏兵措手不及。韩综急拔帐前大戟迎之，早被丁奉抢入怀内，手起刀落，砍翻在地。桓嘉从左边转出，忙绰枪刺丁奉，被奉挟住枪杆。嘉弃枪而走，奉一刀飞去，正中左肩，嘉望后便倒。奉赶上，就以枪刺之。三千吴兵，在魏寨中左冲右突。胡遵急上马夺路而走。魏兵齐奔上浮桥，浮桥已断，大半落水而死；杀倒在雪地者，不知其数。车仗马匹军器，皆被吴兵所获。司马昭、王昶、毌丘俭听知东兴兵败，亦勒兵而退。"

但是，这个世界上有永远不败的长胜将军吗？这就是李卓吾评书所说："诸葛恪不禁熬炼，不济，不济，有愧令叔多矣！"接下来，在国内上下一片反对声中的淮南之战，诸葛恪就不那么走运了，光一个新城，城中只有三千魏兵，围城三月，攻不下来。据《资治通鉴》："会大暑，吴士疲劳，饮水，泄下，流肿，病者太半，死伤涂地。"痢疾杆菌帮了司马师的忙，诸葛恪大败而归。而他，一不认输，二不认错，因为孙权临死时授予他除了生杀大权以外的一切权力，凡敢反对者，一律撤职，发配外地。于是，最初推荐他给孙权，称辅政非他莫属的孙峻，怕他这样为所欲为下去，自己也没个好结果，先下手为强，借酒宴为名，将他杀死。

没有诸葛亮的蜀国

第一百九回（上）：困司马汉将奇谋

蜀汉后主延熙十六年（243），姜维起兵二十万，坚持北伐，不愧为诸葛亮的衣钵传人。虽然陇上这一仗，魏将徐质死，郭淮亡，司马昭困在铁笼山差点被渴死，小有斩获。然而自陇而西，断而有之，再行进军中原的诸葛北伐路线，事实已经证明行不通，姜维不顾阻拦地要把仗打下去，实是不得人心之举。因为频繁出征，"蜀人由是怨维"，也是活该。任何一个有出息的继承人，总是志在再创新天，超过前人，从来不以守成为己任。

人贵在知时识势，承认现实，时不在我，大势已去，胜局也会转败。到姜维掌握这支军队时，已与诸葛掌军时，魏军虽强，但只应战，从不挑衅，因而掌握战场主动权时不可同日而语。结果，司马昭拜泉得水，奇迹般地生存下来。所以，人处败势，便不如意事常八九了。倒也不是命也运也，因为败者必急而不慎，乱而少静，慌而无方，躁而好险，于是犯错误的可能性就会增多。泉水自有其旺枯的周期，不是司马昭拜出来的，而是在劣境中的姜维顾不得周详考虑而已，以为胜券在握，本来应该到嘴的肉，竟飞去了。

而姜维延续诸葛结羌人为援的路线，也不幸落空。这世界上，盛时能为朋友，衰时就不能为朋友的势利之人还少吗？结果羌人反水，吃了大亏。不过，姜维一身武艺，煞是了得，

三国志像，绣像金批第一才子书，毛声山评点，金圣叹序，清初刊本大魁堂藏版

那一幕空手夺箭,绝地得生,反而杀了郭淮的精彩演出,很有一点好莱坞西部牛仔片的味道,端的好看。

诸葛亮将兵书传给姜维,多少也是看中他能延续自己的方针政策,特别是执行北伐路线的坚定意志上。这也是所有伟人必定要安排的身后事,必定要找一个能一以贯之的接班人。但他疏忽了一个重要的变化,他北伐时,兵源有保证,供给有后方,国力仍强盛,战将很威武。可姜维来当指挥官时,已是"蜀中无大将,廖化作先锋",只能靠这些三四流将军上阵驰骋,再说,兵也会老的,多年征战,疲惫不堪,怎能再现孔明撰写《出师表》那时的庞大阵容呢?今昔对比,显然是此一时、彼一时。老皇历是看不得的,姜维丢不掉这本老皇历,那就只有向隅而泣了。

孔明所确立的建国大纲,龟缩到四川盆地,实在不很可取,然后就是频繁发动北伐,十余年,未建寸土之功,却耗尽了蜀国的实力。阿斗是个一代不如一代的皇帝,哪有更改相父策略的胆量,如果他不昏庸,如果他不腐败,如果他有他父亲刘备跃马檀溪的基因,制止北伐计划,修边固防,他的相父也不会积劳成疾,他的西蜀也许不会很快亡国。但生活在诸葛亮影子里的阿斗,永远是一个皇帝实习生。所以,没有诸葛亮的蜀国,仍是一个有诸葛亮的蜀国,在国策上了无改变,只好在伟人的影子下,一条道走到黑了。

北魏的大臣崔浩这样评价诸葛亮:"亮之相刘备当九州鼎沸之会,英雄奋发之时,君臣相得,鱼水为喻。而不能与曹氏争天下,委弃荆州,退入巴蜀,诱夺刘璋,伪连孙氏,守穷崎岖之地,僭号边鄙之间,此策之下者。可与赵佗为偶,而以为萧曹亚匹，不亦过乎？"

对于诸葛亮的过高评价，有识之士的看法，从来是和《三国演义》的推崇，存有歧见的。清人王士禛《古夫于亭杂录》说："元人俞文豹称其兄文龙驳诸葛忠武之言曰：'孔明之才，谓之人知时务则可，谓之深明大义则未也；谓之忠于刘备则可，谓之忠于汉室则未也。'"宋人叶适在其《梁父吟》的序中称："使亮终已不遇而抱孙长息以老于隆中者，其躬耕之获，岂少此哉？何故自亲汉魏之劳，至今遗恨以死？"实践为检验真理的标准，从他的决策，到他的治绩，到他的用人，到他的北伐，到他对于手下名将魏延的嫉妒，这个"出师未捷身先死，长使英雄泪满襟"的军师，对于他治理的蜀国，可以说是乏善可陈的。

所以，姜维非不努力，非不振作，然而，地小人单，兵少将稀，还要按诸葛亮的方针，穷兵不休，那还会有什么出路呢？

东方式权力更迭模式
第一百九回（下）：废曹芳魏家果报

历史的舞台，有时会出现惊人的雷同场面。

汉献帝建安五年（200）曹操因衣带诏杀董承、王子服，诛董妃；魏高贵乡公正元元年（254）司马师仍因衣带诏杀夏侯玄、张缉，诛张皇后，故事情节一样，人物身份一样，场景地点也一样，只不过时间相差半个世纪罢了。

这一回的标题有"魏家果报"一词，这似乎是曹操作恶的报应，因此，以其人之道，还治其人之身，公元200年他作的恶，他死了，公元254年他的后代替他承受。中国人特别崇尚报应，越是没有办法，越是不敢反抗的中国人，也越是相信这种报应，寄托于这种报应，图那一刹那间的痛快。所以特别相信冥冥之中，肯定有一主持公道的上苍，虽密室之语，也纤介必闻，于是"善有善报，恶有恶报"，老百姓可以出一口气。但由于现实并不是都能讨得一分公道的，就只好再加上"不是不报，时辰未到"两句，借以自慰。

这种新的统治者对于旧的统治者的残酷屠杀，在中国的长期封建社会里，是正式改朝换代前经常出现的插曲。由于这种东方式的权力更迭，总是按其专制政体的野蛮血腥程度来决定屠杀的规模,所以,不流血是不可能的。因此曹操对于汉献帝的镇压,和司马师对于曹芳的废黜,不存在任何因果关系,而是一种权力争夺的必然规律。在专制国家中,只有这一种或你死,或我亡的解决办法。

所以,在中国历史上,每一个"仓皇辞庙"的君王,命运或者下场,大抵是相同的。

曹芳(232—274)时方二十出头,古今同理,正是叛逆年纪。司马懿对他不会比曹操对待刘协更好,而司马懿一死,司马师比其父更甚,对他严密控制。曹芳的反抗也属必然。《资治通鉴》载:"司马师秉政,以丰为中书令。是时,太常夏侯玄有天下重名,以曹爽亲故,不得在势任,居常怏怏;张缉以后父去郡家居,亦不得意。丰皆与之亲善。师虽擢用丰,丰私心常在玄。丰在中书二岁,帝数独召丰与语,不知所说。师知其议己,请丰相见以诘丰,丰不以实告;师怒,以刀镮筑杀之,送尸付廷尉,遂收丰子韬及夏侯玄、张缉等皆下廷尉。"当时,司马师势张焰炽,不可一世,但曹魏实力,也未可小觑,不甘心就这样败阵下来。司马师以刀镮筑杀李丰,采取这样手段,说明他虽怒不可遏,但也不敢撕破脸,直接对曹芳下手。曹芳也不示弱,偏要跟大将军唱对台戏。

恰巧,中领军许允外调,因他"素与李丰、夏侯玄善。秋,允为镇北将军、假节、都督河北诸军事。帝以允当出,诏会群臣,帝特引允以自近;允当与帝别,涕泣歔欷。"就因为鼻涕一把、眼泪一把地与帝告别,让司马师很失面子。于是,"允未发,有司奏允前放散官物,收付廷尉,徙乐浪,未至,道死"。所以,曹芳很恼火,很抗拒,他的左右亲信,以及曹魏势力,

三国志像,绣像金批第一才子书,毛声山评点,金圣叹序,清初刊本大魁堂藏版

便煽动他以帝王之威，给司马兄弟一点颜色看看。"帝以李丰之死，意殊不平。安东将军司马昭镇许昌，诏召之使击姜维。九月，昭领兵入见，帝幸平乐观以临军过。左右劝帝因昭辞，杀之，勒兵以退大将军；已书诏于前，帝惧，不敢发。"

曹芳未敢下诏，错过最佳动手时机，司马师可就要反扑了。"昭引兵入城，大将军师乃谋废帝。"

胡三省注："平乐观在洛阳城西，昭已过军，复引入城，帝事去矣。"可以肯定，平乐观阅兵前，司马师尚未接获内线情报，部队浩浩荡荡穿城而过，阅兵快结束，才得悉曹芳想灭司马昭的主意，于是，快马出城，传令回师，部队重又回到洛阳城，司马师兄弟用不着关城门，天下已经是他家的了。两人磋商了一下，"弑"，名声不好听，"废"，还是可以的。于是，立逼曹芳"与太后垂涕而别，遂乘王车，从太极殿南出，群臣送者数十人，司马孚悲不自胜，余多流涕"。

历史的循环往复，真令人无可奈何，我们又见到汉灵帝中平六年（189）董卓废立那一幕。

复辟，不过笑谈一场
第一百十回（上）：文鸯单骑退雄兵

公元 1814 年，法国路易十八的复辟，所以能成事，居然搞出来一个复辟王朝，并不是他的功劳。虽然他日夜都在梦想，夺回他哥哥路易十六于断头台丢掉的王位。要不是有实力的反拿破仑的联军获胜，在政治上希望法国恢复旧有的君主制，从国外把他找回来，他也不可能梦想成真。所以，唯有靠这类实力派的重温旧梦的复辟，才能奏一时之效。不过，几乎也是规律的，凡这类复辟一旦成功，旧的王朝卷土重来，君临天下，重建旧秩序的过程中，必定是充满了血腥和恐怖的。于是，凡逆历史潮流的任何复辟，寿命总是长不了的。而复辟者的名字被钉在耻辱柱上，也是毫无疑问的。因为时代的潮流，总是向前的，想回到昨天去重温旧梦的人，他们感情上的依恋和怀旧，或许可以理解；但对于已经生活在今天，并且向往着明天的大多数人来说，这种沉重的梦，已经不可能再有吸引力的。

所以，在中国，复辟行为和复辟思想，都不会持续很久，而由于复辟成功者少，真正敢再复辟者更少，很快就"溥天之下，莫非王土；率土之滨，莫非王臣"地承认现实了。卌丘俭和文钦的起兵，就是这种短暂的不成功的复辟行动。有一点类似反拿破仑联军的意思，不过，很快就失败了。

这两员大将，其实不想造反，但司马懿一死，司马师迫不及待地篡魏为晋，第一步，废立，第二步，清洗，毌丘俭和文钦，同时感到岌岌乎危哉的生存危机，于是，一拍即合。矫太后诏，起兵寿春。《资治通鉴》载："初，扬州刺史文钦，骁果绝人，曹爽以乡里故爱之。钦恃爽势，多所凌傲。及爽诛，钦已内惧，又好增虏级以邀功赏，司马师常抑之，由是怨望。镇东将军毌丘俭素与夏侯玄、李丰善，玄等死，俭亦不自安，乃以计厚待钦。俭子治书侍御史甸谓俭曰：'大人居方岳重任，国家倾覆而晏然自守，将受四海之责矣！'俭然之。"

凡搞复辟，都不可避免地要倒退，不管打出来的昨天多么多么好的旗帜，是飘扬不多久的。刘协和曹芳的复辟，落得这样一个悲惨结果，并不是他们个人的过错，而是他们所代表的汉、魏王朝，已经衰朽枯竭，土崩瓦解，无法与新兴的政治势力进行一搏了。时代如滚滚江河，流向的选择很明显，只有向前，不会倒退。所以，一个社会，一个朝代，一个阶层，一个政治集团，哪怕具体到一个人，如果任何时间，任何事情，总是朝后看，总是想着昨天，总是回忆着过去岁月，总是以陈年的目光不能适应现实的话，可以百分之百地肯定，此公，倘不是生理上的衰老，十之八九便是心理上的病态了。

司马师虽然看曹芳不过一碟小菜，但对拥军自重的毌丘俭和文钦，却不敢小视，"师问计于光禄勋郑袤，袤曰：'毌丘俭好谋而不达事情，文钦勇而无算。今大军出其不意，江、淮之卒，锐而不能固，宜深沟高垒以挫其气，此亚夫之长策

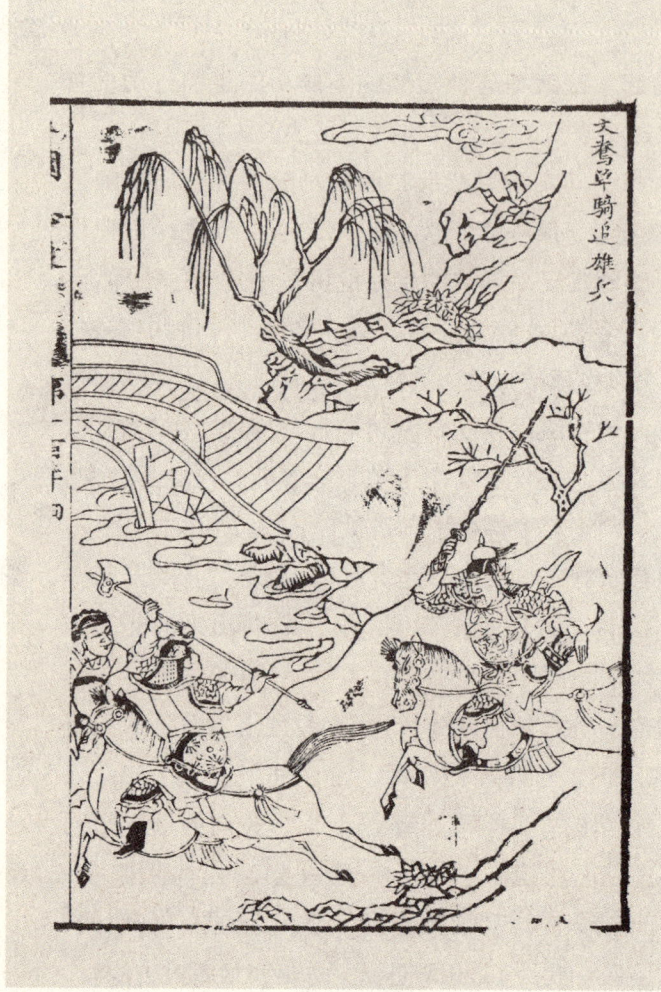

三国志像,绣像金批第一才子书,毛声山评点,金圣叹序,清初刊本大魁堂藏版

也。'师称善"。

　　文钦的儿子文鸯,大有当年吕布的万夫不当之勇,但师出无名,这种叛乱与复辟性质难定的行动,更难鼓动士气。由于司马氏与曹氏并无实质区别,执掌权柄者面孔换,旗帜换,

手段不换,打屁股不换,指望兵卒支持,指望老百姓关心,岂不笑话?连策应他的老子文钦,居然迷路,不能配合,以致文鸯败走。《资治通鉴》这样写司马师与文鸯的交手战:"钦子鸯,年十八,勇力绝人,谓钦曰:'及其未定,击之,可破也。'于是分为二队,夜夹攻军。鸯率壮士先至鼓噪,军中震扰。师惊骇。所病目突出,恐众知之,啮被皆破。钦失期不应,会明,鸯见兵盛,乃引还。师谓诸将曰:'贼走矣,可追之!'诸将曰:'钦父子骁猛,未有所屈,何苦而走?'师曰:'夫一鼓作气,再而衰。鸯鼓噪失应,其势已屈,不走何待!'钦将引而东,鸯曰:'不先折其势,不得也。'乃与骁骑十余摧锋陷陈,所向皆披靡,遂引去。师使左长史司马班率骁将八千翼而追之,鸯以匹马入数千骑中,辄杀伤百余人,乃出,如此者六七,追骑莫敢逼。"

文鸯再英雄,也无济于事,最后不得不投降。司马师病目,死于此战。然而,晋之篡魏,并不因师死而中断,这场复辟风波,不过一场笑谈。

高压之下的文学润泽

第一百十回(下):姜维背水破大敌

就在废掉曹芳,弑掉曹髦,司马昭之心——路人皆知的废魏为晋的过渡时期,对广大的知识精英阶层来说,也是备受煎熬的岁月。第一,司马氏之迫不及待,之步步进逼,之欺软凌弱,之凶相毕露,让苟延残喘的魏主度日如年。太过分了,太嚣张了,因此,很多人是看不过去的,可是又无可奈何。第二,司马氏大权在握,挟制舆论,镇压异己,不择手段,弄得社会紧张,气氛恐怖,道路以目,宵小得逞。让处于社会上层的"名士"之流很心烦,很郁闷,因此,很多人产生出来对立不服的情绪,然而又不能也不敢表达出来。

在大将军极权统治的高压政策下,既无力反抗,又不能抵制,却又不甘心逆来顺受的大多数中国文人,便以不回应、不合作、不支持、不买账的消极精神,对黑暗政治进行无声地抗争。鲁迅先生对于魏晋名士的这种超然、自然、泰然、怡然的精神,用"尚通脱"三字来概括。第一,逃避现实,隐逸林下;第二,终日佯狂,与政权保持距离;第三,崇尚玄学,宗奉庄老,清谈虚无,狂狷放达,既不公然唱反调,也不正面顶撞。大家相信,武力可以逞强于一时一地,文化却是具有更久远的生命力。

于是,作为魏晋文人的竹林七子,与稍早一点的建安七子,更是另辟蹊径,游离于主流之外,徜徉于大潮之旁,既不随波逐流,更不

三国志像,绣像金批第一才子书,毛声山评点,金圣叹序,清初刊本大魁堂藏版

随风起舞,名实在所不计,天地我自有之,走自我陶醉之路,得孤芳自赏之乐。实际上,这些涓滴的支流余脉,渐渐聚成一派汪洋之势,润泽文学土地的时候,拓展着文学的新疆界,开创着文学的新纪元。从这个意义上讲,魏晋文人所创造的闲适淡雅、清净无为、旨意邈远、空灵脱俗的非主潮文学,也是这个时期值得关注的一笔。

但是,无论汉末,也无论魏晋,文人也好,名士也好,能不受到当时的政治影响,而完全背对社会,脱离现实,清高自我,不涉世事吗?

就以曹操在许都初定,蔚然成势之际,以三曹为首的建安七子,即汉献帝建安年间(196—219)的孔融、陈琳、王粲、徐幹、阮瑀、应玚、刘桢这七个人,但他们在曹和汉的政治立场上,并不一致。譬如孔融,与汉政权有着千丝万缕联系,而与曹操格格不入。同样的道理,魏晋时期的竹林七贤,即魏齐王正始年间(240—249)的嵇康、阮籍、山涛、向秀、刘伶、王戎及阮咸七人,他们不但文学观点不尽相同,在政治取向上,既有明确站在曹魏立场,与当局不合作的嵇康,也有不那么明确反晋但保持距离的阮籍,更有明哲保身以隐求生的归顺派山涛,和既得利益为司马氏效力的王戎,以及本是嵇康好友后又被司马昭招安的向秀……也是各个相异,很不一致的。

曹操搞政治压迫,但不群众化,而到了司马昭当政,这种政治压迫就相当程度的社会化,而一片乌天黑地了。

《资治通鉴》载:"正始中,夏侯玄、何晏、邓飏俱有盛名,欲交尚书郎傅嘏,嘏不受。嘏友人荀粲怪而问之,嘏曰:'太初志大其量,能合虚声而无实才。何平叔言远而情近,好辩而无诚,所谓利口覆邦国之人也。邓玄茂有为而无终,外要名利,内无关钥,贵同恶异,多言而妒前;多言多衅,妒前无亲。以吾观此三人者,皆将败家;远之犹恐祸及,况昵之乎!'嘏又与李丰不善,谓同志曰:'丰饰伪而多疑,矜小智而昧于权利,若任机事,其死必矣!'"

近人余嘉锡曰:"嘏于叛君负国之事,攘臂恐后,则其忍于诬罔以卖其死友,亦固其所。""迹其始末,盖与贾充不异。幸其早死,不与佐命之数。此乃魏之逆臣,其与何晏、邓飏及玄、丰不平,皆以其为魏故,而自与钟毓、钟会、何曾、陈泰、荀颢善,则皆司马氏之党也。所讥议晏等语,大率以爱憎为之。如晏辈固不足道,若丰、玄岂不胜于钟会、何曾、荀颢,而嘏之好恶如此。"

傅嘏,司马党也,正因为这身份,他就拥有在口舌上不刑之刑的舆论权力,这是很可怕的。你由此可以理解竹林七贤为什么整天喝得醉醺醺的,为什么刘伶要写一篇《酒德颂》了!

三国群英会的后起之秀
第一百十一回（上）：邓士载智败姜伯约

乱世出英雄，是有其一定道理的。

并不是上天安排，英雄多生于乱世，而是乱世能创造更多的磨炼机会，偶然性大于必然性，可以脱颖而出的机遇，也就来得多些。相反，太平盛世，按部就班，长幼有序，循规蹈矩，必然性大于偶然性，英雄就不大容易找到用武之地。所以，在中国历史上，由治到乱，或者，由乱到治的过程，总是人才容易出头的时期。刘、关、张三人，要不是赶上天下大乱，还不是操旧业老死牖下？

东汉末年，黄巾起事，天下大乱，于是干戈四起，烽火不止，此其时也，诸侯蜂拥而动，豪杰不安于位，自是风云变色，群英际会，各显才能，奔逐天下的良机。董卓、吕布；曹操、刘备；袁氏兄弟和十八路诸侯，以及江东孙氏父子昆仲，喷涌而出，驰骋沙场，刀光剑影，不可一世。二十多年厮杀较量，弱者转强，强者势弱，成则为王，败则为寇，终于鼎立成型，演义三国。这其中更有关羽、张飞、赵云；鲁肃、周瑜、吕蒙；张辽、张郃、于禁等武将，诸葛亮、庞统；荀彧、荀攸、贾诩；张昭、顾雍等文臣，亮相舞台，千姿百态，人才济济,群星璀璨,正是这一番热闹,演绎出精彩千古的三国群英会。

等到魏、吴、蜀立国称帝以后,基本步入正轨,虽然还有司马懿、陆逊这类杰出人物出现于国与国之较量中,但叱咤风云者,已寥若晨星矣!到了三国末期,也就只有姜维的好战求胜、死不瞑目,邓艾的死拼硬打、不屈不挠,钟会的变生不测、走险行事,还算差强人意,各展风采。至于魏之司马昭那一肚子阴谋诡计、吴之诸葛恪满脑子个人英雄主义,则是更等而下之了。

这也可以说明人才成长的一个总规律,战争——当然还要包括政治、军事、经济,各式各样的厮杀较量——才是启动才智产生链式反应的最有效的引爆器。

《三国演义》这部书的开始阶段,黄巾首领,各路诸侯,西凉军阀,盗寇蟊贼,都是些四肢发达、头脑简单的,或出身于草莽的武夫,或应名为豪门的草包。他们的仗,打得不可开交,但也打得一塌糊涂。其中,唯曹操,一个能为《孙子兵法》进行注释的统帅,其战争智商当为最高者。现在,《三国演义》这部书接近尾声,姜维、邓艾,还有即将出场的钟会,显然要比当年那些驰骋于沙场上的将领,高明得多,成熟得多。不过,指挥员会变,战争的规律不会变,决定战争胜负的强弱规律不会变,虽然弱者有可能胜了强,强者有可能输于弱,但魏强蜀弱的形势,也就制约着姜维的能动性,攻和守,进和退,很大程度上操之于邓艾,弄不清楚这个现实,便要吃大亏了。

后起之秀姜维,还是值得一赞,虽然他败在了邓艾、钟

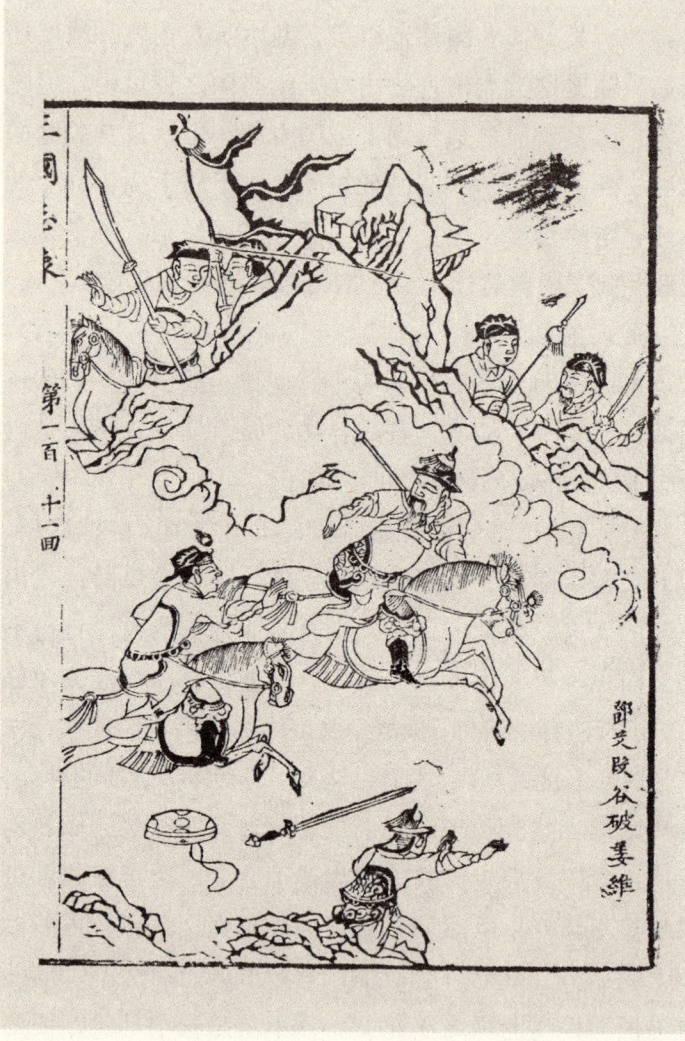

三国志像，绣像金批第一才子书，毛声山评点，金圣叹序，清初刊本大魁堂藏版

会手下，但那是蜀弱于魏的必败结果，而从姜、邓、钟三个人的才智、机辨、应变、远识等诸多能力考量，姜维并不弱于邓艾、钟会，因为从结局来看，作为胜利者的邓艾、钟会，实际最后还是死在姜维手里。诸葛亮一生看错过许多人，独有这个姜维，是他看准了的。而诸葛亮看准了他，正是他成为诸葛亮第二的可能。正因为他承担的这个宿命，也就注定他与诸葛亮一样，必是保蜀不成、兴汉更不成的悲剧人物。

若是看他佯降钟会，陷死邓艾，诛杀魏官，续命蜀汉，只差一点点就能侥幸成功，不成功也可大乱一阵的行险之道，说明他本可不必非走诸葛亮失败的路，而营造他个人风格的。这说明，姜维并非绝对的诸葛亮第二，他能变，也会变，要是没有费祎掣肘在前，要是没有黄皓蛊惑于后，也许蜀汉出现另外一种局面，并非没有可能。若果如裴松之驳孙盛之诬姜："（钟）会欲尽坑魏将以举大事，授维重兵，使为前驱。若令魏将皆死，兵事在维手，杀会复蜀，不为难矣。夫功成理外，然后为奇，不可以事有差牙，而抑谓不然。设使田单之计，邂逅不会，复可谓之愚暗哉！"

历史犹如一辆装载过重的拖车，常常在转弯时一不小心而倾覆，姜维要是如愿，尽坑魏将，司马昭溃退，估计《三国演义》变为《两国演义》，又要顺延若干时日。

战争，是一种恶
第一百十一回（下）：诸葛诞义讨司马昭

《三国演义》这部书的始起阶段，时值东汉末年，是个想不乱也不行的时代。于是，出身草根的黄巾首领，心怀鬼胎的各路诸侯，盗寇蟊贼般的西凉军阀，加之行尸走肉般的朝廷诸公，就把这不乱也不行的时代，搞成乌天黑地，乱成一团的世界。这其中，四肢发达、头脑简单的武夫，出身草莽、胳膊粗壮的流民，最具战斗力；应名士族、其实落魄的门阀，仰给于人、斯文扫地的谋士，最具蛊惑力。于是，这四股邪恶势力扭结在一起，地盘争夺，分赃不均，发生利益冲突时，通常就是靠打仗来解决了。在中国历史上，打仗，不是稀奇事，但连百年都不足的三国，却是战争最密集、最频繁的时期，既有打得不可开交，死伤无数的大仗，也有小打小闹，损失轻微的小仗。后患很严重，魏国一位大臣叹息，当下我们虽然拥有五分之三的天下，但人口却不及汉代的一个州啊！

尽管如此，分裂的三国还是打个没完，国人习惯三十年为一代，老一代人打完了，新一代人接着打。

但总的来说，三国前期的仗，大家比较业余，都是通过战争学习战争，因而打得一塌糊涂，胜时一窝蜂上，败时作

三国志像，绣像金批第一才子书，毛声山评点，金圣叹序，清初刊本大魁堂藏版

鸟兽散。

　　姜维文武全才，能攻能守；邓艾长于军事，短于政治；钟会工于算计，心存诡谲，三国末期的这三杰，最后以一场混战，脑袋落地结束。至于后三国时期的司马师、司马昭、诸葛恪、诸葛诞，一直到徐质、郭淮、陈泰、文鸯等辈，打起仗来，堪称能手，讲起韬略，也非白丁，但比起上一代的英雄豪杰，其气度，其心胸，其抱负，其志向，便大为逊色了。正如一台大戏，高潮已过，接下来出场的，也都是些次要角色，算不得成事之辈的二流演员了。

　　邓艾，放牛娃出身；钟会，高官家子弟；姜维，地方实力派，这种出生的文化背景、社会因素，便决定了贵族与平民之间的难以协和，官僚与豪门之间的容易沟通。钟会甚藐视邓艾,却与姜维很相得;行伍里成长起来的邓艾,与地方上打拼起来的姜维,生活道路不同,人生际遇差异,于是在性格上,邓欠缺姜之灵动活络,姜不如邓之卓绝坚定。姜之不拘泥一法,难以守恒,邓之总一个心眼,失之呆板。这一仗打下来,论武艺,不分伯仲,论智慧,邓在姜下。姜胜轻松,败也轻松,邓输得很累,赢得更累。尽管后来邓艾侥幸灭蜀,阿斗不战而降,这个放牛娃有点不知天高地厚,吹起牛皮来:"姜维自一时雄儿也,与某相值,故穷耳",但"有识者笑之"。这个"深自矜伐"的邓艾,最后为其自以为是的迂执,不知高低深浅,付出了一世英名和全家老少的性命。姜维纵有胆大如斗,纵得诸葛真传,魏强蜀弱的大势,内忧外患的局面,也是回天无力,报国无门。吕思勉认为:"钟会的效忠于魏,姜维的效忠于汉,又可称封建道德之下的两个烈士了。"

钟会其实是个小人,凡小人,无不机灵,他则加倍之。钟会是钟繇的儿子,而钟繇一直为曹操的太傅,镇守关中,为拥魏派是毫无疑义的。生于汉献帝建安二年(197)的邓艾,已66岁,年过花甲的他,个性憨直,有将在外君命有所不受的自恃,但司马昭均起用之,一为镇西将军,一为征西将军。有人私下问他,你放心吗,这两员大将万一生变呢?司马昭回答说:"凡败军之将不可以语勇,亡国之大夫不可与图存,心胆以破故也。若蜀以破,遗民震恐,不足与图事,中国将士各自思归,不肯与同也。若作恶,只自灭族耳。"结果,被其说中,魏将起事而钟死姜毙。

战争,是一种恶,恶人从中取恶,则尤其恶,司马昭是也。

内乱一起，国无宁日

第一百十二回（上）：救寿春于诠死节

一个国家，最怕统治顶层的内耗，那是止不住血的创口，血竭，则国必灭。而一个太英明的包揽一切的领导人，他的去世，留下的烂摊子里，可钻的缝隙必定很多，于是，内部动乱造成的内耗，几乎是不可避免的。

封建皇权的交接，绝以父死子继的形式接班，父皇不咽最后一口气，皇子永远是储君。只有极少数情况下，老皇帝乐意地或不乐意地交权当太上皇。因此，皇子的心理充满矛盾，他一方面希望老子早死，他好早日登基；另一方面，他也知道，老子一死，他面对着老子留下来的这乱的或不乱的一摊时，这世界上唯一能够是他信得过的，可以提供帮助或保护他的人，也就失去了。所以，这时候的幼帝，如同鸡雏刚刚挣脱蛋壳，最软弱不过了。历史上有那么多早殇的小皇帝，就是在他立足未稳时被掐死在摇篮里。孙亮之被迫离位，就是这样的。一个统治者死后，大多有这类权力再分配的一番厮杀，统治的时间愈久，厮杀得也愈残酷，而且往往要经过多次反复，方能定局。

孙权早年，接其兄孙策的班，处于魏、蜀两雄之间，独

三国志像,绣像金批第一才子书,毛声山评点,金圣叹序,清初刊本大魁堂藏版

保江东一隅。特别在吴、魏赤壁之战、合淝之战,吴、蜀彝陵之战,以及南拓交趾,开土辟疆,都表现出这位"碧眼儿"的英主之姿。尤其在蜀亡后,强魏压境,他不得不对曹丕这样一位后生俯首称臣的时候,能够"屈身忍辱",

也有不凡的表现。有一次,魏主向东吴索要珍珠、玳瑁、孔雀、象牙等贡品,逾于常规。他的部属都认为魏主太过分了,欺人太甚,应该予以严词拒绝。他说了一番很精彩的话:"这些珠宝财物,相对于我东吴的安危来讲,不过是砖头瓦块罢了!既然魏主喜欢这些,追求这些,不正说明他昏暗无能嘛!不正是我们所希望的嘛!"所以吴政权能坚持到比蜀亡、魏亡以后又十余年,才降于晋,确是孙权给吴国打下的坚实基础。

由于魏、蜀持续近十年的战争,江东暂处局外,又加之有长江天险,和陆逊等将帅主军,孙权得以偏安一隅。于是,他活着的时候,这些矛盾虽然暴露,但不至于酿成灭国之祸,等到他死后,内乱一起,自然是国无宁日了。宗室孙峻是在孙权死前力保诸葛恪上台的干将,等到诸葛恪权重欺主,也危害到他利益的时候,他又支持孙亮于召见时把这个诸葛恪杀掉。一番血腥味尚未消除,孙峻死后,他弟弟孙綝开始专权,孙亮亲政以后,受不了这个孙綝,要除掉这位重臣,事泄,他也被废了。随后,孙休接位,不久,这位吴主又演出杀诸葛恪那一幕戏,把孙綝干掉了。诸如此类的宫廷之乱,都是孙权埋下的祸根。在三国中,宫廷内部的血腥屠杀记录,吴国堪称冠军,这绝不是"碧眼儿"盛时所能预料的。

孙权自229年即皇帝位后,迁都建业;230年,不听谏阻,派甲士万人渡海,求夷洲、亶洲不毛之岛,追求功业;233年,与辽东公孙渊通好,企图联盟反魏,结果事与愿违,然后,又不顾国力,频繁向魏发起进攻。到晚年,他又在奸佞嬖幸、宠臣爱姬包围之下,失去了最起码的清醒。自然就倒行逆施,胡作非为,弄成坏人当道、百姓倒霉的局面,亲手把自己一生英名埋葬，从而造成国家的灾难。

孙权曾经说过："子弟不睦，臣下分部，将有袁氏之败，为天下笑！"但到了他的晚年，及至他死后，还是重复袁绍这个家族内乱，自取灭亡的老路。一个知道悲剧发生的原因，却不能避免这类悲剧发生的人，恐怕倒是真正的悲剧了。

伟人的影子拖太长，不是好事

第一百十二回（下）：取长城伯约鏖兵

一个国家出现一个伟人，便是一个时代。当这位伟人在离开这个世界后，他的影子，还长长地笼罩着这个国家，始终摆脱不了，那绝不是一件值得庆幸的事。因为生活进程是不会在伟人死亡的那一天，永远停滞不前的。而日新月异的形势，应是后来人的课题，亡灵是不能指望的了。所以，当蜀国有人意识到这条伟人的路，应该改弦更张的时候，邓艾、钟会的大军，已浩浩荡荡地逼近国门，并势如破竹直杀奔成都而来，即使把诸葛亮的儿孙都请出来，也救不了灭亡的命运了。

对于西蜀来讲，诸葛亮的时代，随着他的去世，已经结束。如果，看不到魏、蜀、吴三国的变化，持续兴兵伐魏，继承诸葛亮的衣钵，做妄想北定中原、恢复汉室的梦，那就是在自欺欺人的同时自取灭亡了。当时魏国由于内部纷争，无力进攻，吴国由于权力更迭，自顾不暇，而蜀国由于长期征战，兵疲民穷。在这个相对稳定的局面下，姜维本应一改诸葛亮的极武黩征的政策，厉兵秣马，筑垒构防，养精蓄锐，以逸待劳。或许在邓艾、钟会征蜀时，不至于一败涂地到不可收拾的程度。

蜀事之败，关羽失荆州一，刘备败彝陵二，诸葛亮六出祁山无功而返三，姜维自弃险要四，阿斗成事不足五，这五者，环环相扣，以致蜀亡，是不能辞其咎的，所以，伟人的影子拖得太长，总不是一件好事。

《资治通鉴》载费祎、张翼之阻："汉姜维自以练西方风俗，兼负其才武，欲诱诸羌、胡以为羽翼，谓自陇以西可断而有也。每欲兴军大举，费祎常裁制不从。与其兵不过万人，曰：'吾等不如丞相亦已远矣，丞相犹不能定中夏，况吾等乎！不如且保国治民，谨守社稷，如其功业，以俟能者，无为希冀徼幸，决成败于一举；若不如志，悔之无及。'及祎死，维得行其志，乃将数万人出石营，围狄道。汉姜维复议出军，征西大将军张翼廷争，以为：'国小民劳，不宜黩武。'维不听，率车骑将军夏侯霸及翼同进。"

载谯周之阻："汉姜维闻魏分关中兵以赴淮南，欲乘虚向秦川，率数万人出骆谷，至沈岭。时长城积谷甚多，而守兵少，征西将军都督雍、凉诸军事司马望及安西将军邓艾进兵据之，以拒维。维壁于芒水，数挑战，望、艾不应。是时，维数出兵，蜀人悉苦，中散大夫谯周作《仇国论》以讽之。"

载廖化之阻："汉大将军姜维将出军，右车骑将军廖化曰：'兵不戢，必自焚，伯约之谓也。智不出敌而力小于寇，用之无厌，将何以立？'冬，十月，维入寇洮阳，邓艾与战于侯和，破之，维退住沓中。初，维以羁旅依汉，身受重任，兴兵累年，功绩不立。黄皓用事于中，与右大将军阎宇亲善，阴欲废维树宇。维知之，言于汉主曰：'皓奸巧专恣，将败国家，请杀之!'汉主曰:'皓趋走小臣耳,往董允每切齿,吾常恨之,君何足介意!'维见皓枝附叶连,惧于失言,逊辞而出。汉主敕皓诣维陈谢。维由是自疑惧,返自洮阳,因求种麦沓中,不敢

三国志像,绣像金批第一才子书,毛声山评点,金圣叹序,清初刊本大魁堂藏版

归成都。"

看来，谁也挡不住的姜维，却被一个奸佞黄皓吓得止步。他"见皓枝附叶连，惧于失言，逊辞而出"，正是吴国来使所看到的，"吴主使五官中郎将薛珝聘于汉，及还，吴主问汉政得失，对曰：'主暗而不知其过，臣下容身以求免罪，入其朝不闻直言，经其野民皆菜色。臣闻燕雀处堂，子母相乐，以为至安也，突决栋焚，而燕雀怡然不知祸之将及，其是之谓乎！'珝，综之子也。"一个国家，到了这等地步，还有什么希望呢？

作为将领，姜维不弱，但他所以小胜而大败，都是由于他在政治上，执行伐魏复汉的大计，实际是行不通的。在军事上执行诸葛亮出祁山的方针，根本上也是打不赢的。因此，个别战役的胜利，不能改变魏强蜀弱的失败总趋势。而且，作战是国力的大消耗，那是要大把大把银子支撑的。

穷打仗，打穷仗，打仗穷，至此，姜维也无能为力了。

物必先腐，而后虫生

第一百十三回（上）：丁奉定计斩孙綝

晋人陆机著《辨亡论》，认为吴国本不该亡，"地方几万里，带甲将百万，其野沃，其民练，其财奉，其器利；东负沧海，西阻险塞，长江制其区宇，峻山带其封域，国家之利，未见有弘于兹者矣。借使中才守之以道，善人御之有术，敦率遗宪，勤民谨政，循定策，守常险，则可以长世永年，未有危亡之患。"可是，这个国家，一旦落在庸才、蠢材手里，一旦被恶人、坏蛋所掌握，也就只有亡国一途了。陆机、陆云兄弟于晋灭吴后，来到洛阳，晋太常张华对这两兄弟极其赏识，称"伐吴之役，利获二俊"。这篇《辨亡论》循贾谊《过秦论》的套路，探讨吴国的盛衰亡，值得一读。

吴大帝神凤元年（252）孙权病逝，在此以前，由于他在继承人问题上反复无常，吴大帝赤乌十三年（250），太子孙和被废为庶人，赐死鲁王霸，立他的第七个儿子，也是他最小的一个儿子孙亮为太子。因为孙和、孙霸、孙亮，都牵涉到一拨人，立与废，攸关利益，乃至身家性命，于是引致朝廷党争，政局不稳，杀人断头，血腥不已，这都是孙权埋下的祸根和乱根。结果，本不该亡国的东吴，终于走到了尽头。

三国志像,绣像金批第一才子书,毛声山评点,金圣叹序,清初刊本大魁堂藏版

通常是这样一个人世间的兴衰规律，兴，是上坡路，进步比较慢，衰，是下坡道，后退很容易。尤其按物理学定律，下降还有个加速度，所以，孙权晚年，老悖昏惑，独断猜忌，刚愎自用，人格分裂，以想象不到的快，走向自己的反面。晚清文人吴趼人死后的追悼会上，有人挽之，"十年前死为完人"，用在孙权身上，完全合适。

孙权临终时将孙亮，托付给诸葛恪。这个强人，气焰嚣张。"却说孙峻字子远，命掌御林军马。今闻诸葛恪令张约、朱恩二人掌御林军，夺其权，心中大怒。太常卿滕胤，素与诸葛恪有隙，乃乘间说峻曰：'诸葛恪专权恣虐，杀害公卿，将有不臣之心。公系宗室，何不早图之？'峻曰：'我有是心久矣；今当即奏天子，请旨诛之。'于是入见吴主孙亮，密奏其事。亮曰：'朕见此人，亦甚恐怖；常欲除之，未得其便。今卿等果有忠义，可密图之。'胤曰：'陛下可设席召恪，暗伏武士于壁衣中，掷杯为号，就席间杀之，以绝后患。'亮从之。"

孙亮本以为去掉太傅诸葛恪，不再有芒刺在背之感，谁知前门驱虎，后门进狼，孙峻更不好对付，而孙峻死后，其弟孙綝，尤其不好对付。于是，孙亮"以綝专恣，与太常全尚，将军刘丞谋诛綝"。消息泄露，"九月戊午，綝以兵取尚，遣弟恩攻杀丞于苍龙门外，召大臣会宫门，黜亮为会稽王，时年十六"。接下来，"孙綝遣宗正孙楷、中书郎董朝，往虎林迎请琅邪王孙休为君。休字子烈，乃孙权第六子也"。而到了当年的冬十二月，"綝谓布曰：'吾初废会稽王时，人皆劝吾为君。吾为今上贤，故立之。今我上寿而见拒，是将我等闲相待。吾早晚教你看！'布闻言，唯唯而已。次日，布入宫密奏孙休。休大惧，日夜不安。"据《三国志》："十一月甲午，风四转五复，蒙雾连日。綝一门五侯皆典禁兵，权倾人主，有所陈述，敬而不违，于是益恣。""顷之，休闻綝逆谋，阴与张布图计。十二月戊辰腊，百僚朝贺，公卿升殿，诏武士缚綝，即日伏诛。"孙休为孙权第六子，长孙亮八岁，要比他沉着一点，没有犯他偷鸡不着蚀把米的错误，终于将孙綝斩首。这两位一国之主，都没有什么建树，孙亮离位才16岁，一个狗屁不懂的小青年，而孙休驾崩已30岁，此人除了"尤好射雉"外，一无善政，而等到末代皇帝孙皓出场，更是无恶不作。看来，孙权血液里的英明、豪爽、霸气、伟岸，好像统统蒸发了，只剩下那些劣质DNA，全部慷慨地遗传给他的子孙。

《三国志·三嗣主传》中，"初，皓每宴会群臣，无不咸令沉醉。置黄门郎十人，特不与酒，侍立终日，为司过之吏。宴罢之后，各奏其阙失，迕视之咎，谬言之愆，罔有不举。大者即加威刑，小者辄以为罪。后宫数千，而采择无已。又激水入宫，宫人有不合意者，辄杀流之。或剥人之面，或凿人之眼。岑昬险谀贵幸，致位九列，好兴功役，众所患苦。是以上下离心，莫为皓尽力，盖积恶已极，不复堪命故也。"

苏轼的《范增论》曰："物必先腐，而后虫生"，内乱不已，强敌入侵，哪有不亡国的道理。

关于姜维的笔墨官司
第一百十三回（下）：姜维斗阵破邓艾

关于姜维的一场笔墨官司，发生在孙盛驳郤正、裴松之驳孙盛之间。

孙盛是一位参加过平蜀之役的老兵，在《晋阳秋》中说："盛以永和初从安西将军平蜀，见诸故老，及姜维既降之后密与刘禅表疏，说欲伪服事钟会，因杀之以复蜀土，会事不捷，遂至泯灭，蜀人于今伤之。盛以为古人云，非所困而困焉名必辱，非所据而据焉身必危，既辱且危，死其将至，其姜维之谓乎！邓艾之入江由，士众鲜少，维进不能奋节绵竹之下，退不能总帅五将，拥卫蜀主，思后图之计，而乃反覆于逆顺之间，希违情于难冀之会，以衰弱之国，而屡观兵于三秦，已灭之邦，冀理外之奇举，不亦暗哉！"

注《三国志》的裴松之，不以为然。"臣松之以为盛之讥维，又为不当。于时钟会大众既造剑阁，维与诸将列营守险，会不得进，已议还计，全蜀之功，几乎立矣。但邓艾诡道傍入，出于其后，诸葛瞻既败，成都自溃。维若回军救内，则会乘其背。当时之势，焉得两济？而责维不能奋节绵竹，拥卫蜀主，非其理也。会欲尽坑魏将以举大事，授维重兵，使为前驱。

遗香堂绘像三国志,明末安徽新安黄氏刻本

若令魏将皆死,兵事在维手,杀会复蜀,不为难矣。夫功成理外,然后为奇,不可以事有差牙,而抑谓不然。设使田单之计,邂逅不会,复可谓之愚暗哉!"

孙盛所说"姜维既降之后密与刘禅表疏",见《华阳国志》:"维教会诛北来诸将,既死,徐欲杀会,尽坑魏兵,还复蜀祚,密书与后主曰:'原陛下忍数日之辱,臣欲使社稷危而复安,日月幽而复明。'"

其实,孙盛只是以道学的标准而论,不足为训。在中国,知识分子更看重的是知遇之恩,受人之托,义重如山,滴水之恩,涌泉相报。如果说,刘备死时,把阿斗托孤给了孔明,那么,孔明死时,也同样是将这个国家托付给了姜维。他必须要为这一分承担,义不容辞地付出他的全部。他未能挽大厦于既倒,这是历史的颓势所致,然而,他以生命履行了诺言,别人还能深责他什么呢?大势已去,无法挽回,无论做出什么样的努力,眼看着悲剧局面一步步逼近,这才是令有心人最为痛苦的事情。

郤正是深知姜维的朋友,他说:"姜伯约据上将之重,处群臣之右,宅舍弊薄,资财无余,侧室无妾媵之衰,后庭无声乐之娱,衣服取供,舆马取备,饮食节制,不奢不约,官给费用,随手消尽;察其所以然者,非以激贪厉浊,抑情自割也,直谓如是为足,不在多求。凡人之谈,常誉成毁败,扶高抑下,咸以姜维投厝无所,身死宗灭,以是贬削,不复料摘,异乎《春秋》褒贬之义矣。如姜维之乐学不倦,清素节约,自一时之仪表也。"

从他所写的这个姜维身上,几乎看到诸葛亮的影子。虽然重复前人的路,把一生毁了,但如此重然诺,讲情义,有担当,为朋友奉献自己,不也令人敬佩吗?

但孙盛不这么看,"异哉郤氏之论也!夫士虽百行,操业万殊，至于忠孝义节，百行之冠冕也。姜维策名魏室，而外奔蜀朝，违君徇利，不可谓忠；捐亲苟免，不可谓孝；害加旧邦，不可谓义；败不死难，不可谓节；且德政未敷而疲民以逞，居御侮之任而致敌丧守，于夫智勇，莫可云也：凡斯六者，维无一焉。"这些是非，裴松之认为"惟可责其背母。余既过苦，又非所以难郤正也"。

诸葛亮去世当时，还是大有可为的。虽然蜀国由于长期征战，兵疲民穷，但魏国由于废曹芳，弑曹髦，内部纷争，无力进攻；吴国由于废孙亮，立孙休，权力更迭，自顾不暇，在这个相对稳定的局面下，姜维本应养精蓄锐，以逸待劳。或许在邓艾、钟会征蜀时，不至于一触即溃，到不可收拾的程度。再说，蜀国上下的投降主义，已经到了公开无耻、满街叫嚣的程度，连谯周那样的高官都成为投降派。等待变天的人，多于拥护蜀汉的人，姜维还不赶紧收手，改弦易辙，外患不灭，内患又起，那他也就只有一条死路好走了。

改朝换代的连锁反应
第一百十四回（上）：曹髦驱车死南阙

封建社会超稳定的统治结构中，任何变化，都只能是表面的，换汤不换药的。一个新上来的主子，与下台主子的区别，就在于坐在金銮殿上的面孔的不同罢了，实质体制是不会做大的改动。因此，所谓的改朝换代，只是权力层面上的人事更迭，而对于不变的制度，并无触动。所以，这就保证了在中国这块土地上，历朝历代，不论哪个阿猫阿狗当上了皇帝，只要坐在了龙椅上，就可以"唯辟作威，唯辟作福"，老百姓能够接受或者忍受任何庸君、昏君、暴君的缘故，就是因为这不变的制度像桎梏一样，养成了毫无反抗精神，失去思想能力的奴性。

鞭子是第一位的，至于拿鞭子的手，换来换去，对于挨打的屁股来讲，是无关紧要的。

然而，一旦出现不畏惧鞭子的勇敢者，豁出一身剐，也要把皇帝拉下马，那皇帝，就成为一项危险的职业。不过，作为与皇帝共存共荣的统治阶层，上自帝王、宗室、后妃、储子，下至将相、官僚、吏属、差役，这些人在对付被统治者的反抗时，常常由于集团利益，能够惊人地保持一致，但在统治集团之间，名义上的最高首领是皇帝，但实际上是由朝廷中各种政治派别，和地方上的各种势力，维系着对于老百姓的统治。这种派别，未必有多少政治上的歧见，只是权术的集结；地方势力的强弱，也只是把握权力大小的差别。各种派别和势力保持相对平衡的时期，小有摩擦，大体相安，一旦出现倾斜，必有互相之间的争斗。因实力的强弱，地盘的大小，权益的多寡，利害的轻重，而逐渐形成不可调和的矛盾冲突，于是，皇帝就成为首先必争之物。马上，拥护皇帝者为一方，反对皇帝者为一方，立场各异，互相敌对，明争暗斗。步步升级，到白刀子进、红刀子出，不是你死，就是我亡的决斗程度。在这类宫廷斗争中，都是以生命为赌注的，所以，手段之无所不用其极，灵魂之无比肮脏丑恶，把人性恶的最恐怖、最黑暗的一面暴露无遗。

公元254年，魏司马师废曹芳，立曹髦；紧跟着，公元258年，吴孙綝如法炮制，废孙亮，立孙休。权臣擅自决定皇帝的去留，在封建社会里，是属于大逆不道的行为，只有董卓才干得出来。所以，汉献帝衣带诏事发以后，甚至还发生过伏后事件，曹操也不敢轻易把献帝废掉。虽然曹爽专权，曹芳暗弱，司马懿也未对曹芳这位邵陵厉公采取什么拥立新君的措施。但他的儿子司马师强大到足以不买旧秩序的账，而且嫌曹芳这位帝王有碍他的发展，于是，废帝另立。他开了这个头以后，东吴的孙綝随后仿效，然后，司马师之弟司马昭升级这一手，干脆对曹髦动手，虽然弑死皇帝者非他，但他不发话，谁敢冒这大不韪。这种不约而同的连锁反应现象，在历史上是常见的。

公元 258 年，九月称帝的孙休，十二月就把扶他上台的孙綝的弟弟孙綝杀了，并诛三族。公元 260 年五月，被司马师选中为帝的曹髦，杀司马昭不成，反而因此受害。虽然一则成功，

遗香堂绘像三国志，明末安徽新安黄氏刻本

一则失败，但实际也是一种连锁反应。当然，曹髦敢于发难，是受孙休杀臣成功的启发，才敢贸然行事，也是有可能的。这种新的统治者，对于旧的统治者残酷屠杀，在封建社会里，是正式改朝换代前经常出现的插曲，甚至很正常的父死子继的更迭，接班者对其兄弟，也有采取极端手段而实施灭绝手段的。

以此类推，在社会现象中，类似相同的事件，常常不期然地接连出现，蔚然成风，不是什么怪异。这种惊人的相似状况，联袂而来，绝非偶然，是时代发展趋势的必然。在三国末期的这类皇室衰微凌替，权臣予夺予取的事例，也是由于当时政权处于新旧交递之中，很自然的产物。

包括在政治思潮、经济动态、社会风气等精神领域中，也会发生连锁反应现象。因此，防患未然也好，因势诱导也好，在制定政策的过程中，应该考虑到这种影响所及而可能出现的意外情况。

草根将军的绝处逢生

第一百十四回（下）：姜维弃粮胜魏兵

魏元帝景元二年（261），洛阳出了大事，皇帝曹髦率亲兵要杀司马昭，未果，反而被弑身亡。尽管司马昭闻讯赶来，立刻自投倒地，做痛苦万分状，可朝野上下一致相信曹髦死于司马昭之手。在封建社会中，弑君是莫大的罪名，司马昭压力不小，所以，遂有了征蜀之举。因为战争最能吸引眼球，再加上立不世之功，必然冲淡他难逃罪责的弑君之名。公元262年，据《资治通鉴》："昭欲大举伐汉，朝臣多以为不可，独司隶校尉钟会劝之。昭谕众曰：'自定寿春以来，息役六年，治兵缮甲，以拟二虏。今吴地广大而下湿，攻之用功差难，不如先定巴蜀，三年之后，因顺流之势，水陆并进，此灭虢取虞之势也。计蜀战士九万，居守成都及备他境不下四万，然则余众不过五万。今绊姜维于沓中，使不得东顾，直指骆谷，出其空虚之地以袭汉中，以刘禅之暗，而边城外破，士女内震，其亡可知也。'乃以钟会为镇西将军，都督关中。征西将军邓艾以为蜀未有衅，屡陈异议；昭使主簿师纂为艾司马以谕之，艾乃奉命。"

朝臣以为不可，邓艾以为不可，甚至司马昭内心也是以

三国志像，绣像金批第一才子书，毛声山评点，金圣叹序，清初刊本大魁堂藏版

为不可的,否则,他为何不亲任主帅,率军远征,因为他也害怕,万一失败,给他带来的冲击,是会让他吃不消的。

显然,情报部门向他提供了蜀势之衰的密报,但是这个衰,究竟是衰弱之衰,还是衰朽之衰,他的情报头子卫瓘、特务头子师纂,也不敢轻易下一判断。不过,邓艾的泼冷水,让司马昭大不开心,后来,到底在出师大典上,有一个名叫邓敦的将军,坚持认为"蜀未可讨",司马昭一看姓邓,当场杀头示众,以此警告邓艾。所以,邓艾此行,是以凶多吉少的心情上路的。

邓艾(197—264),放牛娃出身,比司马昭(211—265),略长一点,属于同代人,但无交流。这种门阀冷漠是当时一种社交常态,令来自草根阶层的邓艾,很是暗自神伤。颍川钟氏,河内郡司马氏,都是大门阀大士族,所以,这位大将军非常赏识比自己小十几岁的钟会(225—264)。至少在他没有位极人臣之前,两人有共同的朋友圈,有比较密切的交往,这是邓艾想得也得不到的宠遇。没有办法,你是拔自行伍,来自屯田的一介平民,你不可能跻到那些士族豪门的俱乐部中去。你每爬上一步,要比钟会多费若干力气。

"正始中,以为秘书郎,迁尚书中书侍郎。"钟会时年20岁,那时的邓艾还赤脚跟在牛屁股后头。司马师出征毌丘俭叛乱,钟会随之而去;司马师死,他又随司马昭出征诸葛诞反叛。这时,邓艾才被提拔到地方上当一名官员,要不是被司马懿发现,也就匆匆了此一生罢了。可大红大紫的钟会,飞黄腾达,"寿春之破,会谋居多,亲待日隆,时人谓之子房"。《三国志》还说:"虽在外司,时政损益,当世与夺,无不综典,嵇康等见诛,皆会谋也。"说明这个年轻人不光才干出众,心手都相当黑。

所以,在众人都认为征蜀不可之际,"惟会亦以为蜀可取,豫共筹度地形,考论事势"。他之所以独持异见,与众不同,并非他与姜维之间有过什么秘密交易,但我们也无法解释这两个绝对针锋相对的人,会一拍即合;也不是他具有复魏拒晋的政治意图。虽然吕思勉认为钟会是某种意义上的"烈士",但从他说过起码还可以当一下刘备的话,他更像一个非常聪明,善于钻营,然而把事情做得太绝,非常心黑,铲除仇敌,恨不能一锅端的极端投机分子。

总而言之,在战局没有发生变化前,他的士族门阀观念,是与司马氏绑在一起的。第一,为了迎合司马昭立不世之功的想法,他要紧跟。第二,担当司马昭不愿担当的主帅,赢了归他,输了归己,他要效忠。所以,他没有想到蜀汉政权如此腐朽败落,更没有想到,他以十万之众,对沓中的姜维实施包围,没想到姜已转移至剑阁,他尤其没有想到的,是那个邓艾老汉,"冬十月,艾自阴平道行无人之地七百余里,凿山通道,造作桥阁,山高谷深,至为艰险,又粮运将匮,频于危殆。艾以毡自裹,推转而下。将士皆攀木缘崖,鱼贯而进。先登至江由,蜀守将马邈降"。于是刘禅投降。

邓艾知道,这一仗打不赢,必死,与其那样死,还不如裹着毛毡滚下崖去撞撞大运吧!这一跳,让钟会为难了。

小人而乘君子之器
第一百十五回（上）：诏班师后主信谗

卧榻之旁，岂容他人鼾睡，这是钟会和其他所有强人的共同心声。邓艾取得了空前绝后的成功，一口气攻进成都，使他大为失色。不过他还有一条通路，那就是卫瓘，热线可以直达司马昭。

卫瓘是名士，书法家，因之，对同是名士的钟会相契，也是很正常之事。但他又是司马昭负责情报系统的心腹。这次邓艾取得非常之功，他也很没有面子，因为他与钟会进军途中，遭遇姜维堵击而一筹莫展时，钟会与他商议，准备撤军，他也是首肯了的。所以，他和钟会联合起来，打小报告构陷邓艾谋反，就有点过分。后来，司马昭令将邓艾槛车押回，而卫瓘派人于途中截杀，就相当卑劣了。派出的这个杀手，恰是刚受到邓艾处分，差点掉脑袋的田续。卫瓘说，邓艾昨天不是要杀你吗？现在你可以雪江油之辱了，这就更可恶了。当时，同在军中的另一谋士杜预，觉得他介入黑幕太深，根本不具名士风度，曾经警告过他："伯玉其不免乎！身为名士，位居总帅，既无德音，又不御下以正，是小人而乘君子之器，当何以堪其责乎？"

三国志像,绣像金批第一才子书,毛声山评点,金圣叹序,清初刊本大魁堂藏版

邓艾也没想到胜利来得如此轻易,他像买彩票中了头奖那样,有种晕眩感。这种感觉涌来时的最大特点,就是不知道天高地厚,不知道东南西北,当然更不知道上下高低,整个人

都晕菜了，还管得住自己的嘴？"艾深自矜伐，谓蜀士大夫曰：'诸君赖遭某，故得有今日耳。若遇吴汉之徒，已殄灭矣。'又曰：'姜维自一时雄儿也，与某相值，故穷耳。'有识者笑之。"

"有识者笑之"，你这不过得便宜卖乖罢了。《袁子》是这样写的："诸葛亮，重人也，而骤用蜀兵，此知小国弱民难以久存也。今国家一举而灭蜀，自征伐之功，未有如此之速者也。方邓艾以万人入江由之危险，钟会以二十万众留剑阁而不得进，三军之士已饥，艾虽战胜克将，使刘禅数日不降，则二将之军难以反矣。故功业如此之难也。国家前有寿春之役，后有灭蜀之劳，百姓贫而仓廪虚，故小国之虑，在于时立功以自存，大国之虑，在于既胜而力竭，成功之后，戒惧之时也。"

其实，邓艾进入四川盆地，已是强弩之末，军力远不及蜀军，但诸葛瞻和刘禅，在谯周的投降主义蛊惑下，竟无一点抵抗之力，只要能够顶住三天至五天，没有给养补给的邓艾，必成瓮中之鳖。当然，胜利者嘴大，吹吹牛皮，倒也无妨，但老子天下第一，这就让司马昭很不放心了。

邓艾的自以为是，来自他一个平民的实干，认为我只要做对了，我就有理。但他忘了，你再正确，你不能越位，你再有理，你不能越俎代庖。邓艾忘了他是一个部属，是不可以教导司马昭的，"今宜厚刘禅以致孙休，安士民以来远人，若便送禅于京都，吴以为流徙，则于向化之心不劝。宜权停留，须来年秋冬，比尔吴亦足平。以为可封禅为扶风王，赐其资财，供其左右。郡有董卓坞，为之宫舍。爵其子为公侯，食郡内县，以显归命之宠。开广陵、城阳以待吴人，则畏威怀德，望风而从矣。"

司马昭看到这封上疏,肯定会自问,究竟是我指挥邓艾,还是邓艾指挥我?于是,"文王使监军卫瓘谕艾:'事当须报,不宜辄行。'"

如果邓艾有一点点清醒,还看不出来司马昭已经对他很不耐烦了吗?可这个放牛娃出身的邓艾,还真有点牛性子,竟毫不知趣地再上书,"艾重言曰:'衔命征行,奉指授之策,元恶既服;至于承制拜假,以安初附,谓合权宜。今蜀举众归命,地尽南海,东接吴会,宜早镇定。若待国命,往复道途,延引日月。春秋之义,大夫出疆,有可以安社稷,利国家,专之可也。今吴未宾,势与蜀连,不可拘常以失事机。兵法,进不求名,退不避罪,艾虽无古人之节,终不自嫌以损于国也。'"他以为自己忠心赤胆,坦荡胸怀,一心为国,无芥蒂之私,可他也不想想,别人也作如此想吗?

这就很有"将在外,君命有所不受"的强将味道了,那是中外古今一致认为的犯忌之事啊!于是,落井下石者,一哄而上。"钟会、胡烈、师纂等皆白艾所作悖逆,变衅以结。诏书槛车征艾。"

据《魏氏春秋》说,邓艾在被逮时,"仰天叹曰:'艾忠臣也,一至此乎!白起之酷,复见于今日矣。'"这时,他才明白他掉进小人堆里,那也太晚了。

宦官之祸

第一百十五回（下）：托屯田姜维避祸

在《三国演义》开头，我们看到了张让、赵忠、夏恽、郭胜等十常侍，到了这部小说的结尾部分，猥琐的小人黄皓，又出现在我们眼前，真是很倒胃口。

在《三国志》中，黄皓的传附在董允的传后，其来源，语焉不详，其劣迹，早期也无非"便辟佞慧，构间浸润"。直到董允死后，与侍中陈祗互为表里，才"总揽朝政，操弄威柄"。估计此人肯定不入诸葛亮的法眼，在《出师表》中的这一句，"亲贤臣，远小人，此先汉所以兴隆也，亲小人，远贤臣，此后汉所以倾颓也。"显然是有针对性的。大概诸葛亮还在位时，黄皓就很受刘禅青睐，否则刘禅的相父，绝不会无所指地对他进行告诫。而且还给他安排了一个大管家，"宫中之事，事无大小，悉以咨之"。所以，董"允常上则正色匡主，下则数责于皓，皓畏允，不敢为非。终允之世，皓位不过黄门丞"。这让刘禅很恼火。

"初，维以羁旅依汉，身受重任，兴兵累年，功绩不立。黄皓用事于中，与右大将军阎宇亲善，阴欲废维树宇。维知之，言于汉主曰：'皓奸巧专恣，将败国家，请杀之！'汉主曰：'皓趋走小臣耳，往董允每切齿，吾常恨之，君何足介意！'维见皓枝附叶连，惧于失言，逊辞而出，汉主敕皓诣维陈谢。维由是自疑惧，返自洮阳，因求种麦沓中，不敢归成都。"

从阿斗嘴里说出来的"吾常恨之"，说明这个弱智是多么咬牙切齿地恨董允了。

董允死于蜀汉后主延熙九年（246），直到蜀亡（263），黄皓作恶将近二十年，祸害蜀汉至深，但时人以及后人，都痛恨这个宦官，却较少谴责宠信黄皓的刘禅，这是很奇怪的逻辑，狗咬人，可恶，而豢养这条恶狗的人，不更可恶吗？最可笑者，那位中了头奖而得了晕眩症的将军邓艾，进了成都以后，成为占领军总司令，一时兴起，狗拿耗子，多管闲事，竟然也要参加到打狗行列之中。《资治通鉴》魏纪十载："艾闻黄皓奸险，收闭，将杀之，皓赂艾左右，卒以得免。"

其实，黄皓对蜀之亡，是起到催死作用的罪人。蜀汉后主景耀六年（263），魏大举伐蜀，钟会在关中集结部队，姜维得悉情报以后，上书刘禅在关键地区，充实兵力，加强战备。黄皓迷信巫术，说魏军不会进攻，遂寝其事，满朝文武，概不预知，直到兵临城下，这个弱智被谯周连蒙带唬，不得不"面缚舆榇"投降邓艾。

历代封建王朝，为帝王者一旦被宦官玩转于股掌之上，成为予取予弃的玩偶，这个王朝也会随之覆亡。东汉后期如此，蜀汉后期也不能不如此。宦官之可畏可怕，就在于他们以唯唯诺诺的谦卑姿态，讨好主子，以低三下四的绵软身段，

第二百十五回

三国志像,绣像金批第一才子书,毛声山评点,金圣叹序,清初刊本大魁堂藏版

固宠求荣；以心领神会的马屁哲学，拓展实力，以言听计从的奴才精神，坐大成势；以混淆视听的蒙蔽手段，插足权力，以挑拨离间的卑鄙伎俩，干预朝政；以严酷刻毒的报复心理，左右大局；以欲壑难填的贪得无厌，影响决策。

于是，阿斗走上"乐不思蜀"之路。

谯周误国的历史根源

第一百十六回（上）：钟会分兵汉中道

在王夫之的《读通鉴论》中，对于谯周，可以用"深恶痛绝"四字概括，将他比之于五代的长乐老冯道。

评价古人，因评价者所处时代不同，观念不一，因而常有南辕北辙的分歧。船山老人，明末遁入湘西，隐居山林，就因他不想变明衣冠为清发辫，不愿背故国而事新朝，因此，他对于亡国之恨，要比一般人敏感而且强烈。他对谯周的痛恨，是夹杂着他个人体验成分的，因而特别唾弃谯的汉奸二鬼子行为，是可以理解的。

谯周之可恶，就是在蜀国最危难之际，鼓吹亡国论，而且一刻都等不得，置州府于不顾，弃军队而不用，视将领如无物，特别对率重兵驻剑阁防守的姜维，也不征求一下意见，就接洽投降。一个国家，一个社会，在危难面前，就怕失去主心骨。谯周多年以来，一直从事思想颠覆活动。"后迁光禄大夫，位亚九列，周虽不与政事，以儒行见礼，时访大议，辄据经以对，而后生好事者亦咨问所疑焉"，是本土派的精神领袖。本来"人心齐，泰山移"，被他这一通搅和，人心都集拢不起来，还能有什么作为呢？此时此刻，谯周要是闭住他

三国志像，绣像金批第一才子书，毛声山评点，金圣叹序，清初刊本大魁堂藏版

的臭嘴，再坚持三天至五天，哪怕一两天，钟会、邓艾所率十万之众，面临缺粮危机，将不知发生什么变化。

现在看起来，这一切的地下活动，早就在按部就班地进行之中。诸葛瞻之败，不是败在实力上，而是败在军心涣散上。于是，邓艾"进军到雒，刘禅遣使奉皇帝玺绶，为笺诣艾请降"。雒，即今四川德阳广汉。距成都数十公里，尚有一段距离，投降派之迫不及待，已毫无掩饰，谯周甚至拍胸脯保证："若陛下降魏，魏不裂土以封陛下者，周请身诣京都，以古义争之。"估计，买卖早在契约签订以前，已经交易成功了。从谯周的话语中，显然他是得到魏方的某种承诺，才敢放言裂土分茅这样的大话。大概后来，魏方觉得赢得太容易，不值得花大价钱，背约了，让谯周很没面子，所以，他一辈子对魏对晋，耿耿于怀。

谯周（201—270），字允南，巴西郡西充国县人也。于是，我们便可了解他的投降主义来历，因为他和这个其实是外来政权的蜀汉，没有任何血缘关系。

蜀汉，就是这样一个奇葩国家，与曹魏不同，曹魏名义上是禅位于汉，与孙吴也不同，本土政权，已历三纪，因此他们的统治权，名正言顺。但蜀汉是外来者，是房客逼走了房东的窃居者，原来，当地的士族、豪绅、名士、大佬，乃至于平民、百姓、市井、商人，在盆地里自成一统，过着天高皇帝远的日子。天昏地暗的中原混战，对他们来讲只是故事。突然间，来了刘、关、张，来了诸葛亮、庞统以及大批荆襄人士，把刘璋和他的铁杆赶走，这些外来者，毫不客气地一一坐在那些人曾经坐过的位置上，这使本土派很不快活，很不开心,凭什么我们供养着你们,还要听你们指手画脚?你们与曹魏、与孙吴打来打去,与我们没有任何干系?所以,本土派和外来派的矛盾,从刘备进川那一天起,就开始出现。

好在刘备、诸葛亮倒有先见之明,起用本土派,不遗余力,防范本土派,不敢松懈。就这样主要依靠外来派荆襄人士,和早期来蜀的荆襄人士,以及本土派中的合作分子,维持其政权运作,构成一个奇妙的复合政体。

但是,时光无情,外来派一天天地老,一天天地少,试想,假如关羽、张飞两者之一,参加这次御前会议,谯周的这番话,恐怕不等他讲完,青龙偃月刀或者丈八点钢矛,就把他拍得粉碎。很清楚,对本土派而言,为刘禅战,为外来者战,他们又能得到什么呢?

王夫之曰:"人知冯道之恶,而不知谯周之为尤恶也。道,鄙夫也,国已破,君已易,贪生惜利禄,弗获已而数易其心。而周异是,国尚可存,君尚立乎其位,为异说以解散人心,而后终之以降,处心积虑,惟恐刘宗之不灭,憯矣哉,读周《仇国论》而不恨焉者,非人臣也。"

有大道理,有小道理,小道理得服从大道理,王夫之说的是大道理,谯周误国,当是确论。

中国人为分裂付出的代价

第一百十六回（下）：武侯显圣定军山

凡分裂，必定有战争，凡战争，必定要死人。据钱穆《国史大纲》："蜀亡时，户，280,000，口，940,000。内带甲将士102,000，占全数九之一。吴亡时，户，530,000，口，2,300,000。内兵230,000，占全数十之一，吏32,000，后宫5,000。魏，平蜀时，户，663,423，口，4,432,881。三国合计约得，户，1,473,423，口，7,672,881。"钱穆说，"就全史（指中国全部历史）而言，户口莫少于是时。大体当盛汉南阳、汝南两郡之数。三国晚季如此，其大乱方炽时可想。"

历史上不止一次出现过野蛮灭绝文明的大倒退，董卓迁都长安而焚洛阳，就是非常典型的一次。"火焰冲天，黑烟铺地，二三百里，并无鸡犬人烟"，这把火比起秦末那位输急了的项羽，在阿房宫放的一把烧了三个月也不灭的大火，可能差一点点，但其残暴程度则有过之而无不及。董卓杀富户，徙贫民，富者获死于非罪，贫者陨毙于徙途，即或幸免者，也难逃蹂躏践踏的虎狼之军。于是，河洛一片焦土，赤县千里，夷为平地，数劫不覆。

人类最大的恶行，莫过于屠杀。在中国有记载的历史上，

遗香堂绘像三国志，明末安徽新安黄氏刻本

有国与国间的彼此残杀，但更多的是一个国家之内，这个集团与那个集团、这个派别与那个派别、这支军队和那支军队的自相残杀，而以这一类的内讧而大开杀戒者，更加血雨腥风，残酷可怕。统治者杀臣下，反叛者杀皇上，镇压起义，必杀无遗噍，荡平官府，定斩草除根。乃至于王子后妃、内宫外府的互杀，军阀诸侯、文臣武将的内战，更是人头滚滚，血染残阳，成了一片天昏地暗的杀场。当事者株连九族，无一幸免外，无辜者波及所至，丧命刀下，那些杀人魔王，杀红了眼，不问青红皂白，祸殃黎庶，像割庄稼地杀将过去，血流漂杵，尸骸遍野，也是常见的事情。

中国文明史的每一次倒退，都是这些破坏力大，报复心强，作恶决不手软的"勇敢者"所制造的"杰作"。公元263年，蜀亡；公元264年，魏亡；公元265年，司马炎称帝为晋，中原统一，老百姓总算摆脱了战争阴影。公元280年，也就是西晋武帝太康元年，吴亡，全国统一。此时全国的总人口数为1600万。而在公元156年，东汉桓帝永寿二年，全国总人口已经达到5000万。也就是说，这一百多年的仗打下来，只剩下三分之一人口！

战乱之中，人命若蝼蚁，动辄以万计、十万计被杀、被坑、被流放、被当作牺牲品，等成为历史以后，一行两行字，轻描淡写，一笔带过。

钟会行至定军山，拜祭诸葛武侯墓，"是夜，钟会在帐中伏几而寝，忽然一阵清风过处，只见一人，纶巾羽扇，身衣鹤氅，素履皂绦，面如冠玉，唇若抹朱，眉清目朗，身长八尺，飘飘然有神仙之概。其人步入帐中，会起身迎之曰：'公何人也？'其人曰：'今早重承见顾。吾有片言相告：虽汉祚已衰，天命难违，然两川生灵，横罹兵革，诚可怜悯。汝入境之后，万勿妄杀生灵。'言讫，拂袖而去。会欲挽留之，忽然惊醒，乃是一梦。会知是武侯之灵，不胜惊异。于是传令前军，立一白旗,上书'保国安民'四字;所到之处,如妄杀一人者偿命。于是汉中人民,尽皆出城拜迎。会一一抚慰,秋毫无犯。后人有诗赞曰:'数万阴兵绕定军,致令钟会拜灵神。生能决策扶刘氏,死尚遗言保蜀民。'"

看来,这一百年的仗打下来,只剩下三分之一人口,中国人为分裂付出的代价,也太沉重了。

蜀败的必然

第一百十七回（上）：邓士载偷度阴平

蜀之亡，原因很多，穷兵黩武是其中之一。

兵者，凶器也。国家强，慎战，国家弱，则尤其不能依靠战争解决问题。从公元228年起至234年，诸葛亮五出祁山（《三国演义》说六出），从公元238年到262年，姜维进行了十一次北伐，经过这样长达三十四年被讥之曰"浪战"的频繁出兵，遂将国力消耗殆尽。有人认为，只有诸葛亮和姜维这种以攻代守的战略，才能保证蜀汉的安全无虞。这类一家之言，缺乏说服力，在世界战争史上，还没有一个弱国以出击代替防守而获得成功的例证。

据《三国志》："文王以蜀大将姜维屡扰边陲，料蜀国小民疲，资力单竭，欲大举图蜀。惟会亦以为蜀可取，豫共筹度地形，考论事势。景元三年冬，以会为镇西将军、假节都督关中诸军事。文王敕青、徐、兖、豫、荆、扬诸州，并使作船，又令唐咨作浮海大船，外为将伐吴者。四年秋，乃下诏使邓艾、诸葛绪各统诸军三万余人，艾趣甘松、沓中连缀维，绪趣武街、桥头绝维归路。会统十余万众，分从斜谷、骆谷入。"

这就是说，司马昭大举伐蜀，钟会统军十余万（一说十二万），邓艾三万多，诸葛绪不足三万，总共不到二十万，实际能投入战斗者，当大大小于此数。蜀之军力，约十万，其中主力部队约六万，姜维、廖化、张翼、董厥分率驻汉中、剑阁，而诸葛瞻则率余部守绵竹。邓艾率部自阴平道行七百里无人之地，然后翻山越岭，拿下江油，假设兵员毫无缺损，其数也就是三万，何况实际兵力，只有疲惫不堪的两万人。诸葛亮之子诸葛瞻，草包，竟不据险以守，而任敌通过关隘要寨，拟在平原聚而歼之，他以为他率领的蜀军，人多势众，哪知这些多为本土人的蜀军，大势至此，无心恋战，他们的战斗力，哪里敌得住刚从死亡征途过来的邓艾部队，结果，绵竹大败，刘禅投降。

蜀弱于魏，蜀打不赢魏，是肯定的；魏强于蜀，魏就一定征服蜀，则未必是肯定的。吴弱于魏，吴恃长江天险，尽管吴内部之乱甚于蜀，还能挺到公元280年，为什么蜀就不能倚秦岭之险，恃蜀道之难，多坚持数年呢？尽管蜀打不赢魏，尽管早晚要被魏吞掉，但只要能坚守三年五年，十年八年，让魏国不胜其烦，也就很了不起了。

为什么蜀一定应该成功，为什么蜀一定应该打赢呢？这就是《三国演义》制造的错觉。认为蜀是正宗，理所应当如此，期望值过高，所以蜀之败，读者在感情上有些接受不了。

其实，蜀败是必然的，而第一个倒下，也是必然，因为，魏和吴都是打过大仗，下过大本，才拥有如许名正言顺的江山。蜀则不然，小本买卖，连蒙带唬，才得到荆、益两州地盘，注定是个小角色，偏要担纲当主演，这也是刘备、诸葛亮打起绍汉旗帜的原因。只有这面旗帜,他们才借荆州,进益州,这样,可以心安理得地待在这里。但这些人,至死也没弄明白,假戏是不可以真做的,绍汉,是一则虚假广告,当然大家

遗香堂绘像三国志,明末安徽新安黄氏刻本

心里都明白,所以偶尔出一次祁山,做个样子打一仗,也未尝不可,表明自己是绍汉复国的嫡系正统。问题在于刘备、诸葛亮,还有姜维,入戏太深,以复汉为己任,以灭曹为天职,总想如刘秀那样重续香火,名垂青史。出发点一错,便一错再错,直到不可收拾。

《晋书·李特传》曰:"元康中,氐齐万年反,关西扰乱,频岁大饥,百姓乃流移就谷,相与入汉川者数万家。特随流人将入于蜀,至剑阁,箕踞太息,顾眄险阻曰:'刘禅有如此之地而面缚于人,岂非庸才邪!'同移者阎武、赵肃、李远、任回等咸叹异之。"

巴氐人李特,一个流民领袖,晋惠帝元康六年(296),就食入川以后,遂起事,为十六国成汉政权的奠基人,晋惠帝太安二年(303)战死后,晋惠帝永安元年(304)其子李雄自称成都王,晋惠帝永兴三年(306)称帝,国号成,都成都,史称在位三十年,刑宽政和,息战养民。东晋成帝咸康四年(338),李雄的侄子李寿自立为帝,国号汉,东晋穆帝永和三年(347),为桓温所灭。其间,西晋讨伐过,东晋讨伐过,同样作为外来者,统治天府之国,成汉政权存世四十六年,比蜀汉政权(221—263)还要多四年。这说明,在四川盆地,据险自守,是有可能的。"邓士载偷渡阴平"所以成功,只是因为蜀汉实在太腐败了。

名父之子诸葛瞻
第一百十七回（下）：诸葛瞻战死绵竹

邓艾的奇袭制胜，成"最险之功"，很大程度上托福于刘禅的无能，更托福于刘禅的腐败。一个国家，一个政权，如果仅止于领导人的无能，这种功能性病变，其危害，既可能是全面的，也可能是局部的。而领导人的腐败，则必然殃及整个统治集团，祸害整个国家机器，这种器质性病变，是不可逆的，只有走向死亡一途。

据吕思勉的分析："邓艾的兵，是能够进去，退不回去的，自然要拼命死战，其锋不可当。然而其实是孤军。假便后主坚守成都，这时候，剑阁并没有破。钟会的大军不得前进，邓艾外无救援，终究要做瓮中之鳖的。然而后主不能坚守，竟尔投降。姜维在剑阁，听得诸葛瞻的兵被打败了，乃引兵向西南退却，到了现在的三台县地方。奉到后主的命令，叫他投降魏军。姜维便到钟会军前投降。据《三国志》说：当时将士，接到投降的命令，都发怒得拔刀斫石，难道姜维倒是轻易投降的吗？"

《资治通鉴》也有记载："诣钟会降，将士咸怒，拔刀斫石。"胡三省注曰："观此，则蜀之将士岂肯下人哉，其主不能用之耳！"

本来，诸葛亮之子诸葛瞻，是有机会演出他人生的最大辉煌，给他父亲增光添彩的。但是，很不幸，正如很多名父之子一样，由于大树底下不长草的缘故，往往适得其反，反而做出玷污先人、辱没名门的憾事，这个诸葛瞻不知是脑子短路，还是一时性白痴，竟将一场必赢的仗，打得一败涂地。邓艾顺阴平小道而来，经过七百里不毛之地的奔袭，又经过摩天岭滚山而下，江油守将马邈降，使不死也脱了一层皮的邓艾及其军士，得以喘息。要是马邈不降，忠于职守，巡逻察边，来一个，捉一个，也是不世之功。可当时，蜀之上下，弥漫着一股投降主义和失败思想的阴风，马邈之降，诸葛瞻之败，谯周是不能辞其咎的。刘禅闻此，遂委诸葛瞻率部拒敌。其实，邓艾之偷袭，本如一股蟊贼，官军一到，殄灭在即，乃不须思量之事。

可诸葛瞻到了涪城，就扎营下寨，其参谋长劝他，"塞险则胜，否则败"。必须加快行军速度，抢在下山的邓艾前面，先行控制险要关隘，河谷，山头和制高点，不能放虎出山，下到成都平原，一直劝说到哭求的程度，诸葛瞻置若罔闻。这就是《三国志·黄权传》所载："权留蜀子崇，为尚书郎，随卫将军诸葛瞻拒邓艾。到涪县，瞻盘桓未进，崇屡劝瞻宜速行据险，无令敌得入平地。瞻犹与未纳，崇至于流涕。"这样，给了邓艾在江油得以稍事休整的机会，然后，十一月，天寒地冻，通过夹水傍山的险路，沿着涪水，束马悬车，人仆马僵，一路无阻直达涪关。如果，诸葛瞻先下手，控制住左儋道，除非邓艾有直升机，否则，只有全部被歼的命运。

三国志像,绣像金批第一才子书,毛声山评点,金圣叹序,清初刊本大魁堂藏版

现在已经弄不清楚这个诸葛瞻，为什么一错再错，还要继续错下去？与邓艾甫一接触，失手，又引兵后撤，退守绵竹。在绵竹决战中，初战邓艾，打得邓忠、师纂抱头鼠窜而归，但邓艾以处决之令，促其背水一战，这也是没有办法的办法，否则就是覆灭。诸葛瞻没想到这两人的回马枪，措手不及，遂战死，大溃败，蜀亡于其手。王应麟说过："朱晦翁欲传末略载瞻及子尚死节事，以见善善及子孙之义。南轩不以为然，以为瞻任兼将相，而不能极谏以去黄皓，谏而不听，又不能奉身而退，以冀主之一悟，可谓不克肖矣。兵败身死，虽能不降，仅胜于卖国者耳。以其犹如此，故书子瞻嗣爵，以微见善善之长。以其智不足称，故不详其事，不足法也。"

名父之子，不一定是名人，因为名父之子，要比非名父之子，更难成为名人，这是一个定律，也是无数事例证明了的真理。历史的河流，被父与子两代人同样成功跨过，其概率比彩票中奖还难。对名父之子而言，一、先人的余泽，使他们容易满足；二、先人的光芒，使他们黯然失色；三、先人成名的时代背景，已经发生着改变。更何况，名父犹如一座高山，壁立在他面前，要想达到那样的高度，已属奢望，还想超越这个高度，岂非痴人说梦？

《三国志》说诸葛瞻，"是以美声溢誉，有过其实"。四川话，"充壳子"，不足道也。

战争高手，政治白痴
第一百十八回（上）：哭祖庙—王死孝

人是有感情的动物，世界上一切人类的活动，无不是由于人类感情所催发而生成的。

恨，是人性恶的一种强烈表现形式，正如爱，是人性中最善良、最美好的感情一样。恨所体现出来的种种乖戾悖谬，阴刻卑劣，残忍险毒，暴虐严酷，一直到杀人越货，伤天害理，疯狂报复，人性丧失，是由于人类先天的从物质到精神的占有欲望，和几乎属于本能的排斥异己的垄断心理，与后天的社会不公正、人类不平等以及正义、邪恶、良知、罪行等外部环境所产生的严重冲突，而使心理失去平衡的状态下逐步形成的。

权术，也是人性恶的一种展现方式，而对处于权力层面的大多人物来讲，权术和恶，是一种必要的生存手段。

由于恶，在这同一战场上，魏延、杨仪在前，邓艾、钟会在后，演出了情节故事、矛盾冲突大同小异的火并的悲剧。毫无疑问，是导演这出戏的诸葛亮和司马昭，把握住一山不容二虎的人性恶的本质，驱使他们产生出不共戴天的互相厮杀的仇恨。但也应该看到，同样由于恶，在毫不容情地加速着魏亡、蜀灭、吴降的进度，使时代跨入一个新纪元，从这个意义上说，恶，也是一种历史的必然。这一切，都不以人们的善良意志为转移。于是，善善恶恶，爱爱仇仇，就是人类感情活动的全部内容。

毛宗岗评邓艾的战功："若夫造最险之谋，而经最险之地，犯最险之患，而成最险之功，则未有如邓艾之贯索于悬崖，裹毯于峭壁，持斧挟凿以行七百里者也。"战争无不险，不险也就算不得战争了。因此，冒险行事，兵家皆不免。邓艾的奇袭制胜，很大程度上托福于刘禅的无能，更托福于蜀汉的腐朽。邓艾这一次入蜀作战，孤军深入，披荆斩棘，凿石开路，只要敌方一夫当关，便有全军覆灭之险者，其敢于冒极度风险的胆量，固然是令人赞叹。钟会可并不如此高看他的同事，虽然同是将领，士族优势，门阀身价，使他忽略这个全凭运气，全靠力取的对手。当初，邓艾提议起阴平小道，钟会马上同意，也是考虑到蜀国绝不会不设防，是要让这位老汉吃吃苦头去的。但老天真是眷顾邓艾，让他捡了个便宜。

钟会年轻，主张稳扎稳打，邓艾年高，却敢奇兵突袭。作为军事家，钟会要逊于邓艾；作为政治家，邓艾可不是钟会的对手。而搞阴谋诡计，钟会是大师级的，邓艾连入门的资格也没有。司马昭欲西征，邓艾持反对态度，但投入战斗，十分卖力；钟会投了赞成票，可到了战场，竟然变节。二士争功，同归于尽。

据《三国演义》，这一年为魏元帝景元四年（263），邓艾，已67岁，生于汉献帝建安二年（197）的他，已年过花甲；钟会，才39岁，生于魏文帝黄初六年（225）的他，正值不惑之年。

三国志像,绣像金批第一才子书,毛声山评点,金圣叹序,清初刊本大魁堂藏版

战争打响后,东路诸葛绪,本来任务是要堵住姜维的退路,结果姜维突破重黑屏,挥师剑阁,钟会要处死失责的诸葛绪,此人原为邓艾部下,老将军便气势汹汹,兴师问罪而来。年轻气盛

的钟会,恃大将军司马昭为后台,哪能买他的账,竟不把前辈看在眼中。这本应是一场决斗,绝对是一场刀光剑影、血飞肉溅的全武行大戏。然而,很快偃旗歇鼓,不欢而散,看来,邓艾终于悟到为什么封钟会为镇西将军,而封他为征西将军的原因了。征西的征,是一过性的,镇西的镇,才是长效性的,他不得不承认后来居上,年龄优势已不在他这一边了。至最后一刻,他踩了煞车。没有人劝解,没有人退让,更没有人摊牌,钟会同意不杀,槛车押回洛阳。邓艾打道回府。然而,这一激将,逼得邓艾从阴平小路,出德阳亭,径取成都。虽然,正史无此剑阁会议一说,但演义至此,你不能不承认,嫉妒产生恶,而人性之恶,则为万恶之源。

但邓艾此人,毫无政治头脑可言。一进成都,口出狂言,"艾虽无古人之节,终不自嫌以损于国也"。战争,是高手,政治,是白痴,在中国的宫廷和官场斗争的极恶环境中,像邓艾这样的不知轻重之人,总是死无葬身之地的。

不听话的邓艾

第一百十八回（下）：入西川二士争功

三国用人之道，变化多端，其术不一。有曹操式不拘一格地用人；有诸葛亮式谨小慎微地用人；有刘备式感情相与地用人；有孙权式大胆放手地用人；而司马昭之用钟会，又是一种和他人不同的擒纵自如地用人。也就是使用和防范并重，信任和戒备齐行。虽然自古以来的统治者，对下属的使用方式方法多种多样，然而，万变不离其宗，无非使用和防范、信任和戒备八个字，只是在左右侧重上稍有差别而已。

司马昭之心，路人皆知，那是他篡魏自立的算盘，并不隐讳，所以成公开的秘密。因此，他大胆起用钟会伐蜀，也早就放出风去，说明这个司马昭确有其强人风格，卓有把握的一面。所以，对于他任钟会为主帅，第一个持异议者，为其妻王元姬，"会见利忘义，好为事端，宠过必乱，不可大任"。第二个持异议者，为钟会之兄钟毓，"会挟术难保，不可专任"。他不为所动。因为司马昭要解决西蜀屡犯中原之患，而别人都以为不可的情况下，只有钟会心不怯并有智术，司马昭所以用他，就看中他的这一种勇气。司马昭认为："众人皆言蜀不可伐。夫人心豫怯则智勇并竭，智勇并竭而强使之，适为敌禽耳。惟钟会与人意同。"

于是,他的心腹西曹属邵悌求见曰:"今遣钟会率十余万众伐蜀,愚谓会单身无重任,不若使余人行。"司马昭笑曰:"我宁当复不知此耶?蜀为天下作患,使民不得安息,我今伐之如指掌耳……今遣会伐蜀,必可灭蜀。灭蜀之后,就如卿所虑,当何所能一办耶?凡败军之将不可以语勇,亡国之大夫不可与图存,心胆以破故也。若蜀以破,遗民震恐,不足与图事;中国将士各自思归,不肯与同也。若作恶,只自灭族耳。卿不须忧此,慎莫使人闻也。"

"及会白邓艾不轨,文王将西,悌复曰:'钟会所统,五六倍于邓艾,但可敕会取艾,不足自行。'文王曰:'卿忘前时所言邪,而更云可不须行乎?虽尔,此言不可宣也。我要自当以信义待人,但人不当负我,我岂可先人生心哉!'……军至长安,会果已死,咸如所策。"

看来,司马昭用钟会的智谋,用他的将略,用他的勇气的同时,基本上是防范着他的,戒备着他的,而且认定他是不可信的,但仍旧委以重任。

钟会是《三国演义》这部小说中的压轴人物,他是以"时人谓之子房"的面目,令人眼前一亮的人物出场的。他自诩,别人也都这样认为,他是一个"画无遗策,四海所共知也"的智囊,然而,却没有算到自己会得到这样一个下场呢?这是一个谜,因为官方历史,肯定不能照实写来,必有隐瞒,也必有歪曲,于是有人认为钟会与郭太后实为一党,所以他"矫"太后诏举事;乃他心存曹魏,这是反司马氏的必然;也有人认为钟会受到伪降的姜维蛊惑,"公侯以文武之德,怀迈世之略,功济巴汉,声畅华夏,远近莫不归名"。"功名盖世,不可复为人下",遂拥兵自重,另立门庭,尝一尝称王称霸的滋味。若前者,则为烈士,若后者,则为野心家矣。

三国志像,绣像金批第一才子书,毛声山评点,金圣叹序,清初刊本大魁堂藏版

其实，不听话的邓艾，淘汰出局，是司马昭早就要抛弃的，同样，敢闹事的钟会，促其出局，也是司马昭将要抛弃的。从"会得文王书云：'恐邓艾或不就征，今遣中护军贾充将步骑万人径入斜谷，屯乐城，吾自将十万屯长安，相见在近。'"就在逼钟会往谋反的路上走。钟会聪明一世，糊涂一时，你能打别人的小报告，别人为什么不可以打你的小报告呢？"会得书，惊呼所亲语之曰：'但取邓艾，相国知我能独办之；今来大重，必觉我异矣，便当速发。事成，可得天下；不成，退保蜀汉，不失作刘备也。我自淮南以来，画无遗策，四海所共知也。我欲持此安归乎！'"

看来，少不更事，这个"画无遗策"的钟会，第一，过早矫太后遗诏，制造分裂；第二，悉闭群官，严兵围守，全面树敌；第三，迟迟不给姜维铠杖，失去最有力的武装支持；第四，亲信部队的主力远离自己，不能及时镇压反叛。

结果便是："会遣兵悉杀所闭诸牙门郡守，内人共举机以柱门，兵斫门，不能破。斯须，门外倚梯登城，或烧城屋，蚁附乱进，矢下如雨，牙门、郡守各缘屋出，与其卒兵相得。姜维率会左右战，手杀五六人，众既格斩维，争赴杀会。会时年四十。"

治大国者犹烹小鲜
第一百十九回（上）：假投降巧计成虚话

　　陈寿著《三国志》，对姜维的评价为："姜维粗有文武，志立功名，而玩众黩旅，明断不周，终致陨毙。老子有云：'治大国者犹烹小鲜。'况于区区蕞尔，而可屡扰乎哉？"

　　一个失败的英雄，也就失去辩护权了。如果没有姜维，诸葛亮死后的乱局，将不知如何收拾。而司马懿、曹真、郭淮就会下手，无须劳动司马昭、邓艾、钟会大驾，早把蜀国灭了。所以，姜维是维系这个"区区蕞尔"小国后期的存亡关键人物。一个"粗"有文武的将领，会被极挑剔的诸葛亮相中为接班人，那是不可能的，而且也不可能十一次北伐，延长国祚二十多年。问题在于诸葛亮和姜维未能认识到"区区蕞尔"的现实，你不是老虎，你只是一只山猫，但你却认为自己是百兽之王。当然，这两位也明白现在他们不是老虎，但可怕的是他们相信明天会是。明天，就能消灭曹魏，复辟炎刘，这种大头梦，害死了诸葛亮，因为他要兑现对刘备的承诺，也害死了姜维，因为他要兑现对诸葛亮的承诺。于是，做老虎状，"玩众黩旅"，浪战不已，区区蕞尔，哪经得起这两位的屡扰，只有灭亡一途。

三国志像,绣像金批第一才子书,毛声山评点,金圣叹序,清初刊本大魁堂藏版

如果,姜维改弦易辙,加强防御,据险以守,在四川盆地,前有东汉的公孙述,后有十六国的李特,维持三五十年国运,应该是没有什么问题的。但姜维放弃了"初,汉昭烈留魏延镇汉中,皆实兵诸围以御外敌,敌若来攻,使不得入"的方针,他认为关门拒盗,所获其

微，不如开门揖盗，然后聚而歼之。这苍蝇屁股大的地方，是搞不了运动战的。邓艾正是利用了姜维撤围并点的收缩政策，乘虚而入，一举灭蜀。

"事有差牙"，否则，"愿陛下忍数日之辱，臣欲使社稷危而复安，日月幽而复明"，姜维给刘禅的信中的允诺，也就真会实现。姜维能在败亡之后，并不认输，犹能演出这样一出壮烈的戏来，能使绝顶聪明的钟会反戈，说明他不是陈寿所言的"粗"有文武，而是三国百年来少见的奇才、神才，只是可惜他，一着棋失，全盘皆负。

胜者势如破竹，无往而不利，败者则兵败如山倒，一败而不可收拾；前者节节进展，若有天助，后者处处掣肘，进退维谷。姜维能使拥有重兵的钟会叛乱，差一点就要得手了，然而功亏一篑，还是兵败身亡。司马昭遭遇手下两员大将，一个敢不买他的账，一个索性背叛了他，鞭长莫及，完全可能失控，但他仍旧大获全胜，消灭蜀国。所以，已占胜势者不会轻易地败下阵来，而处于败势地位的，也很难扭转乾坤。因此，邓艾虽如出笼之虎，犹能缚之使死，魏将已全囚牢中，却一个也未棒杀，胜势和败势的区别就在于此。

因为造成一种胜势，或者败势，是取决于许多因素，从天时地利，人心取向，力量对比，思想情绪，一直到决策指挥，行动举措，预见谋划，舆论准备，每一步都要牵涉到胜败全局。因此，胜是多方面的胜，败也是多方面的败。既然胜了，不犯大错，则必胜无疑。已成败局，无论怎样努力，也难转败为胜了。这种胜败的"马丁效应"，也就是运气，绝非感情能左右的客观规律。

三国最后的人杰
第一百十九回（下）：再受禅依样画葫芦

邓艾，放牛娃出身；钟会，世家子弟；姜维，凉州上士。《世说新语》说："时蜀官属皆天下英俊，无出维右。"

钟"会攻乐城，不能克，闻关口已下，长驱而前。翼、厥甫至汉寿，维、化亦舍阴平而退，适与翼、厥合，皆退保剑阁以拒会。会与维书曰：'公侯以文武之德，怀迈世之略，功济巴、汉，声畅华夏，远近莫不归名。每惟畴昔，尝同大化，吴札、郑乔，能喻斯好。'维不答书，列营守险。会不能克，粮运县远，将议还归。"

三国时期，打仗就是打粮食，粮食没了，就得撤军，诸葛亮六出祁山，都因粮尽而返，钟会和卫瓘也决定回师，一、打不过坚守剑阁的姜维。二、十二万张嘴需要喂饱。但"邓艾自阴平由景谷道傍入，遂破诸葛瞻于绵竹。后主请降于艾，艾前据成都。维等寻被后主敕令，乃投戈放甲，诣会于涪军前，将士咸怒，拔刀斫石"。

干宝在《晋纪》里，记下了这两人的第一次见面："会谓维曰：'来何迟也？'维正色流涕曰：'今日见此为速矣！'会甚奇之。"一个未战而败的将军，要说服手下四五万未战而降，愤怒得拔刀斫石的士兵，让他们缴械，容易吗？这对同样不甘臣服的姜维，是何等的痛苦，男儿有泪不轻弹啊！一向傲慢高倨的钟会，不得不对这位凉州上士肃然起敬。他对长史杜预说："以伯约比中土名士，公休、太初不能胜也。"夏侯玄、诸葛诞，虽然都是反司马氏而被处死的，但夏侯玄"临斩东市，颜色不变，举动自若"，诸葛"诞麾下数百人，坐不降见斩，皆曰：'为诸葛公死，不恨。'其得人心如此"。在钟会看来，公休、太初，以及伯约，属于同类项的名士，可相比起来，姜维的气度和魅力，却是那两位所不及的。

《三国演义》闭幕前的这场三剑客的表演，堪称精彩，而太过猖狂，太过暴露，太不把别人放在眼里的钟会，他要不栽倒的话，那真是人间奇迹。连司马昭的太太都怀疑，"会见利忘义，好为事端，宠过必乱，不可大任"。连他哥哥钟毓也向司马昭密言："会挟术难保，不可专任。"更有人对羊祜说道："会在事纵恣，非持久处下之道，吾畏其有他志也。"这一切，他不可能不知道，也许正因为知道，最后他一百八十度掉转枪头，与姜维联手，这样明目张胆大赌一把的贵族子弟，也着实令人叹为观止。他决不会关心那个郭太后的下场，更不会关心他父亲效忠的曹魏政权，他关心的只是自己，此人极政治，但无信仰，极精明，无远志，他算无遗策，但就是算不清楚自己几斤几两。

于是，我们看到《汉晋春秋》上，有关姜维策反钟会的文字，"会阴怀异图，维见而知其心，谓可构成扰乱以图克复也，乃诡说会曰：'闻君自淮南已来，算无遗策，晋道克昌，皆君之力。今复定蜀，威德振世，民高其功，主畏其谋，欲

遗香堂绘像三国志，明末安徽新安黄氏刻本

以此安归乎！夫韩信不背汉于扰攘，以见疑于既平，大夫种不从范蠡于五湖，卒伏剑而妄死，彼岂暗主愚臣哉？利害使之然也。今君大功既立，大德已著，何不法陶朱公泛舟绝迹，全功保身，登峨嵋之岭，而从赤松游乎？'会曰：'君言远矣，我不能行，且为今之道，或未尽于此也。'维曰：'其他则君智力之所能，无烦于老夫矣。'由是情好欢甚。"

习凿齿是史学家，没当过间谍，直是想当然耳。真实的姜维，三国最后的人杰，现在我们所能看到的，不过是一个模糊的身影罢了。

《三国》身世考
第一百二十回（上）：荐杜预老将献新谋

《三国演义》是一部记录了三国这样一个特别生动深刻、复杂丰富的历史时期的小说，从第一回汉灵帝光和七年、中平元年（184）黄巾起事写起，洋洋洒洒，至此最后一回晋武帝咸宁六年、太康元年（280）吴主孙皓降晋为止，以七十余万字，把魏、蜀、吴三国兴亡盛衰的 96 年间纷繁复杂的事件，数以千计的人物，有条有理，有声有色地表现出来。"陈叙百年，该括万事"，要言不烦，精彩纷呈，确实是中国文学宝库中的一部辉煌的作品。

《三国演义》虽然出自罗贯中之手，但它却是一部近千百年间大众集体创作的智慧结晶。早在晚唐诗人李商隐的《骄儿诗》中，"或谑张飞胡，或笑邓艾吃"，便知三国故事已在民间流行。从北宋的"说三分"的平话小说，职业说书人在勾栏瓦舍的卖艺，成为大众娱乐场合的主打项目。到了元代，话本不再是"说三分"的艺人（也就是说话人）的故事大纲，而出现了《三国志平话》《三分事略》可供阅读的出版物。罗贯中就在这样一个话本、戏曲、平话的基础上，加之陈寿的《三国志》和裴松之注的正史材料，熔冶一炉，去芜存菁，写

三国志像，绣像金批第一才子书，毛声山评点，金圣叹序，清初刊本大魁堂藏版

成《三国志通俗演义》，后来，毛纶、毛宗岗父子，又对此书进行精细加工，遂成为我们目前通行的《三国演义》。

罗贯中，名本，号湖海散人，生卒年约在1330年至1400年之间，时为元末明初，籍贯为山西并州太原府人。但他一直活动在江苏、浙江、江西、福建一带。

元末，天下大乱，义军蜂起，他曾参加过张士诚部，转战长江下流苏、浙、皖一带。据清人胡应麟《少室山房笔丛》，

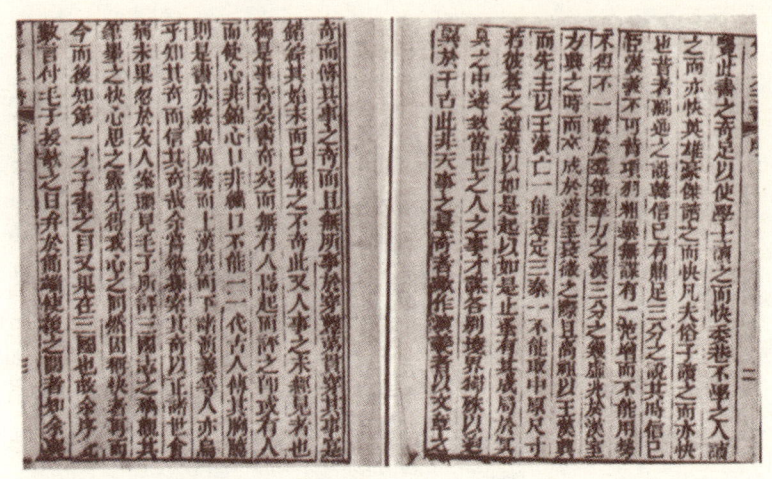

绣像金批第一才子书，清初刊本大魁堂藏版

说施耐庵作《水浒传》，"其门人罗本亦效之为《三国志演义》"，似可推定，第一，《水浒传》的成书出版，得益于罗贯中，是可想而知的。第二，罗贯中视年长的施耐庵为师，当系同投张士诚部而相知相契的。第三，《水浒传》中存有罗贯中的笔墨，应该可以肯定。罗贯中还著有《隋唐两朝志传》《残唐五代史演义》《三遂平妖传》等说部。据贾仲明《录鬼簿续编》，他还写过杂剧《赵太祖龙虎风云录》。

罗贯中得益于前人，特别是民间艺人对于三国故事的发挥、想象、创造、升华，而且在评价这段历史时，也全面彻底地继承了他们一以贯之的尊刘贬曹主张，这是因他生活的那个时代，在异族统治的压迫之下，与"说三分"时的宋代，受到辽、金侵扰，直到沦亡后剩下半壁江山，与三国的蜀汉处境相同，遭遇类似。加之朱熹的《通鉴纲目》，反对司马光的正朔观，视蜀汉为正统，成为那时士人的精神支柱。从托名苏轼的《东坡志林》一书中，就可以看到宋代尊刘贬曹的影响之大，已经普及街巷市井之中。"涂巷中小儿薄劣，其家所厌苦，辄与钱，令聚坐听说古话，至说三国事，闻刘玄德败，频蹙眉，有出涕者；闻曹操败，即喜唱快，以是知君子小人之泽，百世不斩。"

所以，正是对所处的那个时代感受太深，罗贯中便成为一位尊刘贬曹的集大成者。他写《三国演义》，在这个原则问题上，表现得特别地爱憎分明，立场坚定，鲁迅所说"欲显刘备之长厚而似伪，欲状诸葛之智而近妖"，也是不愿苛求古人的客气话了。

而且，《三国志通俗演义》一出，中国有了第一部真正意义的长篇小说。在此以前，六朝的志怪笔记，唐朝的故事传奇，都属于短篇小说范畴，长不过数千字，短者数百字，甚至数十字。从此，《西游记》《水浒传》也就相继产生。章回小说曾经流行明、清两代近六百年，长盛不衰，只是到了五四新文化运动，才渐渐退出文学舞台。但一直到今天，《三国演义》仍列四大古典文学读物榜首。凡中国人，没有读过此书者也许还有，但不知三国人物，不知三国故事，却绝对没有。

因为中国人有数千年从未中断过的记载历史的悠久文化，更有演义历史进行平话的自娱娱人的古老传统。这部书就是融正史记载和民间演义于一体的杰作。从"以史为鉴"的角度来考察，再没有哪部书比得上这部书，使我们得到如此多的历史启发了。

中国人命运的微缩篇章
第一百二十回（下）：降孙皓三分归一统

《三国演义》至此，落下帷幕。

在蜀汉降晋以后十七年，晋大举伐吴。唐人刘禹锡《西塞山怀古》曰："王濬楼船下益州，金陵王气黯然收。千寻铁锁沉江底，一片降幡出石头。人世几回伤往事，山形依旧枕寒流。今逢四海为家日，故垒萧萧芦荻秋。"

如果不是因为选嗣、封王、平叛、救乱，以及实力不济，这一仗，司马炎早就下手了。内有反对派，如贾充，外有强对手，如陆抗，一拖，就是十七年。是杜预上"破竹论"，说陛下不趁着昏主孙皓在位时打，换一个英明的主子，想打也打不了，这话让司马炎警醒，遂开始征吴之役。

"却说晋将王濬，扬帆而行，过三山，舟师曰：'风波甚急，船不能行；且待风势少息行之。'濬大怒，拔剑叱之曰：'吾目下欲取石头城，何言住耶！'遂擂鼓大进。吴将张象引从军请降。濬曰：'若是真降，便为前部立功。'象回本船，直至石头城下，叫开城门，接入晋兵。孙皓闻晋兵已入城，欲自刎。中书令胡冲、光禄勋薛莹奏曰：'陛下何不效安乐公刘禅乎？'皓从之，亦舆榇自缚，率诸文武，诣王濬军前归降。

遗香堂绘像三国志，明末安徽新安黄氏刻本

濬释其缚,焚其榇,以王礼待之。于是东吴四州,四十三郡,三百一十三县,户口五十二万三千,官吏三万二千,兵二十三万,男女老幼二百三十万,米谷二百八十万斛,舟船五千余艘,后宫五千余人,皆归大晋。大事已定,出榜安民,尽封府库仓廪。"

分久必合,三国终成一统。《三国演义》第一回,虽然开宗明义——"分久必合,合久必分"八个大字,但综观三国群雄,在这一百年里,打来打去,没完没了,形同水火,不共戴天,其总方向倒都不约而同地追求统一,反对分裂。

这部历史小说,从刘、关、张桃园结义开始,在崇高的感情外衣掩盖下的本非良善的结契,到最后邓艾、钟会的二士争功,死于非命为止,贯彻始终的无不是人性恶的表演。但你会奇怪,无论曹操也好,刘备也好,孙权也好,恶,推动着"合久必分",同样是恶,又促进了"分久必合"。为什么没有一位安于分茅裂土、坐享诸侯的局面,而拼命想把对方吃掉,以一统天下呢?因为这种认为分是暂时的,不正常的,而合是恒久的,正常的统一国家观,始终是全体中国人的信念,也是大多数中国人(除汉奸、卖国贼、分裂分子外),都会坚守的民族大义。这也许是当下的中国读者,捧着这部古典文学作品时,一点最起码的认知吧!

从东汉末年黄巾之乱(184)起,到孙皓降晋(280)的九十六年的三国分裂,至此西晋司马炎出现短暂的统一。不过,晋武帝还未闭眼,八王之乱即起,一乱十六年,随后就是十六国,南北朝,三百多年,直到隋,再度一统天下,这期间,近人钱穆说,真正太平的日子,"严格言之,不到十五年,放宽言之，亦只有三十余年，不到全时期十分之一"。中国人遭受分裂之苦，无过于中世纪这段黑暗岁月。

甚至到结束这部小说时的最后一个暴君，那个残酷的孙皓，是如何令人发指地倒行逆施、祸国殃民，再返回本书第一回汉末那个战乱频仍，民不聊生，陈尸遍野，饿殍千里的年代，在这几乎是中国人命运的微缩篇章里，基本上就是数千年中国封建社会的铁血写照。中国人从公元1世纪（甚至纪元前）到20世纪的生存奋斗，何其艰难，何其险绝，然而，中华文明始终得以赓续传承，不绝如缕，中国人的这种不屈不挠的精神，在21世纪的发扬光大，还不正是期待中事吗？

全书最后，有长篇古风一篇，其中"纷纷世事无穷尽"，"天数茫茫不可逃"两句，值得玩味：前句为辩证法，是历史前进的必然，也是人类发展的必然，看到明天，展望未来，是无可异议的；后者含宿命论，就未必一概如此了。努力奋斗，克服困难，脚踏实地，夙夜匪懈，总能寻找到自己的生存之路，不存在千古不变的定式。时代列车滚滚向前，中国人在改变着自己的同时，也在创造着伟大的中华历史新一页。所以，登高望远，好，是一定的，更好，是必然的。

这种前进的总趋势，是谁也阻挡不了的。

ⓒ 李国文　2017

图书在版编目（CIP）数据

李国文说三国演义. 下, 风星落秋 / 李国文著. —沈阳：万卷出版公司，2017.5
ISBN 978-7-5470-4483-4

Ⅰ. ①李…　Ⅱ. ①李…　Ⅲ. ①《三国演义》评论　Ⅳ. ① I207.413

中国版本图书馆 CIP 数据核字（2017）第 060644 号

策 划 人：刘一秀
出版发行：北方联合出版传媒（集团）股份有限公司
　　　　　万卷出版公司
　　　　　（地址：沈阳市和平区十一纬路25号　邮编：110003）
印 刷 者：北京鹏润伟业印刷有限公司
经 销 者：全国新华书店
幅面尺寸：146mm×210mm
字　　数：230千字
印　　张：10.25
出版时间：2017年5月第1版
印刷时间：2017年5月第1次印刷
责任编辑：孙郡阳
装帧设计：刘萍萍　范娇　万晓春
责任校对：马　荣
ISBN 978-7-5470-4483-4
定　　价：42.80元

联系电话：024-23284442
传　　真：024-23284448
E－mail：vpc_tougao@163.com
网　　址：http://www.chinavpc.com

常年法律顾问：李福　　版权所有　侵权必究　举报电话：024-23284090
如有质量问题，请与印刷厂联系。联系电话：010-80270005